블루
아메리카를
찾아서

블루 아메리카를 찾아서

초판 1쇄 발행 • 2005년 2월 1일
초판 9쇄 발행 • 2016년 12월 26일

지은이 • 홍은택
펴낸이 • 강일우
편집 • 염종선 김경태 권나명 성경아
미술·조판 • 정효진 한충현
펴낸곳 • (주)창비
등록 • 1986년 8월 5일 제85호
주소 • 10881 경기도 파주시 회동길 184
전화 • 031-955-3333
팩시밀리 • 영업 031-955-3399 편집 031-955-3400
홈페이지 • www.changbi.com
전자우편 • human@changbi.com

ⓒ 홍은택 2005
ISBN 978-89-364-7098-2 03810

블루 아메리카를 찾아서

홍은택 지음

창비

블루와 레드, 길에서 만난 두개의 미국

어릴 적 자주 듣던 말로 '미국에서는 거지도 미제를 쓴다'가 있다. 베트남전으로 미제 물건이 쏟아져 들어오던 때 미국 것에 대한 동경을 함축적으로 표현한 말이다. 지금은 미제 선호가 많이 줄어들었지만 여전히 미국에 대한 동경은 반미주의라는 또다른 흐름과 공존하고 있다. 한국은 세계에서 미국에 대한 감정이 가장 급속도로 악화된 나라이면서 국가 규모에 비해서는 미국에 가장 많은 유학생과 방문객을 보내는 이상한 나라다. 불법·합법 이민도 많아서 현재 추세대로라면 로스앤젤레스와 그 주변지역은 향후 10년 안에 한국인 인구가 100만명에서 150만명으로 늘어날 전망이다. 워싱턴DC를 중심으로 한 워싱턴 메트로폴리탄 지역에는 한국인이 끝없이 밀려들어 10년도 안되는 동안 10만명에서 20만명으로 껑충 뛰었다.

한국인이 미워하는 미국은 어떤 미국이고, 한국인이 기를 쓰고 가려고 하는 미국은 어떤 미국인가. 무엇보다 진짜 미국의 모습은 어떤 것인가. 어려운 물음이다. 미국인도 이 질문에 답하기 어려울 것이다. 한국사회가 어떤 사회인지 외국인한테 설명해야 하는 상황을 생각해 보면 그 어려움을 알 수 있다. 그러나 어렵다고 해서 미국사회 탐험을 회피할 수는 없다.

2001년 9월 11일, 텔레비전을 통해 항공기가 세계무역쎈터 쌍둥이 빌딩에 처박히는 광경을 넋을 잃고 바라본 기억이 난다. 그때는 그 일이 내게 어떤 영향을 줄 거라고는 꿈에도 생각하지 못했다. 멀고 먼 이역에서 일어난 비극적 장관이라고만 여겼다. 그런데 그 사건을 빌미로 조지 부시 미 대통령이 이라크침공을 결정하자 나는 쿠웨이트로 불려갔다. 종군기자가 된 것이다.

생화학전이 일어날지 모른다고 해서 바리바리 싸가지고 갔다. 방독면에 방독복, 방독화, 여분의 산소통, 제독기, 방탄조끼, 군복(생각해보니까 헬멧은 안 들고 간 것 같다) 등등 해서 이민가방 두개 분량을 이고지고 갔다. 이라크와 접한 국경에서 불과 110킬로미터 떨어진 쿠웨이트씨티는 이라크 스커드미사일의 사정거리 안에 있었기 때문에 평소 취재할 때도 최소한 방독면 정도는 들고 다녀야 했다.

2003년 3월 20일, 전쟁이 일어나고 쿠웨이트에 처음으로 스커드미사일이 떨어졌을 때는 (지금 와서야 털어놓지만) 정말 겁이 났다. 부근에 대피소도 없는 현대건설 현장사무소에 있었는데 하필이면 그날 처음으로 방독면을 숙소에 놔두고 왔다. 사람들을 둘러보니까 다들 방독면이 있었다. 나 혼자 맨몸으로 생화학공격을 막아내야 하는 절체절명의 상황에 봉착한 것이다. 만약 생화학탄이 떨어져서 내가 죽는다면 그것은 부시 때문이다. 또는 부시에게 빌미를 제공한 9·11사건 때문이다. 왜 그때 텔레비전을 보면서 내 운명이 이렇게 될지 몰랐던고……

생화학무기가 없는 것으로 판명된 지금 생각하면 오히려 더 화가 나는 코미디다. 조금 극단적인 개인의 사례를 든 것이지만, 그렇게 세상일은 미국을 중심으로 연결되어 있다. 미국에서 일어나는 변화는 곧 한국에도 닥친다. 이른바 세계화globalization 때문이다. 다른 말로 미국화Americanization이다.

서유럽만한 땅덩어리가 한 나라로, 단일시장으로 형성되어 있는 미국은 자본의 천국이다. 미국에서 전국 규모의 자본을 축적한 거대자본들은 세계로 뻗어나가면서 미국에서 받는 것과 똑같은 대우를 해줄 것을 강요한다. 한국이 외환위기에서 지불한 댓가가 바로 그것이다. 한국은 IMF와 차관연장 협상에서 자본의 흐름을 통제할 수 있는 수단을 잃었다. 그래서 한국은 미국사회처럼 될 수 있다. 아니, 되고 있다. 할리우드영화와 팝송만의 영향이 아니다. 근본적으로 자본의 방임을 전제로 사회가 조직되고 운영되어간다.

그래서 지금의 미국은 어떻게 보면 큰 규모에서 미래의 한국이다. 미국은 세계에서 가장 힘센 나라지만, 미국인이 가장 잘사는 국민인 것은 아니다. 미국은 가장 많은 부를 생산해내지만 선진국 중에서 가장 경제적으로 불평등한 나라다. 사회의 안정을 지탱해준 중산층은 점점 엷어지고 직업은 고소득 기술영업직과 저임금 시간제 써비스직으로 양분되고 있다. 제조업은 중국으로, 새로 떠오르는 하이테크산업은 영어권인 인도로 이전하고 있다. 자본은 더 높은 이윤과 더 높은 생산성을 수확하지만 노동계급에 돌아오는 것은 임금 삭감 또는 실직이다. 그 결과 사회적 재화의 분배가 극도로 왜곡되고 부익부 빈익빈이 심화되고 있다.

이 때문에 세계화의 영향을 처음으로 받은 곳이 묘하게도 미국이다. 반어적으로 말해서 미국화의 최초 피해자는 미국인, 즉 미국의 노동계층이다. 최근 미국에서도 마치 새로운 발견인 양 노동계급의 고통에 대한 인식이 확산되고 있다. 근로빈곤계층^{working poor}이라는 개념이 그것이다. 마치 80년대 한국 대학생들이 했던 것처럼 저임금 시간제 노동자로 '위장취업'을 한 뒤 체험담을 쓴 바버라 에렌라이히^{Barbara Ehrenreich}의 『빈곤의 경제』^{Nickel and Dimed}가 베스트셀러가 되고, 아예 제목을 『근로빈곤계층』^{The Working Poor}이라고 붙인 데이비드 시플러^{David K Shipler}의 책도 주목받았다.

'싸커 맘'^{Soccer Mom} 대신 '버거킹 맘'^{Burger King Mom}이 『뉴욕타임스』 칼럼의 제목으로 올라온다. 전자는 교외에 살면서 자녀를 축구연습에 데려다주는 안정지향적인 중산층 주부를, 후자는 버거킹이나 맥도날드처럼 저임금 시간제 직장에 다니면서 자녀를 양육해야 하는 독신여성을 뜻하는 말이다. 이런 여성들의 3분의 1이 빈곤계층으로 분류된다.

근로빈곤계층이라는 말 자체는 미국사회의 건국정신과 배치된다. 열심히 일하는데도 빈곤에서 탈출하지 못하는 사회는 심각한 문제를 안고 있는 사회다. 아메리칸드림은 원래 사회적 성공만을 의미하는 것이 아니었다. 열심히 일하면 물질적으로도 괜찮은 삶을 누릴 수 있다는 뜻도 포함된 개념이다. 그러나 미국은 더이상 노동이 안정적인 삶을 보장해주지 못하는 사회로 가고 있다. 전통적으로 노동계급과 서민을 대변해온 민주당은 근로빈곤계층, 나아가 노동계급의 고통을 뒤늦게야 발견했거나 끝까지 자기 문제로 심각하게 받아들이지 않았다. 그 댓가는 2004년 대통령선거에서 노동계급 열명 중 네명이 공화당의 부시를 찍는 모순으로 나타났다.

노동계급은 총체적 보수세력이 보내는 문화적·종교적 메씨지에 오랫동안 노출되어 있었다. 그것은 미국사회에 팽배한 개인주의와 '부는 신의 은총'이라는 깔뱅주의적 종교 전통에 닿아 있다. 그래서 노동계급조차, 그중에서 특히 남부에 사는 백인들은 못사는 것을 개인의 책임으로 받아들이고 잘사는 사람들은 하나님으로부터 부의 축복을 받았다고 생각한다. 이런 보수적 아젠다가 사회를 지배하게 된 배경에는 거대한 정치자금이 소요되는 선거과정의 왜곡이 있었다. 문제는 그런 선거과정과 사회적 분위기에서 자유로운 활동을 보장받은 미국의 기업들이, 미국 내에서 자본을 축적하고 세계로 뻗어나온다는 점이다. 미국이 추진하는 세계화는 바로 세계를 무대로 한 자본방임주의다. 그런 기업들과 경쟁해야 하니 세계 각국의 기업들도 미국식 자본의 논리를 따라가지 않을 수 없다. 이는 한국뿐 아니라 세계적인 현상이다.

이 자본을 제일 먼저 다스려야 할 곳이 바로 미국이다. 미국 내에서 제동이 걸리지 않으면 어디에서도 고삐 풀린 자본을 견제하기 힘들다. 과연 그런 움직임들이 조직화되고 커지고 있는가. 아니면 오히려 더욱더 자본방임주의의 함정에 빠져들고 있는가. 그것이 미국의 민주주의에 어떤 영향을 주고 있는가.

미국사회의 양극화는 종종 '블루 아메리카'Blue America와 '레드 아메리카'Red America로 표현된다. 대통령선거 개표방송에서 민주당 후보가 이긴 지역은 파란색, 공화당 후보가 이긴 지역은 붉은색으로 표시한

데서 보편화한 개념이다.

보통 공화당은 잘사는 사람들을 대표하기 때문에 레드 아메리카는 세계화의 흐름을 주도하는 성공한 계층이 사는 지역이어야 한다. 하지만 미국 지도에 붉은색으로 넓게 채색되는 곳들은 그런 성공과 거리가 먼, 대부분 못사는 농촌이거나 쇠락한 공장지대다. 블루 아메리카여야 하는 곳이 선거만 하면 레드 아메리카가 되는 것이다.

2004년 여름과 가을, 주로 그런 아메리카를 다녔다. 본질적으로 블루 아메리카인 곳을 다녔다는 말이다. 아니, 블루 아메리카의 시각에서 미국을 보려고 했다고 말하는 게 옳을 것 같다. 관점이 없으면 아무것도 볼 수 없다. 하지만 관점이 있으면 다른 것을 못 볼 수도 있다. 그런 한계를 인식하고 이 책을 썼다.

2005년 1월

홍은택

차 례

미국의 50개 주

뉴햄프셔
버몬트
메인
매사추세츠
로드아일랜드
코네티컷
뉴저지
델라웨어
메릴랜드
워싱턴DC

뉴욕
펜실베니아
웨스트
버지니아
버지니아
노스캐롤라이나
오하이오
사우스
캐롤라이나
조지아
미시간
인디애나
켄터키
테네시
앨라배마
위스콘신
일리노이
미주리
아칸소
미시시피
미네소타
아이오와
루이지애나
노스다코타
사우스다코타
네브래스카
캔자스
오클라호마
몬태나
와이오밍
콜로라도
뉴멕시코
텍사스
아이다호
유타
애리조나
워싱턴
오리건
네바다
캘리포니아

알래스카

하와이

01

캔자스 레바논

아기 울음소리 끊긴 지리적 중심

Kansas Lebanon.. 캔 자 스 레 바 논

대평원^{Great Plains}을 달리는 기분은 매우 저조하다.

싸우스다코타에서 90번 고속도로를 타고 동쪽으로 달리다 281번 지방도로를 만나 남쪽으로 우회전했을 때에는 눈이 다 시원했다. 고속도로에서 모텔과 주유소, 패스트푸드 체인점의 입간판들만 마주치다가 아기자기한 작은 마을들을 통과하면서 다양한 경치를 볼 수 있었기 때문이다. 머릿속에서는 속도를 손해 보는 만큼 더 많은 경치를 완상玩賞할 수 있다는 계산이 바로 나왔다.

대평원을 달리며

맥도날드의 골든아치도 없었다. 아무리 땅덩어리가 넓은 미국이라지만 7시간을 계속 달리는데도 골든아치가 없기로는 모하비^{Mojave} 사막

이후 처음이었다. 그 시간 동안 차는 일직선으로 남하해 싸우스다코타주를 넘어서 네브라스카에 들어섰고 네브라스카를 넘어서 캔자스에 들어왔다. 사람도 없다. 대낮인데도 대부분의 마을에서 인적을 찾기 힘들다. 마을 너머 밀과 옥수수가 쨍쨍한 햇볕을 받고 있는 들판에도 사람이 없다. 여기가 바로 '대평원'이다. 미국에서 생산되는 밀의 절반, 그리고 쇠고기의 60%를 생산하지만 인구는 갈수록 줄어들고 마을들은 버려져 사막을 빼고는 세계에서 가장 인구밀도가 낮은 곳이 되고 있다.

원래는 로키산맥에서 빗물에 씻겨 내려온 흙이 영겁의 세월 동안 쌓이고 쌓인 땅에 풀만 자라는 초지였다. 로키산맥과 나란히 남북으로 달리는 어마어마한 풀밭이었다. 우크라이나에서 건너온 터키레드 Turkey Red 밀이 이곳에 적합한 품종이라는 것이 알려지면서 초지는 미국은 물론 세계의 곡창지대로 탈바꿈했다. 위로는 캐나다의 앨버타주에서부터 아래로는 텍사스에 이르기까지 12개의 주 전부 또는 일부가 이 지괴地塊에 속한다.

이 대지가 개간될 수 있었던 역사적 배경은 1862년 링컨대통령 시절에 만들어진 홈스테드법The Homestead Act이다. 이 법은 21세가 넘은 시민이거나 시민이 되고자 하는 사람에게 160에이커(65헥타르)의 국유지를 공짜로 나누어주었다. 조건은 5년 동안 집을 짓고 살면서 농토를 개간해야 한다는 것이다. 200만명이 이 법의 혜택을 입어 2억7천만 에이커(1억926만 헥타르)의 땅을 가져갔고 대평원은 곡식의 파도로 출렁거렸다.

▌'먼저 본 사람' 위에 '더 빨리 간 사람'

▌미국은 종종 '먼저 본 사람이 임자'라는 말을 떠올리게 하는 나라다. 오클라호마주에서 홈스테드법이 실시됐을 때인 1889년에는 무려 5만명이 출발선에 섰다. 4월 22일 낮 12시를 기해 총성과 함께 나팔이 울려퍼지자 일제히 말이나 마차를 타고, 또는 걸어서 인디언이 추방된 땅으로 달려나갔다. 땅에 말뚝을 박아 자신의 소유가 된 대지의 경계를 표시했다. 미국 식민의 역사가 그렇듯 먼저 달려가 도착한 사람이 노른자위 땅을 차지했다. 미국은 선착순사회다.

하지만 미국의 이면은 오클라호마주의 별명인 '더 빨리 간 사람'Sooner에서 잘 나타난다. 총성이 울리기 훨씬 이전부터 미리 가서 말뚝을 박아 놓은 사람들이 있었다. 겉으로 보기에는 선착순이지만 실제로 금싸라기 땅은 가장 천박한 분배의 원칙인 이 선착순마저 어긴 사람들이 차지했다. 그 사람들을 '더 빨리 간 사람'이라고 불렀고 그게 주의 별명으로 정착했다.

내가 대평원을 달리는 이유는 캔자스주에 있는 레바논에 가기 위해서다. 레바논에는 알래스카와 하와이를 제외한 미국 본토 48개주의 지리적 중심이 있다. 레바논을 찾아낸 것은 미국을 여행하면서 미국의 지리적 중심을 밟는 것은 어떨까 하는 호사가적 충동에서였다. 나만 그런 엉뚱한 생각에 사로잡힌 것은 아니다. 미국을 대표하는 문호 존 스타인벡John Steinbeck은 1960년 미국여행을 계획하면서 미국의 중심이 어딘지 알아내기 위해 원시적인 방법을 썼다. 그가 여행 후 펴낸 『찰리와 함께한 여행』Travels with Charley에 따르면, 그는 미국 지도를 동쪽과 서쪽 끝이 만나도록 반으로 접었다. 그랬더니 접히는 선이 노스다코타·싸우스다코타·네브라스카·캔자스·오클라호마·텍사스를 지

캔자스주 레바논 외곽에 있는 미국의 지리적 중심 기념탑

나갔다. 내가 타고 내려온 281번 길이 얼추 그가 접은 선상에 있는 게 아닐까 싶다.

281번을 타고 남하하다 네브라스카를 넘어서 캔자스에 이르자마자 레바논 조금 못 미쳐 미국의 지리적 중심에 대한 안내판이 보였다. 191번 도로로 우회전해서 1.5킬로미터쯤 가자 도로가 끝나고 피라미드 모양의 탑이 나타났다. 탑 위에는 성조기와 캔자스주기가 힘차게 휘날리고 있었다.

탑 중간의 표석에는 The Geographical Center of the United States, LAT 39′ 50″ LONG 98′ 35″(미국의 지리적 중심, 위도 39도50분 경도 98도35분)이라고 적혀 있다. 드디어 도착한 것이다. 싸우스다코타주 케네벡Kennebec의 캠프장에서 아침에 일어나자마자 출발해서 하루종일 눈을 마비시키는 오렌지빛 밀밭을 어지럽게 뚫고 온 끝에 미국의 중심을 밟았다. 그런데 탑을 마주보는 곳에도 뭔가 기념물이 있다.

아기 울음소리 끊긴 지리적 중심

지리적 중심 기념탑을 마주보고 있는 나무판자

'WELCOME TO THE CENTER OF THE USA'(미국의 중심에 오신 것을
환영합니다)라는 검정색 문구가 새겨진 나무판자였다. 세월에 바래 얼
룩이 묻은 것처럼 흰색 바탕의 페인트가 군데군데 벗겨졌고 문구는
자간 대칭과 행간 균형이 안 맞아서 마치 '이런 델 왜 보러 왔느냐'고
삐딱하게 노려보는 듯했다. 김이 팍 새는 순간이었지만, 나중에 생각
해보니 어쩌면 쇠락해가는 미국의 중심에 대한 상징으로는 이 나무판
자가 더 적합한 듯했다.

탑 옆에는 부르카만 둘러쓰지 않았을 뿐 종교국가인 미국답게 'US
CENTER PRAY CHAPEL'(미국 중심 예배당)이라는 이름의 예배당이 있
었다. 들고 다닐 수도 있겠다 싶을 만큼 작은 예배당이었다. 사이좋은
사람들이면 여섯명, 그렇지 않으면 네명이 앉으면 꽉 찰 듯싶다. 그것
으로 지리적 중심에 관한 기념물은 끝이었다. 예전에는 근처에 모텔

도 있었다고 하는데 문 닫은 지 오래라고 한다.

사실 이 지점이 정확한 중심은 아니다. 계산해보니 여기서 1킬로미터쯤 떨어진 조니 그립$^{Johnny\ Grib}$이라는 농민의 돼지농장에 실제 중심이 있었다. 농장을 개방하면 사람들의 출입이 번잡할 것을 우려한 그립이 한사코 탑을 세우는 것에 반대해 할 수 없이 이 언덕에 세운 것이라고 한다(세계에서 가장 힘센 미국의 중심을 밀어낼 만큼 힘센 사람도 있다).

그러나 그립의 농장 역시 정확한 중심은 아니다. 미국측지학회에 따르면 허용오차가 15~30킬로미터쯤 된다고 한다. 그러니 대충 거기인 셈이다. 더구나 지구가 둥근 점을 감안한 측지학적 중심은 여기서 45킬로미터쯤 더 남쪽으로 가야 한다. 레바논 중심론에 딴지를 거는 마을도 많다. "하와이와 알래스카는 미국 땅이 아니냐. 다 포함시켜서 중심을 따지면 우리"라고 주장하는 싸우스다코타주의 캐슬록$^{Castle\ Rock}$이라는 마을도 있다. "복잡하니까 하와이와 알래스카는 빼고 캐나다를 포함한 북아메리카대륙을 기준으로 하자. 그러면 우리"라고 주장하는 노스다코타주의 럭비^{Rugby}라는 마을도 있다. 그러자 미 정부는 모르겠다고 자빠져버렸다. 미 정부의 측지기관인 연안측지조사국$^{Coast\ and}$ $^{Geodetic\ Survey}$의 수석 수학자인 오스카 애덤스$^{Oscar\ Adams}$는 "사실 중심이 어딘지 꼭 짚어낼 결정적인 방법은 없다. 그러니 우리더러 어느 주, 나라, 대륙의 지리적 중심을 가려내라는 강요에 가까운 요구는 무시하는 게 가장 낫다"라는 내용의 글을 기고하기도 했다.

중심이라고 주장하는 마을들의 등쌀에 얼마나 시달렸으면 수학자가 그런 글을 썼을까 동정이 간다. 그는 이 글의 마지막 부분에 미국인 특유의 외교적 화술을 구사한다. "이것은 모두가 다르지만 모두가

옳을 수 있는 문제다." 서로 중심이라고 주장하는 마을에 "그래, 그렇게 주장해도 무방하다. 나는 모르겠다"라고 말하는 것과 다를 바 없다.

그런데 이런 마을들의 공통점은 다 대평원에 속하면서 다 못산다는 점이다. 그래서 나 같은 호사가들의 발길을 불러들이면 단 몇달러라도 떨어뜨리고 가게 할 수 있기 때문에 자신들이 중심임을 주장한다. 인구가 적기는 하지만 중심이라는 상징성 때문에 몇몇 지도에는 마을 이름이 올라가는 영광을 얻기도 한다.

▌아직도 '미국의 중심'에 남아 있는 사람들

레바논은 인구 300여명의 작은 마을이다. 항상 300명이었던 것은 아니다. 이 마을에서 태어나 살고 있는 필리스 벨^{Philis Bell}은 "인구가 8,9백명일 때도 있었다"라고 기억한다.

대공황이 일어난 1929년에 태어난 벨은 이곳에서 나오는 지역신문 『레바논타임스』의 발행인이다. 그녀는 대공황 이후 '황진의 시대'^{Dust Bowl days}로 불리는 1930년대에 가뭄과 농산물가격 하락으로 많은 사람들이 캘리포니아, 오레곤, 워싱턴으로 떠났다고 말했다. 이농현상은 그후로 한순간도 멈춘 적이 없었다. 이곳에 하나밖에 없던 레바논고등학교는 1984년에 문을 닫았다. 초등학교는 8년 뒤인 92년에 문을 닫았다. 인구쎈써스에 따르면 이 마을의 평균연령은 52세다. 아기 울음소리를 들은 지 오래다. 99%가 백인이고 22.1%가 빈곤계층이다.

학교를 폐쇄한 것은 주민들에게 고통스런 기억으로 남아 있다. 곧 대가 끊기겠구나 하는 불길한 느낌이 들지 않을 수 없다. 마을도 하나의 생명이다. 레바논도서관에 들렀을 때 사서로 일하는 71세 에스더 델리몽^{Esther Delimont}은 레바논고등학교의 마지막 졸업앨범을 책꽂이에서 꺼내 보여주면서 "우리 아이가 이 학교의 마지막 졸업생이었다"라고 말했다. 앨범은 기만적이다. 이 마을에 언제 그렇게 아름다운 소년 소녀들이 득실득실했는지 상상이 안된다.

여기 온 덕분에 한반도의 지리적 중심이 어딘지도 알게 됐다. 강원도 양구군이다. 도서관에는 임경순이라는 양구군수가 같은 중심이라며 들렀다가 놓고 간 찻숟갈쎄트가 전시돼 있다.

마을이 쇠락한 것은 농사를 지어서는 수지가 안 맞기 때문이다. 그래서 땅을 팔고 떠나면 농지 소유는 더욱 소수에 집중되고, 그럴수록 소규모 가족농이 설 땅은 더욱 좁아진다. 또다른 결정적 타격은 의료기기를 만드는 백스터^{Baxter} 공장의 철수였다. 이곳에서 얼마 떨어지지 않은 곳에서 백스터는 정맥주사관을 생산했다. 백스터에서 작업공정 담당 엔지니어로 일했던 델리몽은 "한 1천명이 일하는 큰 공장이었다"라고 회상했다.

오래 전부터 미국농민들은 농사만 지어서는 살 수 없기 때문에 근처 공장을 다녀 수입을 보전하곤 했다. 백스터는 이 일대의 농민들에게는 생명의 젖줄 같은 직장이었다. 그러나 1985년 공장은 싱가포르와 뿌에르또리꼬로 이전했다. 당시에 노동조합이 없었기 때문에 저항도 없었다고 한다. 델리몽은 백스터에서 받은 얼마 되지 않은 주식을 아직도 보유하고 있다.

외국의 집들은 우리 눈에 이국적으로 보이기 때문에 아무리 안 좋은 집이라도 그렇게 나빠 보이지는 않는다. 하지만 이런 집들이 버려진 채 쓰러져가는 모습을 보면 더욱 생경해서 오히려 더 비극적으로 느껴진다. 레바논 거리 곳곳에서 현관문을 판자로 못질해 막아버린 상점들, 문과 유리창이 깨진 빈집들이 눈에 띄었다. 시청마저 버려졌다.

버려진 레바논시청 건물

레바논의 폐가들

　미국기업들이 값싼 임금을 찾아 해외로 이전하면서 단순히 제조업 노동자만 영향을 받은 것이 아님을 레바논이 말해준다. 대평원에 흩어져 있던 공장들은 농민이 농토에서 떠나지 않도록 막아주는 지지대 역할도 했던 셈이다.

공장이 떠나자 농민도 떠났다. 대평원의 공통적인 현상이다. 그러자 캔자스에는 새로운 형태의 홈스테드법이 부활했다. 캔자스주 마킷 Marquette은 50에이커의 택지를 조성한 뒤 먼저 신청하는 80가구에게 공짜로 주고 있다. 값으로 따지면 8천달러(960만원 상당). 그러나 이제도가 시행된 지 1년이 지났지만 아직 20여 가구밖에 신청하지 않았다. AP통신의 칼 매닝 Carl Manning 기자의 기사에 따르면 비슷한 제도를 시행하고 있는 마을이 캔자스주에 최소한 열군데나 된다. 뿐만 아니라 네브라스카·노스다코타·싸우스다코타 같은 데서도 시도한 바가 있지만, 아직 인구 증가에 성공한 사례는 없다고 한다. 일자리가 없기 때문이다.

마을이 다시 소생하려면 뭐가 필요하느냐는 질문에 벨도 "산업기반이 있어야 한다"라고 말했다. 하지만 벨도, 델리몽도 해외로 나간 공장이 돌아오지 않을 거라는 것을 안다.

그러나 벨의 딸은 돌아왔다. 레바논고등학교를 졸업하고 캔자스씨티 Cansas City에 있는 전력회사에 다니고 있는 딸은 얼마 전 고등학교 건물을 매입했다. 그리고 매주 고향으로 돌아와 자신이 다니던 고등학교를 역사도서관으로 바꾸는 작업을 하고 있다. 벨도 요즘 매주 한번씩 주민들과 뮤지컬을 연습하고 있다.

뮤지컬의 제목은 「앙꼬르」. Encore 화려했던 시절의 부활을 바라고 하는 것은 아니다. 단지 시청을 보수하기 위한 기금을 마련하기 위해서다. 살아 있는 날까지 제대로 살아보려는 거다.

02

미주리 에드가스프링스

아직도 서부로 가고 있는 인구의 중심

Missouri Edgar Springs.. 미 주 리 에 드 가 스 프 링 스

"젊은이들이여, 서부로 가라."

　1850년대에 『뉴욕트리뷴』의 발행인인 호레이스 그릴리$^{Horace\ Greeley}$가 해서 유명해진 말이다. 1851년 인디애나주에 있는 신문 『떼르오뜨익스프레스』$^{Terre\ Haute\ Express}$의 존 쏠$^{John\ B.\ L.\ Soule}$이 사설에 먼저 썼지만 그를 기억하는 사람은 거의 없다. 그릴리의 말에 영감을 받은 많은 젊은이들이 서부로, 서부로 가서 뿌리를 내렸다.

　동서의 개념은 상대적이다. 당시 서부는 미시시피강의 서쪽이었다. 지금의 중부가 포함된다. 미시시피강과 미주리강이 만나는 곳에 자리잡은 쎄인트루이스$^{St.\ Louis}$가 '서쪽으로 가는 관문'으로 불렸다. 쎄인트루이스는 하나의 도시지만 동쪽은 일리노이주, 서쪽은 미주리주에 속한다. 당시에는 지금 미국 국토의 3분의 2인 미주리부터 캘리포니아에 이르는 지역이 서부로 분류됐다. 지금도 오하이오나 일리노이는 중서부^{Midwest}에 포함된다. 분명 지도를 보면 중간에서 훨씬 오른쪽으로 치우쳤는데도 중동부라고 하지 않고 중서부라고 부른다. 중서부에는 이밖에 인디애나·미시간·위스콘씬·미네쏘타·아이오와·미주리·캔자스·네브라스카 주가 들어간다.

미국은 '여기서 하다 잘 안되면 저기 가서 새로 시작할 수 있는' 곳이다. 이민자가 세운 미국이라는 나라의 출발이 그랬다. 광활한 땅덩어리가 하나의 나라로 형성됐기 때문에 그 이후로도 쭉 그랬다. 과거와의 질긴 인연을 끊고 독립된 개인으로 새출발을 할 수 있으니 실패가 두렵지 않다. 미국을 대표하는 프런티어^{frontier}정신이라는 것도 울타리를 훌쩍 뛰어넘어 새로운 세계로 달려가려는 열정이 있는 1%의 사람과 여기서는 살기 어려우니까 멀리 다른 데로 가보자는 99%의 사람이 공유하는 이데올로기라고 생각한다. 그릴리가 서부로 가라고 외친 지 150년이 지났지만 미국은 지금도 서쪽으로 가고 있다. 그것은

미국 인구의 중심 이동경로(1790~2000)

아직도 서부로 가고 있는 인구의 중심

인구의 중심이 이동하는 것을 보면 안다.

▌1년에 8킬로미터씩 서부로

지리적 중심에 대한 논란과 달리 인구의 중심은 다툼의 여지가 없다. 미국 인구통계국은 10년에 한번씩 인구쎈써스 결과를 바탕으로 '인구의 중심'을 발표한다.

인구의 중심이라는 개념은, 가장 최근 조사인 2000년 쎈써스를 기준으로 할 때 미국인 2억 8142만 1906명의 몸무게가 똑같다고 가정한 뒤 인구의 분포를 조사해 어느 쪽으로도 무게가 기울지 않는 한 지점을 찾아내는 것이다. 2000년 쎈써스에 따르면 위도 37.696987 경도 91.809567이 인구의 중심이다. 이 지점에서는 동서남북 어디로도 똑같은 수의 인구가 산다는 뜻이다. 미국인들이 큰 판자 위에 산다고 가정하고 이 지점에 검지손가락을 대고 판자를 들어올릴 수만 있다면 미국은 손가락 위에서 가만히 있어야 한다. 쓰러지거나 휘청대면 그 지점은 중심이 아니다.

이 지점은 미주리주 남부에 있는 작은 마을 에드가스프링스 어귀에 있다. 미 본토 48개주의 지리적 중심인 캔자스주 레바논과 상당히 많이 떨어져 있다. 한국에서 보면 캔자스나 미주리나 다 거기가 거기 같지만 실제 거리를 따져보면 800킬로미터나 된다. 레바논에서 차를 타고 남동쪽으로 7시간을 가야 에드가스프링스가 나온다. 다른 말로 하면 미국을 여전히 동서로 나눠볼 때 동쪽에 사는 사람 수가 더 많다는 뜻이다.

처음으로 조사된 인구의 중심은 1790년 메릴랜드주 체스터타운 ^{Chestertown}이었다. 체스터타운은 미국의 수도 워싱턴DC보다도 더 동쪽

확대해서 본 이동경로

에 있다. 그 이후 210년 동안 쉬지 않고 남서쪽으로 이동한 끝에 에드가스프링스에 이르렀는데, 이동 거리는 모두 1691킬로미터다. 자동차로 달리면 16시간 남짓 걸릴 거리다. 그 거리를 210년 걸려서 왔으니 1년에 8킬로미터 가는 차를 타고 온 것과 마찬가지다. 그처럼 느린 차를 타고 있다고 상상하면 끔찍하지만 그 많은 인구를 태우고 갈 수 있는 차란 없다.

어쨌든 지리적 중심보다는 인구의 중심이 더 의미가 있는 게 아닐까 싶다. 지리적 중심은 한번 정해지면 그걸로 끝인데 인구의 중심은 3억명에 가까운 사람들이 불안한 조화를 이루어서 생겨나는 개념이 아닌가. 그래서 그곳 역시 가보기로 했다.

캔자스에서 미주리로 들어와서는 오르락내리락 지형의 변화가 심하다. 오자크Ozark라는 고원지대를 만난 것이다. 미 대륙은 서부의 로키와 동부의 애팔래치언 산맥이 남북으로 두 줄기의 골격을 이루고 있어 그 사이는 그냥 평지인 것으로 생각하기 쉬운데 그렇지 않다. 그 안에서도 지형의 변화가 제법 있다. 그 원동력이 미주리·아칸쏘·오클라호마·캔자스·일리노이 주에 걸쳐 있는 오자크다.

높지는 않지만 빗물이나 지하수가 파먹은 석회암의 카르스트지형이어서 톰 쏘여와 허클베리 핀이 탐험한 동굴도 많고 무엇보다 찬물

029

아직도 서부로 가고 있는 인구의 중심

이 곳곳에서 솟아올라 강을 시작한다. 그것을 스프링^{Spring}이라고 부르는데 두 눈으로 강의 발원지를 보는 것은 신기한 경험이다. 순도 100%의 투명하고 얼음보다 차가운 물이 여기저기 산재한 스프링을 통해 시간당 몇억톤씩 뿜어져 나오기 때문에 여기서부터 아래로 흐르는 커런트강$^{Current\ River}$과 잭스포크강$^{Jacks\ Fork\ River}$ 등은 미국에서 가장 청정한 수역으로 꼽힌다.

언젠가 오자크 트레일$^{Ozark\ Trail}$이라고 불리는 산길을 10시간 동안 걸어서 미주리주에서 가장 높은 지점까지 올라간 적이 있다. 준비해온 물이 떨어져 일행 중 한 사람이 탈수 직전까지 가는 상황이었지만 잔인하게도 중간에 물이 전혀 없었다. 한국의 약수를 애타게 그리워하면서 밟은 정상에 해발고도 표시가 돼 있었는데 1772.68피트였다. 믿어지지 않아서 다시 읽었다. 미터로 환산하면 531미터. 10시간을 걸어서 관악산(632미터)보다도 100미터 낮은 곳에 도착한 셈이다.

더군다나 출발지점의 고도가 500피트였으니 올라온 절대 고도는 고작 1272피트. 400여 미터밖에 안된다. 산이라기보다는 동네 뒷산이라고 해야 마땅할 높이. 그때의 허탈감이란. 그런데 등산하는 동안 지리산의 능선을 종주하는 것 같은 장대한 느낌이 들었던 것은 왜일까. 그것은 이곳이 평평한 땅에 솟은 산지이기 때문이다. 고도의 작은 차이로도 산세가 지평선 끝까지 굽이쳐가는 것을 발밑으로 볼 수 있다.

자랑스럽지만은 않은 인구의 중심

에드가스프링스는 오자크 고원지대의 북쪽에 있다. 150년이 넘은 오래된 마을이다. 이 근처에 풍부한 스프링보다 에드가라는 사람의 이름을 앞세워서 마을 이름을 지었다. 그리고 그 스프링은 차가운 물이 펑펑 솟는 용천수보다 더 유혹적인 물을 생산했다.

64년 평생을 이 마을에서 보낸 진 블레이크^{Gene Blake}는 "남북전쟁 전이곳에 정착한 에드가^{Edgar}라는 사람이 술을 잘 빚어 많은 사람들의 발길을 끌어들였다고 해서 동네 이름이 이렇게 지어졌다"라고 말했다. 지금은 술도가도 없고 하나밖에 없는 술집도 마을이 정한 법에 따라 교회로 바뀌었다고 한다. 점점 더 기독교화하고 있는 미국의 한 단면을 여기서도 볼 수 있다.

여기에 가면 한 동네를 이루기 위한 필수요소가 무엇인지를 알 수 있다. 쇠락해가는 다른 중서부 농촌과 마찬가지로 인구가 줄어들어 많은 집들이 버려져 있다. 여러 기능들을 유지할 수 없다. 시청도 평소에는 닫혀 있다. 메인스트리트^{Main Street}라고 불리는 중심가에는 우체국과 슈퍼마켓, 슈퍼마켓 주인이 함께 운영하는 까페, 교회, 그리고 미용실이 있다. 까페는 남자들, 미용실은 여자들이 마실 가는 곳이다. 1층 이상 되는 건물은 없다. 그게 전부다.

190명이 옹기종기 모여 사는 동네치고는 이만큼 유지되는 것도 대견한 일이라고 볼 수도 있다. 184명이 백인이니까 인종분포는 인구의 중심답지 않게 한쪽으로 기울었다. 흑인은 단 한명도 없다. 인구의 중심이라는 표지를 찾을 수 없어서 우체국 직원에게 물었더니, 온 길로 돌아가서 동네에 들어오기 전에 우회전하지 말고 좌회전하면 바로 나타날 거라고 했다. 여기 왜 왔느냐고 박대하지 않는 것만도 고맙게 여겨야 할 만큼 심드렁한 말투였다.

중심 표석은 공동묘지 옆에 있었다. 성조기와 POW, MIA 기가 비바람에 흔들렸다. POW와 MIA 기는 '포로로 잡힌 군인'^{prisoner of war}과 '임무중 실종된 군인'^{missing in action}을 상징하는 깃발이다. 깃발에는 'We

성조기와 POW, MIA 깃발이 휘날리는
인구의 중심

인구의 중심 표석

are not forgetting'(우리는 잊지 않고 있다)이라는 문장이 적혀 있다. 조국의 부름을 받아 목숨을 건 전사들을 많이 생각해주는구나 싶으면서도 인구의 중심을 상징하기에는 조금 전투적이라는 느낌도 들었다.

표석의 좌우에는 두개의 돌벤치가 놓여 있고 앞에는 시든 꽃들을 놔둘 바에는 없는 게 나을 법한 화분들이 놓여 있다. 표석은 땅에 콘크리트기둥을 박고 기둥 안에 원형의 놋쇠를 박아넣어 만든 것이다.

직경 20센티미터의 놋쇠판에는 'CENTER OF POPULATION CENSUS 2000'(인구의 중심, 쎈써스 2000)이라고 새겨져 있다.

2001년 이 표석을 박을 당시의 언론 보도를 보면 마치 올림픽게임을 유치한 것처럼 성대한 의식이 거행됐던 것 같은데 지금은 왠지 분위기가 어둡다. 이 표석이 세워진 뒤로 달라진 게 있느냐는 질문에 블레이크는 "여름에 관광객들이 몇몇 오는 것 외에 마을에 큰 변화는 없다"라고 말했다.

그는 "마을주민들은 그냥 쎈써스에서 일하는 사람들이 표석 하나 심어놓은 것으로 생각한다"라고 덧붙였다. 표석을 심은 지 3년이 지났기 때문에 그것의 경제적 효과나 가치를 파악하기에는 충분히 오랜 시간이 지난 듯했다. 그래도 이렇게까지 무신경할 수 있을까 싶다. 역사가 일천한 미국사람들은 사소한 것에도 큰 의미를 부여하기 일쑤인데 여기 주민들은 그런 것에 개의치 않는다.

"우리는 미국의 똥구멍에서 살고 있다"

1990년에 지정되어 지난 10년 동안 인구의 중심이었던 미주리주 스틸빌Steelville까지는 차로 1시간이 걸렸다. 에드가스프링스에서 정확히 80킬로미터 북동쪽에 있다. 거꾸로 말해서 인구의 중심이 10년 만에 80킬로미터를 내려왔으니 시속이 아니라 연속年速 8킬로미터라는 말이다.

스틸빌이라는 '이름의 기원도 추측한 것과 달랐다. 과거 철이 많이 나던 광산 부근에 위치해 있어서 철강Steel과 마을이라는 뜻의 빌ville이 합쳐진 것으로 생각했는데, 그게 아니라 제임스 스틸James Steel이라는 사람의 이름을 딴 것이다. 스틸은 이 일대 40에이커의 땅을 샀다가

1835년 카운티법원에 50달러를 받고 팔았다.

덕분에 도시가 형성되기 시작했지만 50달러는 정말 껌값이었다. 2003년으로 환산하면 879달러(1백만원 상당)밖에 안된다. 이것은 단순 물가인상률만 계산한 것이고 이 50달러를 복리로 169년간 은행에 넣어두었을 때의 계산은 달라진다. 만약 매년 이자율을 5%라고 하면 50달러는 19만529달러(2억4천만원 상당)가 된다. 그래도 헐값이다.

이곳에 1400여명이 거주하니 비교적 큰 마을이다. 인구의 중심 표석이 어디 있는지 아는 사람을 찾기는 어려웠다. 탐문한 끝에 시 공원 입구에 있는 표석을 찾아냈다. 형식과 주변환경이 2000년 인구중심과 비슷하다. 이번에는 성조기 하나만 휘날리고, 돌벤치가 아니라 나무 벤치가 표석을 사이에 두고 마주보고 있었으며 표석에는 '1990 CENSUS CENTER OF POPULATION'(1990 쎈써스, 인구의 중심)이라고 적혀 있다. 공원은 석양을 받으며 쏘프트볼 경기를 하는 여학생들과 육상연습을 하는 학생들로 가득해서 모처럼 활기를 느낄 수 있었다.

시청에 들러 서기인 애밀리어 파인 룰로^{Amelia J. Pyne Rulo}와 얘기를 나누었다. 그녀는 "우리는 미국의 중심에 사는 것에 자부심을 느꼈다"라면서 "그런데 몇년 전 중심이 다른 곳으로 이전한다는 소식을 듣고 놀라고 섭섭했다"라고 말했다. 시청 서기는 선출직이어서 그런지 파인 룰로의 말은 청산유수다. "하지만 중심을 지키기 위해서 우리가 할 수 있는 일은 없었다. 그냥 내줄 수밖에."

중심을 계속 간직하고 싶지만 그렇게 할 수 없었던 무력감을 다른 주민들도 공감하고 있을까. 마을 어귀에 있는 주류 판매점 주차장에서 픽업트럭에 오르려고 하는 한 청년에게 미국의 중심에 사는 것에 대해 어떻게 느끼느냐고 물었다. 그는 전혀 멈추지 않고 차에 오르면

스틸빌에 있는 1990년
인구의 중심 기념탑

서 "우리는 그것을 '미국의 똥구멍'asshole of America이라고 부른다"라고
말하며 씨익 웃었다. 치열을 보니 윗니 하나가 빠져 있다. 필시 치과
보험에 가입하지 못할 만큼 가난한 게 분명했다. 그렇지 않고서는 그
렇게 냉소적으로 답할 리가 없다.

돌아오는 차에서 그의 말이 계속 귓전에 맴돌았다. 불쾌하다기보다
는 뭔가 정곡을 찌른 것 같은 서늘한 느낌이 들었다. 그의 말대로 인
구의 중심은 아무런 의미가 없는 개념일지도 모른다. 인구쎈써스를
해서 중심 표석을 박는 순간 이미 인구는 늘어나 있기 때문에 진짜 중
심은 다른 곳으로 가 있는 상태다. 사실 처음부터 정확한 지점은 존재
하지 않는지도 모른다.

인구의 중심은 유동적인 개념이다. 중심은 생기는 게 아니라 만들
어지는 것이다. 사회 전체와 경제의 움직임을 알기 위한 인위적인 지
표일 뿐이다. 그런 움직임에서 가장 소외된 지역 중 하나가 중서부의
농촌과 탄광지대다. 굳이 밥 먹여주는 것도 아닌데 중심을 따질 여가
가 있을 리 없다. 그들에게 중심은 없다.

아직도 서부로 가고 있는 인구의 중심

03

미주리 파이에트

미국 농민도 밑지고 농사짓는다

Missouri Fayette.. 미 주 리 페 이 에 트

한국에서는 미국 농산물 때문에 농민들이 다 죽는다고 말하는데 미국에서도 농민들이 못살겠다고 아우성이면, 그래서 농토를 버리고 고향을 떠나 미국의 중심이 텅텅 비어간다면 도대체 이게 어떻게 된 영문인가. 이 의문을 풀기 위해 미주리주 페이어트에 사는 한 농민을 찾아갔다.

로저 앨리슨^{Roger Allison}의 집은 언덕 위에 있는 하얀 단층집이었다. 개 두 마리가 달려나와 반갑게 맞이한다. 어릴 적 옆구리를 개한테 물린 이후 개와 잘 지내지 못하는 나로서는 양쪽에서 협공하는 이 개들의 무조건적 환대를 모른 척할 수도 없고 그렇다고 살갑게 쓰다듬어주지도 못해서 어정쩡한 자세로 서 있다. 보통은 주인이 '개들이 순해서 안 문다'든지 말해서 긴장을 풀어주는데 앨리슨은 그런 말 없이 집 안으로 안내한다.

그 이유를 알겠다. 문을 여니 소파에 앉아 있던 또다른 개 두 마리가 꼬리를 흔들며 다가온다. 완전 개판이니 새삼 문다 안 문다 얘기할 필요를 못 느꼈을 것이다. 이 개들은 도대체 언제 봤다고 이렇게 다정하게 구는지 앞에서 눕고 몸을 돌리고 야단이다. 모르는 사람이 오래전부터 아는 사이인 것처럼 반갑게 대해서 당황스러운 그런 상황이다. 내가 만져주는 게 시원치 않은지 조금 있다가 각자 자기 자리로 돌아가는데 한 마리는 침대로, 다른 한 마리는 소파로 간다. 미국에서 개들은 이렇게 그냥 한 가족으로 대우받는 경우가 많다.

내가 겪은 바로, 개들은 주인이 어떤 성격인지, 그리고 주인에게서 어떤 대접을 받고 사는지를 정확히 반영한다. 주인이 사납거나 주인한테 맞고 자란 개들은 낯선 사람을 보면 사납게 짖는다. 반면 이 개들처럼 같은 식구로 대우받고 자란 개들은 사람에 대해 항상 좋은 기대를 품기 때문에 사람을 보고 꼬리를 흔들 뿐 짖지 않는다. 집 안에서 응석받이로 키운 애완견이 종종 짖는 경우도 봤는데, 그건 주인이 다른 사람들의 손길이 아쉽지 않도록 너무 버릇없이 키웠기 때문이다.

█ 농토 1백만평, 하지만 손해보는 농사

가는 날이 장날이라더니 앨리슨은 이곳에서 차로 40분쯤 떨어진 아미시Amish 마을로 장을 보러 가야 한다고 했다. 그래서 그를 따라다니며 이것저것 물어보기로 하고 차에 동승했다. 차에 오르기 전 그에게 어디까지가 자기 땅이냐고 물었더니 손가락으로 멀리 가리키면서 지평선 끝에 있는 숲까지라고 했다. 언덕 위에 있는 이 집을 중심으로 원을 그리고 있는 그의 땅은 855에이커다. 평수로 환산하니까 1,046,694평이라고 나온다. 1백만평이 넘는 어마어마한 땅이다. 그의

미국 농민도 밑지고 농사짓는다

로저 앨리슨과 그의 옥수수밭

땅이 얼마나 넓은지 그 안에 살쾡이, 야생 칠면조, 사슴, 뱀 등이 산다. 평범한 농민을 만나고 싶었는데 번지수를 잘못 찾아왔구나 혼자 생각하고 있는데 그가 말을 이었다.

"예전에는 이 땅의 10분의 1밖에 안되는 농토에서 14명의 식구가 먹고살았다. 나도 그렇게 자랐고 다른 사람들도 그랬다. 지금은 열배가 넘는 땅을 갖고 소 75두, 돼지 15두가 있지만 생활이 빠듯하다. 왜 그런지 아느냐?"

그걸 알기 위해 온 것이다. 그럼 차근차근 얘기를 들어보자. 그는 콩과 옥수수, 밀을 재배하고 소, 돼지 목축도 겸하고 있다. 곡식을 재배하면 미주리농민회Missouri Farmer's Association, MFA나 다국적기업인 ADM에 판다. 부셸(35리터)당 5.7달러를 받는데 인건비를 감안하면 공정가격은 10달러가 되어야 한다고 그는 말했다. 마찬가지로 옥수수도

시장가격이 부셸당 2달러에서 2.5달러로, 그가 공정가격으로 생각하는 4.5달러나 5달러의 절반밖에 안된다. 그런데 공정가격이라는 말이 조금 모호하다.

"거기에는 비료, 농기구 수리, 건물과 도로 유지보수, 대출상환금, 울타리와 저수지 건설비용과 내 노동비용이 들어간다."

그렇게 해서 한해에 7만5천달러(9천만원)에서 10만달러(1억2천만원)의 수입을 올리는데, 비용을 제하면 남는 게 없다고 한다.

정부의 보조금을 받지 않느냐. 미국정부의 농민보조금은 세계무역기구WTO에서 라틴아메리카와 아프리카 대륙의 곡물생산국가들로부터 집중적인 공격을 받는 타깃이다.

"받는다. 그런데 부셸당 35센트 꼴이니 보조금을 받아도 수지가 안 맞기는 마찬가지다. 우리도 보조금 안 받고 제값 받으면서 농사짓고 싶다. 보조금은 농민들의 소득 보전용이 아니라 저곡가정책을 유지하고 농민들이 간신히나마 계속해서 농사를 짓도록 유인하는 용도일 뿐이다."

곡가가 낮은 것은 과잉생산을 해서 그런 것 아닌가.

"정부가 저곡가정책을 쓰기 때문에 가격이 낮고, 그래서 소출을 최대한 늘려야 수지를 맞출 수 있는데, 그럴수록 가격이 떨어지니까 계속 생산은 늘어나고 다시 가격이 떨어지는 악순환이다."

그렇게 늘어난 잉여농산물을 처리하기 위해 미국은 세계 각국에 시장개방 압력을 가하고 그것이 한국에는 쌀시장 개방압력으로 나타나니, 미국내 농촌 문제가 곧 한국 농촌의 문제다. 세계화의 연결고리가 잘 드러나는 대목이다.

미주리대학을 나오고 베트남전에 해병대원으로 참전했다가 귀향해 1975년부터 농사를 짓고 있는 앨리슨은 "가장 농사짓기 좋았던 시절이 언제였느냐"는 질문에 "농사를 시작한 1975년이었다"라고 말했다. 그 이후 어느 하루 사정이 악화되지 않은 날이 없었다고 한다. 그는 그 원인이 바로 다국적기업의 농간과 그들의 정치자금에 넘어간 정부의 저곡가정책 때문이라고 지적했다.

"저곡가정책으로 이득을 보는 것은 곡물을 사가는 다국적기업들이다. 이들이 제품을 만들어 소비자들에게 파는 가격은 결코 싸지 않다. 예컨대 옥수수 씨리얼 한 상자가 슈퍼마켓에서 3달러에 팔린다. 그중 농부에게 돌아가는 돈이 얼마인 줄 아는가? 2센트다."

미국에서는 주에 따라 다국적 대기업의 곡물재배를 금지한 곳이 상당수 있다. 그래도 여전히 다국적기업들은 가격을 갖고 장난칠 힘이 있다. 바로 세계화 덕분이다. 브라질 같은 곳에서는 다국적기업의 곡물재배가 가능하기 때문에 미국내 곡물가격이 높아지면 거기서 재배한 곡식을 멕시코를 경유해 가져온다. 멕시코와는 북미무역자유화협정NAFTA이 체결돼 있으니 관세 없이 저렴한 가격에 곡물을 들여와서 미국내 곡물가격을 떨어뜨린다.

가축의 경우는 다국적기업들이 직접 키우는 것이 허용되어 있기 때문에 더 쉽게 가격을 통제할 수 있다. 소값이 오르면 농민들에게서 소를 사지 않고 자기 소를 소비하다가, 소값이 떨어지면 농민들의 소를 구매한다. 이들의 가격결정력에 농민들은 무기력하다. 앨리슨은 지난주 500파운드짜리 소를 파운드(453그램)당 1달러20센트를 받고 팔았다고 말했다. 1975년 이후 가장 높은 값을 받고 판 것인데, 1975년에는 같은 급의 소를 파운드당 1달러3센트에서 1달러10센트에 팔았다고 한다. 고작 10에서 17센트 차이다. 29년 동안 물가인상률을 감안하면 소값이 떨어져도 한참 떨어져 있는 상황이다.

앨리슨의 수익성이 떨어지는 동안 카길,^{Cargill} 스미스필드,^{Smith Field} 타이슨,^{Tyson} IBP, 콘아그라^{CornAgra} 같은 다국적기업들은 세계적인 대기업으로 성장했다.

"그들은 자유경쟁을 주장하고 있지만, 사실 그들이 시장을 통제하면서 불공정 경쟁을 벌이고 있다. 매점매석이다. 우리가 원하는 것은 공개적이고 공정한 경쟁이다. 그런 경쟁의 질서를 만들기 위해서 정부가 있는 것 아닌가? 과잉생산하는 부분을 조절해서 수요와 공급이 일치하도록 해야 하고, 남은 농산물은 미국뿐 아니라 국제적인 공동창고를 만들어서 자연재해를 당한 지역에서 가져갈 수 있도록 시장을 조절해야 한다. 정부가 하지 않으면 다국적기업이 통제한다. 어떤 게 더 나은 씨스템인지는 자명하다. 그런데 정부는 정치자금에 휘둘려서 다국적기업들의 이해를 위한 정책을 편다."

"땅은 우리의 뿌리"

리처드 닉슨 행정부가 무제한 곡물생산을 허용하면서 시작된 농산물가격의 하락은 많은 농민들을 농토에서 몰아냈다. 1980년대에만 75만명의 농민이 농토를 등졌다. 그러자 토지가 헐값이 되면서 예기치 못한 부작용이 나타났다. 많은 농민들이 농토 구입자금을 은행에서 대출받을 때 담보로 설정한 농토의 부동산가격이 하락하면서 대출이자가 급등하자 이를 갚지 못한 농민들은 농토를 내놓아야만 했다.

앨리슨의 토지도 1에이커당 가격이 1980년 1천달러에서 불과 6년만인 1986년에 200달러로 내려갔고, 앨리슨은 은행으로부터 담보물을 회수하겠다는 통보를 받았다. 이 사건은 오히려 앨리슨의 삶을 뒤

미국 농민도 밑지고 농사짓는다

바꾼 촉매제가 되었다. 분노한 앨리슨은 동료 농민들과 상의하고, 시민단체들과 연대해 거리로 나섰다. 트랙터와 콤바인을 몰고 도로를 점령하고 주의사당 앞에서 항의시위를 벌였다. 시위는 미주리뿐 아니라 전국 각지로 들불처럼 번져갔다.

1987년 미 의회는 농업신용법을 통과시켜 은행이 자동적으로 농민의 담보물을 회수하지 못하도록 규제했고 농민에게 적절한 구제의 기회를 부여하도록 했다. 농민과 시민단체가 거둔 위대한 승리였다. 담보물 회수가 중지되자 부동산가격도 반등해서 상승세로 돌아섰다. 농토를 지키는 데 성공한 앨리슨은 연대의 중요성에 눈을 떠 미주리농촌위기쎈터^{Missouri Rural Crisis Center}라는 농민단체를 창립했다. 지금은 회원이 5천5백명이나 된다.

이 단체는 한국에 비유하면 예전 가톨릭농민회와 비슷하다. 반면

미주리주 페이에트 근처에 있는 아미시마을의 농산물 경매장. 로저 앨리슨은 미주리농촌위기쎈터 회원들이 소비할 채소와 과일을 여기서 구매한다.

미주리양돈협회^{Missouri Pork Association}와 미주리육우협회^{Missouri Cattlemen} ^{Association}는, 과거에는 농민을 대표했던 것 같지만 사실은 관변단체였 던 농협과 같은 곳이다. 농민들이 소나 돼지를 팔면 두당 1달러씩 의 무적으로 이 협회의 예산으로 들어간다. 협회는 이 예산으로 마치 농 민의 대표인 양 로비와 홍보활동을 펼치는데, 사실상 대목장주와 기 업농의 이해를 대변한다고 한다. 미주리농촌위기쎈터의 현재 목표는 바로 1달러 강제납부제를 폐지하는 것이다. 자신들이 내는 돈으로 자 신들에게 해로운 일을 하는 이들의 물적 토대를 허물자는 것이다. 이 운동은 현재 대법원까지 올라가 있다.

앨리슨과 얘기를 나누면서 내내 땅이 1백만평이나 있는데 뭐가 아 쉬워서 농사를 짓나 하는 궁금증을 억누르지 못했다. 평당 1달러만 해 도 벌써 1백만달러 아닌가. 우회적으로 접근하자.

855에이커의 땅값이 지금은 얼마나 되는가.

"모르겠다. 팔 것도 아는데 그걸 알아서 뭐하겠는가."

땅을 팔면 한 밑천 잡는 것 아닌가. (질문이 천박하다.)

"땅은 우리의 뿌리다. 경제정의를 실현하기 위해 맞서 싸울 수 있 는 토대이기도 하다. 나는 농민으로서 이 사회가 지금 이대로 계속되 어서는 안된다고 믿는다. 다국적기업의 시장 왜곡 때문에 갈수록 환 경은 파괴되고 거대한 농토에서 사람의 흔적을 찾아볼 수 없다. 사람 들이 생명의 원천인 대지와 물에 접근하는 것이 차단되고 있다. 나는 땅을 안 판다."

그러면서 그는 6, 70년대 흑인 인권운동이 왜 남부에서 성공적으로 전개됐는지에 대한 독특한 시각을 제시했다.

"그것은 농토라는 기반이 있었기 때문이다. 뭘 먹어야 인종차별과

미국 농민도 밑지고 농사짓는다

싸우고 버틸 수 있는 것 아닌가. 당시 활동가들은 흑인들의 농가에 모였다. 흑인 농민들이 그들을 먹여줬다. 사회적 불의와 싸울 수 있는 밥힘이 땅에서 나온 것이다."

앨리슨은 하루에 무려 15시간을 일한다. 6시에 일어나 아침을 먹을 겨를도 없이 밭에 나가 곡물과 가축들을 돌보고, 부리나케 컬럼비아에 있는 사무실로 나가서 일을 보다 3시쯤 퇴근해 다시 농사를 짓는다.

"그래도 행복하다. 두가지 일을 하면서 세상 돌아가는 것을 더욱 잘 알 수 있고 사람들과 만나면서 내 삶이 더 커지는 것을 느끼기 때문이다."

그가 오늘 아미시마을에 다녀온 것은 회원들을 대신해서 필요한 채소와 과일을 공동구매하기 위해서였다. 그만큼 시간을 빼앗기는 바람에 여유가 없어진 그는 부랴부랴 사료통을 들고 소들에게 갔다. 소들은 영리해서 그가 나타나자 소리도 없이 일제히 모여든다. 그냥 울타리에서 줘도 될 텐데 공평한 분배를 위해 그는 울타리를 넘어 방목장으로 들어갔다. 그의 사진을 찍기 위해 할 수 없이 따라 들어갔는데, 바닥에는 소똥 천지고 몸싸움을 벌이던 소들이 엉덩이로 나를 밀친다. 하지만 그 와중에도 신기하게 앨리슨에게 몸을 부딪치는 소는 없다.

"소는 1번부터 75번까지 서열이 정해져 있다. 서열은 서로 치열하게 다투면서 정해진다. 그래서 소를 키우기가 쉽다. 1번 소와 잘 지내면 다른 소들은 저절로 따라오게 된다."

그는 "농산물에 관해서는 각국마다 고유한 생산체제가 있어야 하고, 또 그것을 인정받아야 한다"면서 "지금 중국이 미국식 농법을 따라 하고 있는데 그것은 모두에게 불행한 일이 될 것"이라고 말했다. 생태의 균형과 세계평화를 위해서도 농민이 농토에서 쫓겨나는 일은 없어야 한다고 덧붙였다.

그것으로 인터뷰를 끝냈다. 이상한 논리지만 개에서 시작해서 소에서 끝났다. 농촌을 배경으로 한 인터뷰로는 완벽하지 않은가.

일리노이 데스플레인스

04

박제된 맥도날드 햄버거 1호점

Illinois Des Plaines.. 일 리 노 이 데 스 플 레 인 스

"들어와요."

그 소리를 듣지 못했으면 그냥 돌아가려고 했다. 맥도날드 1호점은
반들반들한 유리로 밀폐되어 있었다. 바깥에서 한번 둘러보는 게 전
부인 줄 알았는데, 건물 옆쪽에 철문이 있고 철문을 열자 면접관처럼
생긴 56세의 존 레딩 John Redding 이 무거운 철제 책상 뒤에 앉아 있었다.

눈썹이 짙고 눈매가 깊어서 중세의 고성도 지킬 수 있을 것 같은 레
딩은 맥도날드사가 1호점을 원형대로 복원해서 만든 박물관의 유일한
직원이다. 여름인데도 검은색 콤비에 흰색 셔츠를 받쳐 입은 그를 보
면 마치 맥도날드역사에 권위있는 학자라도 앉아 있는 것 같다. 실제
로 맥도날드사의 창업자 레이 크록 Ray Kroc 의 개인사에 관해 나지막한
음성으로 풀어서 설명해주는 그의 말은 간결하고도 명쾌했다. 그의

맥도날드 1호점의 경비원인 존 레딩

직책은 맥도날드 박물관의 경비원이다. 그의 말은 쭈뼛쭈뼛 안으로 들어서는 관람객들에게 언제나 "들어와요"로 시작해서 관람객이 나가면 "또 오세요"로 끝난다.

그가 앉아 있는 곳은 지금은 세계 121개국에 31,129개 점포를 두고 있는 맥도날드사가 처음 점포를 낸 1호점의 내실이다. 창업자 크록은 자신의 집이 있었던 알링턴하이츠^{Arlington Heights}와 사무실이 있었던 시카고의 중간 지점인 일리노이주 데스플레인스에 1955년 4월 15일 프랜차이즈 개념의 점포를 처음으로 냈다.

햄버거 고기 굽는 냄새가 나지 않는 햄버거가게는 수술실 같다. 동시에 5잔의 밀크셰이크를 만들 수 있는 멀티믹서와 탄산음료수를 담는 큰 통, 간 쇠고기를 굽는 그릴 등 모든 장비의 표면은 병원장비처럼 회색 스테인레스로 처리돼 있고 바닥에 깔린 타일에는 티끌 하나 없다. 조명은 하얀 형광등. 크록의 4대 신조인 품질·써비스·청결·가치^{QSC&V} 중 청결만큼은 확실히 지켜지다 못해 마치 살균소독까지 한 듯하다.

맥도날드 1호점의 남자종
업원 마네킹과 메뉴

레딩은 "모든 장비가 실제로 1984년까지 쓰던 것들"이라면서 "특히
멀티믹서는 당시 프린스캐슬Prince Castle사로부터 믹서 독점판매권을 얻
었던 창업자 크록이 직접 쓰던 것"이라고 말했다. 남자종업원 마네킹
들도 조리사들이 쓰는 하얀 모자에 하얀 앞치마를 두르고 있는데 마치
수술을 준비하고 있는 것 같다. 여자종업원은 없다. 거기에는 이유가
있다.

맥도날드 형제의 혁명

원래 햄버거는 한국의 떡볶이, 어묵과 같은 식품이었다. 19세기에
독일 함부르크에서는 고기를 갈아서 부처 먹는 게 유행이었다. 이것
이 20세기초 미국으로 건너와서는 빵과 결합해 햄버거로 탄생했다.
하지만 '빈자貧者의 음식'으로 간주되었다. 쓰고 남은 쇠고기를 갈아서
만들었기 때문이다. 식당에서는 팔지 않고 공장주변의 좌판에서나
팔았다. 옛날 영등포 공장지대에서 큰 프라이팬에 떡볶이를 만들어
팔던 '구루마'를 생각하면 된다.

첫 햄버거 체인으로 기록된 화이트캐슬White Castle은 1920년대에 햄

버거에서 불량식품 이미지를 걷어내는 데 주력했다. 사람들이 직접 보는 앞에서 그릴에 고기를 구웠고 고기는 하루에 두번 배달되는 신선육이라고 선전했다. 그리고 이미 그때부터 종업원의 외관에 대한 기업의 통제가 시작됐다. 화이트캐슬이 1931년에 정한 종업원 수칙 23가지는 '첫째, 모자가 항상 머리를 덮어야 한다. 둘째, 머리카락을 단정하게 손질해야 한다'에서 시작해 '여섯째, 이를 닦아야 한다' '아홉째, 구취를 없애야 한다' '열셋째, 체취가 나면 안된다'를 거쳐 '스물셋째, 바지자락이 길 때는 끝을 접어올려야 한다'로 끝난다.

햄버거가 급속히 퍼진 배경에는 자동차가 있다. 자동차가 대중화되면서 자동차여행중 간단히 먹을 수 있는 패스트푸드에 대한 수요가 생겼다. 특히 자동차가 대량 보급되는 시기에 개발되기 시작한 로스앤젤레스 등 캘리포니아 남부를 중심으로 드라이브인Drive-in 식당이 우후죽순으로 생겨났다. 1940년대에 로스앤젤레스에는 이미 1백만대의 차들이 다녔는데, 이는 41개주의 차량보유 대수보다 많은 것이었다.

요즘 미국에서 볼 수 있는 드라이브스루Drive-through 식당이 건물 창구를 통해 주문을 받는 것과 달리, 드라이브인 식당은 종업원들이 주차장까지 나와서 주문을 받고 음식을 배달했다. 드라이브인 식당들은 손님을 끌기 위해 주로 짧은 치마를 입은 10대소녀들carhops을 고용했다. 햄버거 맛 때문인지 10대소녀들 때문인지 드라이브인 식당은 한때 번창했지만, 10대소녀들을 유혹하러 온 소년들의 푼돈을 노리며 장사를 지속하기엔 비즈니스모델로서는 한계가 있었다.

리처드Richard와 모리스Morris 맥도날드 형제도 1937년 캘리포니아주 파싸디나Pasadena에 이런 식당을 열었다. 얼마 안 있어 쌘버나디노San Bernadino로 옮겨서도 같은 방식으로 장사했다. 하지만 그렇게 11년쯤

하고 난 뒤인 1948년, 한 식당에 오래 붙어 있지 않는 10대소녀들에게 빌붙어서 장사하는 것에 싫증을 느끼고 식당 문을 닫았다. 그리고 3개월 뒤 새로 식당을 열었을 때 이 식당이 미국인과 세계인의 삶에 영향을 미칠 체인으로 발전할 것이라고 예측한 사람은 없었을 것이다.

눈에 띄는 변화는 10대소녀들 대신 남자종업원만을 채용한 것. 그리고 '오만하게도' 손님들이 차를 세우고 창구로 와서 주문을 하도록 했다. 처음엔 손님들이 변화에 적응하지 못했다. 주차장에 차를 세우고 여자종업원이 오지 않는다고 경적을 빵빵 울려댔다. 맥도날드 형제가 이처럼 손님들한테 당당할 수 있었던 것은 다른 변화가 받쳐줬기 때문이다. 그들은 조리속도를 높이고 가격을 낮추고 판매량을 늘리기 위한 혁신적인 방법을 고안해냈다. 먼저 예전 메뉴에서 가짓수를 3분의 1로 줄였다. 나이프와 숟가락, 포크도 없앴다. 손으로 잡고

미시간주 디어번에 있는 헨리 포드 자동차박물관에 전시된 맥도날드 햄버거 간판. 자동차와 패스트푸드의 결합을 상징하는 전시다.

먹으라는 뜻이다. 접시와 컵도 종이로 바꾸었다.

가장 중요한 변화는 햄버거를 굽는 사람은 햄버거만 굽도록 한 것이다(그릴맨). 마찬가지로 햄버거에 드레씽을 바르는 사람은 드레씽만 바르도록 했다(드레써). 주문받는 사람은 주문만 받고(캐시어), 밀크셰이크를 만드는 사람은 밀크셰이크만 만들었다(셰이커). 프렌치프라이를 만드는 사람은 감자만 튀겼다(프라이맨). 처음으로 공장의 일관작업^{assembly line}을 식당의 노동분업에 적용한 것이다. 맥도날드 형제는 이를 스피디 써비스 씨스템^{Speedee Service System}이라고 명명했다.

저임금 시간제 노동시대의 개막

1호점 메뉴판을 보면 딱 9가지만 적혀 있다. 햄버거 15센트, 치즈버거 19센트, 프렌치프라이 10센트, 밀크 10센트, 루트비어 10센트, 오렌지주스 10센트, 코카콜라 10센트, 커피 10센트, 밀크셰이크 10센트.

1955년의 15센트를 인플레이션을 감안해 2003년 가격으로 환산하면 98센트. 쎄트메뉴가 아닌 햄버거 하나 가격이 지금도 1달러 안팎이니까 49년 동안 같은 가격이 유지되고 있는 셈이다. 맥도날드 햄버거는 당시 다른 햄버거에 비해 20센트나 쌌다. 절반도 안됐다는 얘기다. 그래서 노동자가정도 비로소 외식할 수 있는 여유를 갖게 됐다. 하지만 소비자에게 축복일 것 같은 이 놀라운 가격안정은 바로 노동의 희생을 바탕으로 한 것이었다. 맥도날드 형제의 시도는 써비스산업에서도 노동, 특히 기술력 있는 노동이 더이상 필요하지 않은 시대를 개막했다. 언제나 누구든지 기계가 지시하는 대로 따르기만 하면 물건이 나오고 써비스가 마무리됐다. 사람은 가만히 있고 물건이 컨베이어벨트를 따라 움직였다.

박제된 맥도날드 햄버거 1호점

미국의 자동차왕 헨리 포드^{Henry Ford}의 조립공정이 자동차 대중화와 함께 노동자 중산층 시대를 열었다고 하면, 맥도날드의 스피디 써비스 씨스템은 값싼 써비스와 함께 저임금 시간제 노동의 시대를 열었다고 볼 수 있다. 그리고 어떤 일이든 열심히만 하면 괜찮은 삶을 누릴 수 있다는 미국의 신화가 깨지기 시작했다. Work does not work(일해도 소용없다). 열심히 일해도 빈곤에서 탈출할 수 없는 직업들이 속출했다.

레딩은 이 박물관은 사실 1호점이 아니라 9번째 맥도날드 패스트푸드점이라고 말했다. 그 증거로 1호점 간판에 이미 1백만개의 햄버거를 팔았다고 씌어 있다. 스피디 써비스 씨스템이 번창해 캘리포니아주에서만 이미 8개의 지점이 생겨난 상태에서 크록이 맥도날드 형제를 찾아간다. 이유는 맥도날드 형제가 멀티믹서를 8대나 쓰고 있었기 때문이다. 멀티믹서 주문이 감소하는 것에 고민하던 크록은 믹서가 8대나 필요할 만큼 장사가 잘되는 식당을 보러 갔다가 스피디 써비스 씨스템의 잠재적 가치에 눈을 떴다. 그래서 맥도날드 형제를 설득해 전국적인 프랜차이즈로 키우기로 하고 1호점을 내기에 이른 것. 크록은 맥도날드 프랜차이즈 매출액의 1.5%를 자신이 갖고 0.5%를 맥도날드 형제에게 나누어주기로 계약을 체결했다.

맥도날드 형제는 빨리 현금화하고 싶은 욕심에서 1961년에 270만 달러를 받고 맥도날드 햄버거 프랜차이즈에 대한 상표권을 포함한 모든 권리를 크록에게 팔았다. 세금을 제외하고 맥도날드 형제는 각각 1백만달러를 가져갔는데, 만약 팔지 않고 그 권리를 그대로 갖고 있었으면 지금은 매년 1억8천만달러를 가져갈 수 있는 돈이었다. 반면 월급 대신 받은 주식을 갖고 있었던 크록의 여비서 준 마티노^{June Martino}

는 맥도날드사의 주식을 10%나 보유한 억만장자가 되어서 은퇴했다.

크록은 자금 형편이 여의치 않은 상태에서 맥도날드 형제에게 270만달러를 지급하기 위해 빚을 끌어다 썼다가 2000만달러가 넘는 금융부담을 졌다. 평소부터 재주는 자기가 다 부리고 맥도날드 형제는 앉아서 돈만 챙긴다고 감정이 안 좋았던 크록은 복수를 꾸미게 된다.

맥도날드 형제는 맥도날드에서 손을 뗀 뒤에도 쌘버나디노의 원래 자리에서 맥도날드라는 상호 대신 '빅엠'Big M이라는 이름으로 식당을 운영했다. 크록은 버젓이 맞은편에 맥도날드 체인점을 냈다. 마치 한국의 낙지요리집끼리 벌이고 있는 원조 다툼과 같다. 결과는 원조집의 참패. 사람들의 발길은 빅엠이 아니라 맥도날드로 몰렸다. 빅엠은 고전하다가 닐 베이커Niel Baker 체인점으로 바뀌었고 결국 1972년 건물 자체가 철거되는 비운을 겪는다.

1974년 그 자리에 새로운 건물이 들어섰지만 역시 어떤 장사를 해

맥도날드 1호점의 외부 전경

도 영업이 안돼 다시 철거의 위기를 맞았을 때 레이 크록만큼 야심찬 식당 프랜차이즈의 주인인 일본계 미국인 앨버트 오쿠라^{Albert Okura}가 나타났다. 멕시칸치킨 전문 프랜차이즈인 후안뽀요^{Juan Pollo}를 운영하는 오쿠라는 이 건물을 사무실 겸 맥도날드 역사박물관으로 개조해 쓰면서 제2의 맥도날드왕국을 꿈꾸고 있다.

맥도날드사는 당연히 이 박물관을 인정하지 않는다. 박물관 개관 축제에 아무도 보내지 않았을 뿐 아니라 지금도 데스플레인스의 박물관을 1호점으로 명명하고 있다. 그렇다고 해서 데스플레인스 박물관을 따로 성대하게 꾸민 것은 아니다. 박물관은 지상층의 주방에 이어 지하실로 이어진다. 창고로 쓰이던 지하실은 답답하다고 느낄 만큼 좁았다. 사진 몇점과 맥도날드사의 홍보 비디오테이프를 감상할 수 있다. 전체적으로 세계를 호령하고 있는 매출 400억달러 맥도날드의 박물관이라고 하기에는 지나치게 겸손한 규모다.

레딩과 크록은 무엇이 달랐나

박물관은 일주일에 목금토 사흘만 연다. 관람시간도 목요일·금요일은 오전 10시 30분에서 오후 2시 30분, 토요일에는 4시 30분까지 2시간 더 개장한다. 그리고 무엇보다 5월 마지막주부터 9월 첫째주까지, 여름에만 개장한다. 박물관 개장시간은 정확히 레딩의 노동시간이다. 그는 시간당 11달러를 받는다. 최저임금인 5달러15센트보다 많이 받으며 일반적인 맥도날드 종업원들에 비해서도 많은 편이지만, 문제는 노동시간이 턱없이 적다는 것. 주당 14시간밖에 안된다. 일요일에 다른 곳에서 시간제로 일하는 시간까지 합쳐서 그의 주당 노동시간은 20시간 안팎이다. 빠지지 않고 꼬박 일한다고 해도 한달 수입이 1천달러가 안된다. 그중 방 한칸짜리 집세로 650달러가 나간다. 과거에는 엥겔계수라고 해서 수입 중 식비가 차지하는 비중을 따졌지만, 요즘에는 집세가 차지하는 비중이 수입의 30%를 넘으면 생활이 어려운 것으로 간주한다. 주정부에서 주는 실업수당을 보태서, 그의 표현대로 '부양가족이 없기 때문에 간신히 버티고' 있다.

그의 일과는 판에 박은 듯하다. 항상 길 맞은편에 있는 진짜 맥도날드에서 저녁을 먹고 퇴근해서 텔레비전을 시청하는 것으로 소일한다. 그와 크록은 고향이 같다. 이곳에서 얼마 떨어지지 않은 오크파크Oak Park다. 그와 크록은 학교도 같은 데를 다녔다. 오크파크 리버포레스트 River Forest 고교다. 물론 나이가 44세나 차이 나기 때문에 직접 비교하는 것은 불가능하지만 가방끈이 더 긴 쪽은 레딩이다. 그는 고등학교를 졸업하고 대학에 진학했으며 크록은 고교 2학년에서 중퇴했다.

맥도날드사의 창업자 레이 크록

레딩은 캔자스에 있는 대학의 영문학과를 졸업했고 육군에 입대한 크록은 끝내 학교로 돌아오지 않았다. 크록은 같은 일리노이주 출신인 월트 디즈니Walt Disney와 같은 부대에서 의무병으로 1차대전에 참전했다. 그리고 재즈음악가의 길을 모색하다 실패하고 쎄일즈맨으로 미국 전역을 떠돌아다녔다. 반면 레딩은 캔자스의 싸우스웨스트벨

박제된 맥도날드 햄버거 1호점

Southwest Bell이라는 큰 전화회사에 취직해 17년간 자재담당 직원으로 일했다. 크록은 52세의 나이에 맥도날드 형제를 만나 그들의 마음을 사로잡는 바람에 일생일대의 기회를 포착했다. 레딩은 5년 전인 51세에 맥도날드 박물관의 경비원이 되어 맥도날드역사를 설명하면서 뒤늦게 영문학도로서 실력을 발휘하고 있다.

레딩이 잘 다니던 회사를 그만둔 것은 가정사 때문이다. 자녀가 없었던 레딩은 1990년에 이혼하고 부모가 있는 고향 근처로 오기 위해 직장을 그만두었다. 고향에 왔지만 그때는 경기가 안 좋은 때라서 사무직을 구할 수 없어 야채 배달, 리무진 운전 등 다종다양한 직업을 전전했다. 리무진 운전은 수입은 좋았지만 하루에 20시간, 일주일에 6일을 일해야 하는 중노동이었다. 경비직은 보수는 낮아도 안정된 직장으로 보여 취직했다. 하지만 무릎관절염이 도진 탓에 지난해 11월 경비직에서마저 해고됐다가 이번 여름을 앞두고 다시 맥도날드의 부름을 받았다. 그러나 이번 여름이 지나면 또다시 해고될지 모르는 불안 속에서 산다.

그는 서류상으로는 맥도날드사의 직원이 아니다. 인력파견업체인 인터테크Intertech 소속이다. 달리 말해 맥도날드는 회사의 발상지격인 박물관에 하나밖에 없는 직원조차 파견업체에서 받아 쓸 만큼 효율성을 극대화하고 있다. 신분은 그렇지만 교육은 맥도날드에서 받았다고 그는 말했다. 그래도 레딩은 지금까지 유나이티드항공,United Airlines 모토롤라,Motorola 스피고트 캐딜락,Spigot Cadilac 맥도날드 같은 굴지의 회사에서만 일했다. 어떤 회사가 가장 좋았느냐는 질문에 "어떤 게 좋다 나쁘다 할 만큼 충분히 알지 못한다"라고 말했다. 그의 직업은 건물 앞을 지키는 것이지, 건물 안을 들여다보는 것이 아니다.

크록과 무엇이 달랐기에 인생이 그렇게 차이가 났느냐고 물었을 때
그는 한마디로 '쎄일즈맨십'이라고 말했다. 크록은 그게 있었고 자신
은 없었다는 것. 쎄일즈맨십이 뭐냐는 질문에 그는 "남을 설득할 수
있는 능력"이라고 정의했다. 맥도날드 형제의 스피디 써비스 씨스템이
세상에 알려진 뒤 숱한 사람들이 맥도날드 형제에게 같이 사업해보자
고 제안했지만 결국 그들을 설득한 사람은 크록이었다는 것.

쎄일즈맨십이 없어서 크록 같은 큰 인물이 되지 못한 것은 이해할
수 있다. 하지만 그게 없어서 대학을 나오고도 한달에 1천달러도 벌지
못하는 저임금 시간제 노동자로 살아야 한다는 것은 이해하기 어려운
현실이다. 그러나 다운싸이징을 통해 중간관리층이 엷어지면서 저임
금 시간제 노동자로 내려온 미국의 많은 화이트칼라들이 마주치고 있
는 현실이다.

박물관에 대한 관람객들의 반응은 좋았다. 지하실에서 만난 올스테
이트^{Allstate} 보험회사 직원 엘리자베스 바쌀로^{Elizabeth Basallo}는 "우리 동
네에 있는 줄은 알았지만 와보기는 처음"이라면서 놀랍다고 했다. 방
명록에 이름을 적어달라는 레딩의 요청에 따라 방명록을 펼쳤더니 다
녀간 사람들이 한마디씩 적어놓은 평들도 좋았다. "cool" "awesome"
"sweet" "neat" 같은 감탄사들이 줄을 이었다. 프레드 슐레이씽^{Fred}
^{Schleissing}이라는 사람은 "1955년에 와본 적이 있다"라고 썼다. 일본 단
체관람객들도 흔적을 남겨놓았다. 6월 26일 도비 맥스웰^{Dobie Maxell}은
"위대한 역사"라고 적었다. 25일 오스트레일리아에서 온 케이 루스 프
라이어^{Kay Ruth Fryer}는 "내 어린시절로 돌아간 느낌"이라고, 19일 션과 빌
리 오토^{Shawn & Billy Otto} 부부는 "우리 손자와 함께 역사를 나누고 싶었
다"라고 썼다.

맥도날드는 20세기 후반 역사의 흐름을 좌우한 세계화의 주역이었다. 그래서 세계화로 번역되는 '글로벌라이제이션'을 맥도날다이제이션McDonaldization으로 표현하는 사회학자도 있다. 하지만 맥도날드는 어떤 세상으로 인류를 이끌고 가는가.

이미 오후 2시 30분이 넘었다. 박물관의 문을 닫을 때가 지났다. 관람객들은 많지는 않지만 끊이지도 않는다. 지금부터는 무보수 연장 근무시간이다. 레딩을 놓아줄 때가 됐다. 취재에 응해줘서 고맙다는 말을 끝으로 철문을 열었다. 등 뒤로 레딩의 목소리가 들렸다.

"또 오세요."

05

일리노이 오크브룩

미국인이 지불하는 맥도날드 성공의 댓가

Illinois Oak Brook.. 일리노이 오크브룩

맥도날드 본사에 가보겠다고 생각한 것은 약간의 오기 때문이라고 할 수 있다. 미국 일주 여행은 극단적으로 말해 이쪽 맥도날드에서 저쪽 맥도날드까지 왕복하는 것이다. 어딜 가도 맥도날드의 골든아치로 시작해서 피자헛, 버거킹, 웬디스, 할리데이인, 이코노라지, 채널4 등 프랜차이즈 가맹점들이 순서만 바꿔서 도열해 있다. 자동차를 몰고 여러 시간을 달려도 도착하는 곳은 언제나 똑같다.

언젠가 기차 침대칸에 누워서 미국을 여행하는 호사를 부린 적이 있는데 책을 읽다가 졸리면 자고 자다가 눈을 뜨면 바뀐 경치를 완상할 수 있지 않을까 하는 기대 때문이었다. 워싱턴, 뉴올리언스, 시카고를 세 꼭지점으로 해서 미국 국토의 절반만한 삼각형을 그리는 코스였다.

초봄인 뉴올리언스에서 출발한 기차가 미시시피강을 따라 시카고를 향해 북상할 때는 낮잠에서 깨어날 때마다 시시각각 겨울로 돌아가는 희한한 경험도 했다. 아이오와주의 평원을 달릴 때는 저만치에서 폭설이 내렸다.

그런데 시카고에서 워싱턴으로 향하는 구간은 마치 뭔가에 씐 것 같았다. 밤이었는데 잠에서 깨어 바깥을 내다보자 낯익은 맥도날드의 골든아치가 먼저 눈에 들어왔다. 더 자고 일어나서 보니 여전히 골든아치가 시선을 가로막았다. 기차는 쉼없이 달렸다. 하지만 여전히 골든아치를 벗어나지 못했다. 마치 달아나려고 발버둥치는데도 제자리에 머물러 있는 악몽과도 같았다.

하지만 스스로 위선이라는 걸 안다. 여행을 다닐 때마다 점심을 해결하는 곳은 맥도날드, 버거킹, 웬디스, 피자헛, 아니면 중국식당이다. 값이 저렴하면서도 항상 안전한 선택을 제공하기 때문이다. 싫어하면서도 나도 모르게 끌려들어가는 기분은 더욱 좋지 않다. 하지만 나 역시 '맥도날드화된 인간'이라는 사실을 인정하지 않을 수 없다. 변화를 바라는 것 같으면서 내심은 변화를 싫어하는, 피상적인 변화는 원하지만 근본적인 변화는 싫어하는, 현실안주형 진보주의자라고나 할까.

이번 미국 여행지를 결정할 때 첫번째로 맥도날드가 떠올랐다. 끝없는 세포분열을 통해 미국을 프랜차이즈하고, 나아가 전세계에 촉수를 뻗치고 있으며, 내 취향과 체질마저 보수화하고 있는 이 괴물의 정체를 모르고는 미국을 제대로 알 수 없다는 생각에서였다. 그 심장부를 쳐들어가지 않고서 어떻게 자료만으로 맥도날드를 이해할 수 있다고 하겠는가. 가자.

맥도날드 본사에는 골든아치가 없다

오후 4시가 돼서야 일리노이주 오크브룩에 있는 맥도날드 본사에 도착했다. 점심을 먹지 못했다. 처음엔 맥도날드 본사에서 파는 햄버거 맛을 보기 위해 꾹 참고 운전했다. 그런데 고속도로 290번에서 빠져나와 루트 63번을 타고 남쪽으로 내려오다 31번가를 만났을 때 좌회전해야 하는데 우회전해버렸다.

길을 찾느라 시간이 지체되자 마음이 간사해지기 시작한다. 오크브룩에 있는 아무 맥도날드에서나 햄버거를 먹으면 어떤가. 맥도날드 본사가 있는 동네의 햄버거 맛이 어떤지도 알아볼 필요가 있는 것 아닌가. 그런데 이 동네엔 그 흔한 맥도날드가 없다. 파운틴Fountain 쇼핑몰이라는 곳에 들어갔더니 맥도날드 비슷한 패스트푸드점도 없다. 오크브룩은 『포춘』Fortune지 선정 500대기업 중 60개 기업의 본사나 지사가 있는 오피스 전원도시. 경비원이 출입문을 지키는 고급 주택촌들이 하늘 높이 자란 숲 속에 숨어 있다.

그렇게 헤매다보니 어느새 맥도날드 본사건물 중 하나인 8층짜리 맥도날드플라자McDonald Plaza에 도착해버렸다. 그런데 이게 맥도날드 건물인지 긴가민가했다. 맥도날드의 상징, 골든아치가 없다. 사실 여기까지 오는 동안 맥도날드 본사를 찾는 것은 쉬울 거라고 생각했다. 세계 곳곳에 솟아 있는 골든아치가 본사 건물에는 얼마나 높이 솟아 있을 것인가. 멀리서 그것을 길잡이 삼아서 따라오면 본사 건물에 당도하지 않겠는가.

골든아치는 『뉴욕타임스』의 칼럼니스트인 토머스 프리드먼Thomas Friedman이 만들어낸 '골든아치의 분쟁예방 이론'Golden Arches Theory of Conflict Prevention이라는 그럴듯한 얘기의 소재이기도 하다. 『렉서스와 올리브

나무』 The Lexus and the Olive Tree 라는 그의 책에 따르면, 지금까지 골든아치가 들어간 나라끼리 전쟁한 적이 없었다고 한다. 골든아치가 마치 평화의 전령인 것처럼 보이는 이 주장은 곧장 깨졌다. 미국 메릴랜드대학의 사회학자 조지 리처 George Ritzer 는 『사회의 맥도날드화』 McDonaldization of Society 에서 "북대서양조약기구 NATO 군대가 이미 맥도날드가 들어간 유고슬라비아를 폭격함으로써 이 이론은 더이상 성립되지 않는다"라고 말했다. 어쨌든 그처럼 이론에도 등장하는 골든아치가 본사에는 없다.

그 이유를 추론할 수 있는 일화가 있다. 골든아치는 원조 맥도날드 형제의 작품이다. 그 형제로부터 맥도날드 체인의 소유권을 산 창업자 레이 크록은 앞에서 썼다시피 맥도날드 형제를 미워했다. 그래서 1960년대말 회사가 비약적으로 성장하자 맥도날드 형제의 흔적을 지우기 위해 그들이 본래 고안한 식당의 디자인을 바꿔버렸다. 이때 골든아치마저 없애버리려고 했다. 그러나 디자인 변경에 따른 소비자 반응을 조사하기 위해 고용한 심리학자 겸 디자인 컨설턴트인 루이스 체스킨 Louis Cheskin 의 강력한 반대에 부딪혔다. 베스트셀러 『패스트푸드 제국』 A Fast Food Nation 의 저자 에릭 슐로써 Eric Schlosser 에 따르면, 체스킨은 골든아치가 소비자의 무의식에서 프로이드적 상징으로 자리잡고 있다고 주장했다. 골든아치 한 쌍을 보면 큰 가슴이 연상되기 때문에 소비자들의 무의식에 엄마 맥도날드 젖가슴의 이미지로 각인되어 있다는 것이다. 솔깃한 설명 덕분에 골든아치는 철거의 운명을 피해 오늘날에는 교회 십자가보다 더 유명한 야외 조형물 중 하나가 되었다. 그의 말을 듣고 다시 보니 아치가 큰 가슴을 닮은 것 같기는 하다.

본사 건물 1층에 있는 맥도날드 햄버거에서 '넘버 6 빅앤테이스티'

BIG N TASTY 쎄트메뉴를 주문했다. 3달러30센트에 세금 22센트, 모두 3달러52센트다. 싼 편이다. 이 식당은 두가지가 지금까지 가본 수많은 맥도날드와 달랐다. 먼저 탄산음료 외에 주스와 스포츠음료도 같은 가격에 선택할 수 있고 대중소 구분 없이 맘껏 따라 마실 수 있다.

또 하나는 식탁과 의자가 붙어 있지 않다. 마치 진짜 식당처럼 의자를 뒤로 길게 뺄 수도, 바짝 붙여 앉을 수도 있다. 조화이기는 하지만 빨간 장미 한 송이가 식탁마다 놓여 있어 제법 진짜 식당 같다. 다른 맥도날드에 가면 식탁과 의자가 붙어 있어서 거리 조절이 안된다. 다리가 긴 나로서는 공부할 때도 하지 않는 정좌를 하고서 햄버거를 먹어야 한다. 더구나 의자는 딱딱하고 초를 발라놓은 것처럼 반질반질하다. 인체공학적으로 이처럼 오래 앉아 있지 못하도록 일부러 설계된 식탁과 의자는 매우 드물다. 리처는 그게 바로 맥도날드가 노리는 것이라고 말했다. 빨리 일어나야 손님들의 회전이 빨라진다. 빠른 회전은 많은 매출, 높은 수익을 의미한다. 그게 패스트푸드다.

원래 자동차여행 도중 가볍게 빨리 먹기 위해서 패스트푸드가 나왔지만, 패스트푸드가 보편화되면서 패스트푸드의 속도에 사회가 좇아가는 양상이 돼버렸다. 일례로 점심시간은 더욱더 짧아진다. 남들이 패스트푸드를 먹고 일찍 오후 업무를 시작하는데 여전히 점심을 먹고 있다면 경쟁에서 뒤처질 수밖에 없다. 다른 의미에서 속도전을 촉발하기도 한다. 맥도날드에 쇠고기를 납품하는 미 최대의 쇠고기 가공업체 IBP의 도살장에서는 시간당 4백두의 소가 도살된다고 한다. 만약 시간당 3백두의 소를 도살하는 업체가 있다면 이 업체는 IBP보다 쇠고기 가공원가가 높기 때문에 맥도날드사에 납품하는 경쟁에서 이길 수 없다. 만약 시간당 5백두의 소를 도살하는 업체가 나타난다면

맥도날드플라자 1층에 있는
맥도날드 식당. 의자와 식탁
이 분리되어 있다.

IBP로서는 기를 쓰고 도살 속도를 높일 수밖에 없다. 그러나 소를 도살하고 가공하는 작업에는 지금도 일일이 사람의 손이 가야 한다. 날카롭고 긴 칼을 쥔 손이 빨라져야 한다. 그러다보면 더 많은 부상을 입게 되고 때로는 사람이 도살되는 일마저 일어난다. 슐로써는 그게 실제 미국 육가공공장에서 일어난 일이라고 말했다.

맥도날드라고 해서 속도를 조절하지는 못한다. 운전석에는 앉아 있지만 끊임없이 다른 차의 속도를 곁눈질해야 한다. 맥도날드는 더이상 미국 내에서 최대 가맹점을 가진 프랜차이즈가 아니다. 최대 가맹점을 가진 프랜차이즈는 버거킹도 웬디스도 KFC도 아닌, 가장 후발 주자인 서브웨이Subway다.

맥도날드보다 10년 늦은 1965년에 생긴 서브웨이는 2001년 12월 31일을 기준으로 미국 내에서 13,247개의 가맹점을 기록, 148개 차이로 맥도날드를 제쳤다. 서브웨이는 미국 내에서 매년 1천개 꼴의 파죽지세로 프랜차이즈 가맹점을 늘려가고 있는 반면, 맥도날드는 성장세가 둔화되고 있다. 서브웨이의 성장비결 중 하나는 칼로리가 적은 쌘드위치다. 서브웨이의 대변인 제러드 포글Jared Fogle은 말이 아니라 몸으로 회사를 대변한다. 포글은 하루에 서브웨이 쌘드위치 2개만 먹으면서 1년 동안 꾸준히 운동량을 늘린 결과 무려 110킬로그램을 뺐다고 선전하고 있다. 그런데 그 지하철 모양의 쌘드위치 하나가 어른 팔뚝만하다. 길이의 단위도 센티미터가 아니라 1푸트foot다. 꼬마들이 칼싸움하고 놀 수도 있을 만큼 길다. 그걸 먹고 살이 빠질까 싶은데, 과거에 얼마나 먹었으면 웬만한 여성 두사람 분의 체중을 뺐단다. 그렇게 하고도 그의 몸에는 87킬로그램이 남았으니 원래 몸무게가 얼마였을지 상상이 안된다. 그는 세계에서 가장 뚱뚱한 국민인 미국인의 새로운 우상이다. 일년 열두달 365일 강연요청이 쇄도한다. 더 살이 안빠지는 게 궁금할 지경이다.

살빼기 전에 입던 바지를 들어 보이는 제러드 포글

최근 맥도날드가 긴장하는 빛이 역력하다. 새로운 경쟁자들의 도전도 도전이지만, 무엇보다 비만과 당뇨의 원인을 제공하는 패스트푸드의 원흉으로, 그리고 미국자본 침투의 첨병으로 찍혀서 세계 곳곳에서 보이콧과 심지어 폭탄 공격의 대상이 되고 있다. 2004년에 개봉한 다큐멘터리영화 「슈퍼 싸이즈 미」Super Size Me 역시 맥도날드에는 중성자탄 같은 것이다. 감독 모건 스펄락Morgan Spurlock이 스스로 30일 동안 맥도날드 햄버거와 프렌치프라이, 치킨너겟만 먹은 체험을 기록해 만

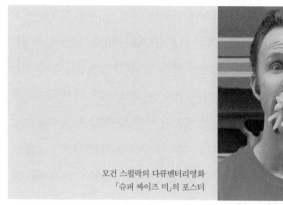

모건 스펄락의 다큐멘터리영화
「슈퍼 싸이즈 미」의 포스터

든 이 영화는 오스트레일리아에서는 다큐멘터리영화 사상 최고의 흥행성적을 기록했다.

영화에서 그의 몸무게는 한달 동안 11킬로그램이나 늘었고 콜레스테롤 수치는 168에서 230으로 치솟았다. 뿐만 아니라 불면증, 가슴 두근거림, 설탕중독 등의 고통을 호소했다. 맥도날드는 당초 이 영화를 무시했다. 영화를 보면 스펄락이 맥도날드측에 집요하게 인터뷰를 신청하지만 15번이나 전화를 걸어도 회답이 없다. 나도 여기 오기 전 맥도날드 본사에 인터뷰를 신청했지만 일주일 만에 온 회답은 한국 맥도날드를 통해 취재목적을 밝히고 새로 절차를 밟으라는 것이었다. 그래서 아무런 약속도 하지 않고 찾아왔다.

대학보다 멋진 맥도날드 캠퍼스

맥도날드플라자에서 차로 5분만 남쪽으로 내려가면 맥도날드 캠퍼스가 펼쳐진다. 남북으로는 31번가와 22번가 사이, 동서로는 루트 63번과 요크로드York road 사이의 10만평 대지에 자리잡은 이곳에는 햄버거대학과 하얏트Hyatt가 운영하는 호텔, 또다른 본사 건물이 있다.

미국인이 지불하는 맥도날드 성공의 댓가

특히 '햄버거대학'이라는 이름이 마음에 들었다. 햄버거라는 식품 하나를 소우주로 생각해 연구하고 가르친다면, 세상은 얼마나 다양하고 가치있는 것으로 가득차 있는 것일까. 담배대학, 연필대학, 심지어는 가위대학도 생길 수 있는 것 아닌가. 미국의 어느 대학 못지않은 아름다운 캠퍼스다. 울창한 숲과 뱃놀이를 할 만큼 넓은 호수를 끼고 있다. 캠퍼스 내 두 줄기의 도로는 각각 로널드 레인,$^{Ronald Lane}$ 크록 드라이브$^{Kroc Drive}$로 명명되어 있다. '로널드'는 맥도날드가 어린이를 겨냥해 개발한 어릿광대 캐릭터 로널드 맥도날드에서, '크록'은 창업자 레이 크록의 이름에서 따왔다.

맥도날드 캠퍼스의 햄버거
대학 전경과 레이크 프레드

대학과 호텔 사이에 있는 호수는 '레이크 프레드'$^{Lake Fred}$라고 불린다. 프레드는 크록에 이어 맥도날드의 2인자였던 프레드 터너$^{Fred Turner}$의 이름이다. 정확한 작명이라는 생각이 들었다. 오늘날의 맥도날드는 터너 없이는 상상하기 어렵다. 맥도날드 햄버거는 모스크바 맥도날드든, 시카고 맥도날드든 익히기 전의 무게가 1.6온스(약 44.8그램)이어야 한다. 햄버거 안에 들어가는 간 쇠고기의 지름은 3.875인치(9.8425센티미터), 빵의 지름은 조금 작아서 3.5인치(8.89센티미터).

햄버거 고기의 지방 비율은 19%로 통일돼 있다.

이처럼 햄버거의 품질이 규격화돼 있기 때문에 맥도날드 본사에서 먹는 햄버거든, 사우디아라비아의 메카에서 먹는 햄버거든 맛이 같다. 이같은 통일성이 맥도날드 성공의 원인이다. 낯선 음식을 접할 때의 불안감이 맥도날드에는 없기 때문이다. 최선의 선택은 아니지만 항상 무난한 선택은 된다. 이것이 나의 식성을 보수화하는 원인이기도 하다.

이처럼 제품 표준화의 가치에 일찍 눈뜨고 피클의 두께까지 통일한 사람이 터너다. 후에 크록에 이어 2대 선임회장에 오른 터너는 1958

맥도날드의 프레드 터너 전 선임회장

년부터 회사 운영과 직원 훈련 매뉴얼을 만들어 거의 모든 것을 그에 따라 움직이도록 했는데, 당초 75면이었던 것이 지금은 700면이 넘는다. 이 매뉴얼의 별명은 '성경'이다.

햄버거대학도 터너 회장이 직영하던 매장인 엘크그로브 빌리지Elk Grove Village의 지하실에 만든 훈련쎈터에서 시작된 것이다. 알고 보니 햄버거만 죽자 사자 연구하는 데는 아니다. 그러니 담배대학이나 가위대학도 생길 수 있다는 내 생각은 착각이었다. 30여명의 교수진이

미국인이 지불하는 맥도날드 성공의 댓가

맥도날드 매니저들과 예비 점주들을 대상으로 매장관리에서부터 장비관리·인사관리·품질관리·고객관리 등 햄버거 매장운영에 관한 모든 것을 22개 언어로 가르친다. 2주 과정을 졸업하면 '햄버거학' hamburgerology 수료증을 받는다. 지금까지 6만5천명이 이 대학을 다녀갔다. 씨드니·뮌헨·토오꾜오·홍콩·쌍빠울루·런던에도 분교를 두고 있다.

학생들은 호수 위로 난 구름다리를 건너 '라지', 즉 오두막집이 라는 소박한 이름의, 하지만 하룻밤 숙박료가 세금 포함해서 175달러(약 20만원)인 호텔에서 묵는다. 객실 수가 218개나 되는 이 호텔은 일반인도 투숙할 수 있다. 실내수영장과 헬스클럽, 이딸리아식당, 대연회장 등을 갖추고 있다. 호텔 복도에는 맥도날드 콤보쎄트를 그린 정물화가 걸려 있다. 수채화로 그린 이 그림은 마치 캠벨수프 캔을 그린 앤디 워홀Andy Warhol의 그림처럼 우리가 물신화해야 할 대상이 무엇인지를 일깨워주고 있다. 햄버거는 그냥 무난한 선택 정도가 아니라 그 미학을 감상하면서 먹는 대상으로 올라섰다. 적어도 이곳에서는.

호텔 로비에서 만난 흑인여성 티나 그레인Tina Grain은 "햄버거대학에서 비즈니스 리더십 과정을 공부하고 있다. 하루에 9시간씩 수업을 듣지만 중간에 휴식이 있어서 일하는 것보다는 수월하다"라고 말했다. 그녀는 텍사스주 위니Winnie에 있는 맥도날드 햄버거 가맹점의 매니저다. 크루crew라고 부르는 일반종업원에서부터 시작해 근무조의 조장, 보조매니저를 거쳐 지금 자리까지 오는 데 13년이 걸렸다. 맥도날드 한 가맹점의 평균 종업원수는 50명 내외인데 그중 조장, 보조매니저, 매니저로 이루어지는 간부진은 5명 안팎이다. 그녀는 "그야말로 밑바닥에서부터 빡빡 기어서 여기까지 왔다"라면서 활짝 웃어 보였다.

그녀는 원래 대학에서 엔지니어링을 공부하고 엔지니어로 일하다 항공 스튜어디스를 거쳐 맥도날드에 들어왔다. 맥도날드 종업원들의 기준으로 보면 이례적인 경력이다. 어떻게 해야 당신처럼 매니저가 될 수 있느냐고 묻자 그녀는 "누구나 열심히 하면 될 수 있다"라고 바로 대답했다. 곧 성공학에 대해 한바탕 늘어놓을 기세다. 그래서 열심히 한다고 해서 다 되는 건 아니지 않느냐고 살짝 반박하자 "뛰어난 관리기술만 있으면 된다"라고 답했다. 두 대답이 서로 모순되기 때문에 어떻게 하면 뛰어난 관리기술이 생기느냐고 더 묻지는 않았다. 월급에 대해서는 "돈이란 항상 부족한 것 아니냐. 하지만 불평하지는 않는다"면서 끝내 털어놓지 않았다. 패스트푸드 체인의 매니저들 평균 연봉은 2만3천달러 수준(2002년 기준)으로, 높은 편은 아니다.

그녀의 꿈은 지역의 감독관^{supervisor}이 되는 것이다. 그녀는 감독관이 되기 위해 대학에 등록해 스페인어를 배워야겠다고 말했다. 스페인어를 모르고는 영업도 관리도 하기 어려운 실정이란다. 텍사스에는 라틴아메리카에서 온 히스패닉인구가 급증하고 있다.

미국내 맥도날드식당에서 일하는 종업원 중 6분의 1은 영어가 오히려 외국어다. 가끔 맥도날드에서 쎄트메뉴를 고르지 않고 복잡하게 주문을 하면 종업원이 못 알아듣는 경우가 있다. 보통은 자기 영어에 문제가 있는 줄 알고 부끄러워하는데 사실은 종업원의 영어가 더 문제일 수 있다. '넘버원' '넘버씩스' 등 맥도날드 잉글리시$^{McDonald\ English}$로만 대화가 되는 사람들이 많기 때문이다.

본사에 있는 맥도날드식당에서 만난 엔리께^{Enrique}가 그런 경우다. 멕시코에서 이민온 그는 식당을 청소하는 일을 맡고 있다. 햄버거를 먹는 도중 눈길이 부딪힐 때마다 받아주는 미소가 부드럽다. 다가가

미국인이 지불하는 맥도날드 성공의 댓가

서 몇마디 대화를 이어가다가 그가 시간당 8달러를 받는다는 것을 알아냈다. 내가 짐짓 놀라는 표정으로 꽤 많이 받는다고 말하니까 아홉 손가락을 펴면서 지금까지 9년 동안 일했는데 그게 뭐 많으냐고 말했다. 그는 올해 65세다. 그의 바람은 앞으로도 계속 안정적으로 청소하는 것이다. 북아메리카대륙의 맥도날드에는 노조가 없다. 그리고 지금 내가 둘러보고 있는 본사에는 노조 결성을 와해시키는 기동타격대가 있다.

맥도날드 성공의 비결은 '슈퍼싸이징'

햄버거 얘기로 돌아가자. 이 아름다운 호수에 그림 같은 햄버거대학이 맥도날드 제품과 직원을 표준화시키는 역할을 해왔지만, 맥도날드가 주도해온 마케팅 혁신에 기여한 흔적은 많지 않다. 판매량을 늘리는 고전적인 마케팅방법은 한개 값에 두개를 팔면서 한개 값을 슬며시 올리는 것이다. 이 방법을 쓰면 옷이나 책, 가구 등 어떤 제품도 판매량이 는다. 하지만 음식에는 소용이 없었다. 한번에 먹을 수 있는 양이 제한돼 있어서 그런 탓도 있지만 근본 원인은 딴 데 있었다. 다음은 그레그 크리처 Greg Critser 가 저서 『비만의 제국』 Fat Land 에서 파헤친 내용이다.

극장의 수입은 팝콘에서 나온다는 말이 있다. 팝콘의 판매마진이 가장 크기 때문이다. 1960년대 극장 체인 밸러밴^{Balaban}에서 일한 데이비드 월러스틴^{David Wallerstein}은 팝콘 판매가 부진한 원인을 분석했다. 한 상자 값으로 두 상자를 준다고 해도 사람들은 손사래를 쳤다. 왜 그럴까. 어느날 그는 사람들이 상자를 두개 들고 있으면 너무 탐욕스러워 보이는 것을 경계하기 때문이 아닐까 생각했다. 그럼 한 상자로 만들어버리는 게 어떨까. 그는 팝콘 상자를 두배로 크게 만든 점보싸이즈 팝콘을 가격은 조금만 올려서 내놓았다. 그렇게 첫주가 지난 뒤 판매량을 집계한 결과 월러스틴은 스스로도 놀랐다. 팝콘 판매량이는 것은 물론이고 코카콜라 같은 탄산음료의 판매도 급증했다. 팝콘을 많이 먹으면 짜니까 자연히 음료수도 많이 먹게 된다. 음료수의 판매마진도 팝콘만큼 크기 때문에 마케팅 효과는 두배가 아니라 거의 네배가 됐다.

맥도날드로 이직한 월러스틴은 그 경험을 되살려 1970년대초 큰 싸이즈의 프렌치프라이를 제안했다. 처음에는 반대가 심했다. 레이 크록마저도 사람들이 프렌치프라이를 더 먹고 싶으면 두 통을 시킬 텐데 굳이 큰 싸이즈를 만들 필요가 없다고 했다. 월러스틴은 사람들이 프렌치프라이 통의 바닥까지 긁어서 먹는 것을 보면 분명 더 먹길 원하지만 새로 한 통을 주문하지 않는 심리를 이해할 필요가 있다고 강조했다. 맥도날드는 마지못해 그의 주장을 받아들여 대자 프렌치프라이를 내놓았다. 드디어 싸이즈 혁명이 시작된 것이다.

1960년대 피츠버그^{Pittsburgh}에 있는 맥도날드의 점주였던 짐 델리가티^{Jim Delligatti}가 햄버거 두개를 붙여서 만든 빅맥^{Big Mac}도 비슷한 마케

미국인이 지불하는 맥도날드 성공의 댓가

팅 개념이다. 먹으면 더 들어가게 돼 있는 게 '위대한' 배의 속성이다. 그렇게 한번 대자로 늘려놓으니까 점점 더 들어갔다. 1960년대 200칼로리였던 프렌치프라이가 70년대말에는 320칼로리, 90년대 중반에는 450칼로리에서 90년대 후반 540칼로리, 지금은 610칼로리까지 치솟았다. 그동안 과체중이거나 비만이던 미국인의 비율은 25%에서 지금은 과반수가 넘는 61%로 올라갔다.

미 국립건강통계쎈터는 2004년 10월말에 미국민 전체의 평균체중이 30년 동안 11.3킬로그램 늘었다고 발표했다. 이렇게만 해서는 제대로 감이 오지 않는다. 1999~2002년에 조사한 평균체중이 남자의 경우 86.6킬로그램이다. 쎈터에 따르면 1960~62년에 조사한 남자 평균체중은 75.3킬로그램이었다. 키도 그동안 3.81센티미터 늘었지만 늘어난 11.3킬로그램을 날씬하게 받쳐주기에는 역부족이다. 여자는 같은 기간 63.5킬로그램에서 74.4킬로그램이 됐고 키는 고작 2.54센티미터 크는 것에 그쳤다. 아마 인류 역사상 이렇게 빠른 시간 안에 한 나라 국민의 체형이 집단적으로 불균등하게 성장한 경우는 유례를 찾기 어려울 것이다. 물론 이것은 단지 패스트푸드만의 문제는 아니다.

또다른 혁신은 쎄트메뉴의 개발. 버밍햄^Birmingham 맥도날드의 점주였던 맥스 쿠퍼^Max Cooper의 작품이다. 가격을 더이상 내릴 수도, 비용을 더이상 줄일 수도 없는 상황에서 이윤을 늘릴 수 있는 방법은 매출을 늘리는 것뿐이다. 극장이 팝콘으로 돈을 벌듯이 햄버거식당은 음료수와 프렌치프라이로 돈을 번다. 햄버거를 팔아서 남는 돈은 얼마 안된다. 1975년 쿠퍼는 햄버거를 판매마진이 높은 음료수, 프렌치프라이와 한 꾸러미로 파는 게 어떨까 하는 생각을 했다. 표준화와 통일성을 중시하는 맥도날드 본사는 그의 파격에 반대했다. 하지만 그는 독립기념일을 기해 빅맥과 음료수, 프렌치프라이를 결합한 '콤보메뉴'를 내놓았다. 대히트였다. 지금은 모든 맥도날드, 그리고 버거킹과 웬디스 같은 다른 패스트푸드 체인도 모두 쎄트메뉴를 내놓고 있다. 이 변화를 미국 패스트푸드 업계에서는 '슈퍼싸이징'supersizing이라고 부른다. 과거에는 햄버거와 프렌치프라이 중 하나만 먹던 사람도 이제는 쎄트메뉴를 선택한다. 햄버거와 프렌치프라이 두개를 따로 사는 것보다 싸다고 생각하기 때문에 꼭 필요한 것도 아닌데 쎄트메뉴를 고른다. 그렇게 점심을 먹었다고 해서 저녁을 거르지는 않으니까 칼로리 섭취량은 비약적으로 늘 수밖에 없다.

콤보메뉴나 빅맥은 물론 생선쌘드위치,Filet-o-Fish 에그맥머핀,Egg McMuffin 아침식사 메뉴도 모두 본사가 아니라 한 가맹점에서 개발돼 효과가 입증된 뒤 본사를 통해 전 가맹점으로 확산됐다. 내친 김에 맥도날드의 메뉴에 대해 한가지만 더 얘기하고 넘어가자. 치킨너겟이다. 이 제품은 아래에서부터가 아니라 위에서 내려간 상의하달식의 개발 과정을 거쳤다. 슐로써에 따르면 1979년 레이 크록으로부터 회장직을 넘겨받은 터너는 육류 납품회사였던 키스톤푸드Keystone Foods의 간부를 불러서 엄지손톱 크기에 뼈가 없는 닭고기 제품을 개발해보라고 제안했다. 당시는 쇠고기나 돼지고기에 비해 상대적으로 지방이 적은 닭고기 수요가 커지고 있던 때였다. 닭고기 상품화의 필요성을 일찍 깨달은 터너 회장의 제안에 따라 키스톤푸드사의 실험실은 맥도날드 소속 과학자들과 협력해 6개월 만에 맥너겟McNugget을 개발해냈다. 맥너겟이 대성공할 가능성이 보이자 맥도날드는 공급을 늘리기 위해 최대 닭 가공회사인 타이슨사를 끌어들였다. 타이슨사는 가슴만 비대한 새로운 닭 품종을 개발해서 '미스터 맥도날드'라고 명명했다.

맥너겟의 공식 데뷔는 1983년이었다. 맥도날드는 단번에 미국 내에서 KFC 다음으로 큰 닭고기 구매회사가 됐고, 그 이후 9년 만인 1992년 미국 내에서 소비되는 육류 중 닭이 처음으로 소를 누르고 1위를 차지했다. 그러나 건강에 더 좋은 것으로 보였던 맥너겟의 지방산 분포가 닭고기보다는 쇠고기에 가깝다는 하바드대학의 연구결과가 나왔다. 너겟 1온스에 포함된 지방은 햄버거에 비해 두배나 되는 것으로 밝혀지기도 했다.

어쨌든 폭증하는 닭고기 소비를 충족시키기 위해 닭을 대량생산하는 체제가 들어섰다. 그러자 언제나 대량생산시대가 되면 그렇듯, 닭을 키우던 농가들은 기업농에 밀려 폐가가 돼버렸다. 이미 패스트푸드 햄버거가 등장함에 따라 쇠고기 수요가 늘면서 목축업이 대기업화하고 미국의 영원한 상징인 카우보이들이 거의 멸종지경에 이르게 된 것에 이어 미 농가에 또다른 타격이 가해진 것이다.

수요가 늘어날수록 그 물건이나 써비스를 생산하는 사람들의 생활이 오히려 궁핍해진다는 것은 역설이다. 받아들이기 어려운 자본주의적 역설이다. 슐로써는 이것을 합성의 오류fallacy of composition에 빗대 설명했다. 합성의 오류는 개인적으로는 타당한 행동을 모두 다 같이 할 경우 부정적인 결과가 초래될 때 쓰이는 말이다. 혼잡한 콘써트에서 자기만 잘 보려고 일어서면 모두 다 일어서서 결국 모두 다 제대로 보지 못하는 결과가 되는 게 비근한 예다. 저축을 장려해서 모두 저축만 하고 소비를 안하면 경제가 위축되는 것도 같은 이치다. 슐로써는 미국 농민들이 서로 더 싼 가격에 더 많은 농산물을 더 빨리 생산하려고 경쟁하다보니 농산물가격 폭락으로 모두가 죽게 되고 대기업만 살아남게 됐다고 말했다. 이처럼 합성의 오류로 설명하는 게 완전히 틀린

말은 아니지만, 방치해두면 독점화되는 경향을 띠는 자본주의의 내재된 특성으로 설명하는 것이 더 맞지 않을까 싶다.

맥도날드가 세계 최대의 패스트푸드회사가 된 것은 바로 강력한 중앙집권체제를 갖추고 있으면서도 가맹점의 독립적인 실험을 허용하고 수용할 줄 아는 유연성이 있었기 때문이다. 기업으로서 맥도날드에 대한 평가는 의심의 여지가 없다. 그러나 맥도날드 성장에 따른 다른 부문의 희생은 너무나 크다. 그 일차적인 댓가는 갈수록 비대해지는 미국인들의 몸이다. 이렇게 아름다운 숲에 파묻힌 맥도날드 캠퍼스에서 피폐화되는 농촌과 획일화되는 식성과 문화, 산처럼 커지는 미국인의 체형이 잘 보일 수 있을까.

06

미시간 플린트

약속의 땅에 탈산업화가 남긴 상처

Michigan Flint.. 미시간 플린트

미시간주 플린트는 세계 최대의 기업이었던 제너럴모터스^{GM}의 본거지였지만, 지금은 오히려 영화감독 마이클 무어^{Michael Moore}의 '고향'으로 더 유명할지도 모르겠다.

영화 「화씨 9/11」^{Fahrenheit 9/11}을 보면 무어는 자신의 고향 플린트에서 해병대원들이 신병을 모집하는 광경을 보여준다. 가난한 흑인청소년들만 주로 '꼬임'에 넘어간다. 이라크전쟁에서 자식을 잃은 어머니의 애간장 끊는 사연도 플린트 발이다.

무어의 첫 영화 「로저와 나」^{Roger and Me}는 전적으로 플린트에 관한 것이다. 1986년 11월 GM의 회장 로저 스미스^{Roger Smith}가 3만명이 일하는 플린트 공장을 멕시코로 이전한다고 발표하는 것을 계기로 플린트가 겪는 실직과 빈곤의 아픔을 그린 영화다. 제목이 그렇게 붙은 것은 로저 스미스 회장이 플린트 시내의 참담한 실정을 보도록 만들려고

「로저와 나」를 촬영중인
마이클 무어(오른쪽)

무어가 스미스와 접촉을 시도하는 과정이 영화 전편에 걸쳐 나오기 때문이다. 무어는 만드는 영화마다 플린트의 아픔을 미국의 아픔으로, 미국의 아픔을 플린트의 아픔으로 그려냈다.

그러나 플린트 도심에 있는 미시간대학 플린트캠퍼스의 사회복지학과 캐슬린 위얼Kathleen L. Woehrle 교수의 연구실에서 위얼과 찰스 베일리Charles W. Bailey 교수를 만나 무어에 대해 물어보자 반응이 심상치 않다. 특히 베일리가 뜻밖의 반응을 보인다. 베일리 교수는 이곳에서 30년 이상 살아왔다고 한다. 그는 "여기서 무어를 본 기억이 없다"라고 잘라 말했다. 무어의 주장과 달리 무어는 여기 사람이 아니라는 것이다.

「로저와 나」를 본 사람들은 생활고를 겪는 한 여인이 토끼를 키워서 식용으로 파는 장면에 한결같이 충격을 받는다. 그 여인이 직접 토끼를 죽여서 껍질을 벗기는 장면까지 나오기 때문이다. 비참한 현실을 적나라하게 드러낸 사례로 자주 인용되는 이 에피쏘드에 대해서 두 교수는 고개를 절레절레 흔들었다. 애완동물을 고기로 먹어야 할 만큼 플린트가 몰락하지는 않았다고 말했다. 무어가 극단적 사례를 일반적인 현상처럼 묘사했다는 것이다.

약속의 땅에 탈산업화가 남긴 상처

무어는 엄격히 말해 플린트 출신이 아니다. 그는 플린트 남동쪽에 있는 데이비슨Davison 출신이다. 그는 데이비슨시의 역사상 최연소 교육위원과 최연소 전임교육위원 기록을 동시에 갖고 있다. 그는 18세에 교육위원에 당선되었다가 22세에 연임에 실패했다. 그의 업적은 고등학교마다 흡연구역을 설치한 것. 화장실에서 피우면 다른 사람한테 피해를 주니까 아예 건물 바깥에 합법적인 공간을 마련해주고 거기에서 피우라는 뜻이었다.

나중에 아칸쏘주 벤톤빌Bentonville에서 만난 미 환경보호청EPA의 공무원 맷 페인Matt Pane은 데이비슨에서 고등학교를 다녔다면서 "우리는 흡연구역을 '흡연 부두',smoking dock 거기에 들락거리는 아이들을 '부두의 쥐새끼들'dock rats이라고 불렀다"라고 말했다. 고교 흡연구역은 무어다운 독특한 발상이었지만 재선 실패의 원인이 되고 만다. 하지만 무어의 아버지와 삼촌들은 모두 GM에 다녔다. GM과 플린트가 동의어나 마찬가지였으니 무어가 플린트 출신이라고 주장해도 무방한데 굳이 그를 플린트 출신이 아니라고 하는 것은 "플린트의 마지막 남은 존엄마저 무너뜨렸기 때문"이라고 베일리는 말했다.

플린트는 헨리 포드가 처음으로 자동차 대량생산시대를 연 디트로이트Detroit에서 불과 109킬로미터 북쪽에 있다. 윌리엄 듀런트William Durant가 과감하게 듀런트·도트Durant·Dort 마차공장을 접고 1908년 당시로는 신기술인 자동차공장을 세우면서 플린트는 비약적인 성장을 시작했다. GM이 포드를 추월해 세계 최대의 자동차기업이 되면서 플린트는 디트로이트를 제치고 새로운 자동차의 메카가 되기도 했다.

"플린트는 약속의 땅이었다. 일자리를 찾는 사람들이 끝없이 밀려들었다. 한때 인구가 20만명이 넘었다."

베일리는 시내 곳곳을 차로 안내하면서 플린트에 대해 설명했다. 그 역시 약속의 땅을 찾아온 사람 중 한명이다. 그는 어릴 적 남부에 살았다. 어느날 부친이 사냥 갔다가 총기사고로 사망하는 바람에 그곳에서 살 수 없어 삼촌이 살고 있는 이곳으로 왔다. 그러나 베트남전에서 다리를 다쳐 교수직 외에는 다른 직업을 가질 수가 없었다고 말했다.

약속의 땅 플린트의 몰락

산업공동화 또는 탈산업화^{deindustrialization}라고 하면 감쪽같이 산업이 빠져나가는 것만 연상되지만, 그 산업을 품고 있던 도시에는 깊고 오랜 흉터를 남긴다. 산업화가 도시의 환경을 파괴한다고 하면 탈산업화는 도시의 생명을 파괴한다. 가슴이 미어진다. 실용적인 목적으로 만들어진 공작기계와 건물들이 무성한 잡초 속에서 나뒹구는 모습은 공동묘지를 떠올리게 만든다. 근대화의 공동묘지.

플린트 시내에는 뷰익씨티^{Buick City}라고 불리는 넓은 구역이 있다. GM을 대표하던 차종인 뷰익의 세계본사와 조립공장이 있던 곳이다.

GM의 대표적 차종 뷰익의 세계 본사. 지금은 텅 비어 있다.

약속의 땅에 탈산업화가 남긴 상처

세계본사는 2층밖에 안되지만 건물의 한쪽 변이 도로의 한 블록을 차지할 만큼 넓다. 지금도 쓰이고 있는 것으로 착각할 만큼 여전히 단정했다. 수천개의 사무실이 있을 법한 건물이 통째로 비어 있다. 이런 곳에서 술래잡기를 한다면 절대 술래가 돼서는 안된다.

뷰익 조립공장은 물론 더 크다. 주차장의 끝이 한눈에 들어오지 않

뷰익 조립공장의 주차장 터

을 정도로 아스팔트가 평원을 이루고 있다. 질긴 잡초들이 뚫고 나와 아스팔트를 파란 풀로 뒤덮는 자연의 도배공사가 진행중이다. 건물 주변에 세워진 차 몇대를 제외하고는 차가 없다. 거대한 허공이다. 인생이 아니라 공장의 덧없음이다.

"어마어마한 공허를 느끼지 않을 수 없다. 모든 게 바뀌기는 하지만 이렇게 극적으로 바뀔 수가 있는 것인가."

베일리의 음성이 가라앉았다. 그는 종종 이곳에 오면서도 올 때마다 항상 감회에 젖는다고 말했다.

"사람들은 그저 외면하지만 나는 우리가 어디서 왔고 어디에 있는지를 알기 위해 이곳에 온다."

플린트는 한때 '미국에서 가장 아이들을 키우기 좋은 도시'로 선정

됐고, 어떤 기준으로 뽑았는지는 모르지만 '가장 행복한 도시'로도 뽑혔다고 한다. 영화「로저와 나」에 삽입된 퍼레이드와 축제의 기록필름을 보면 그 들뜨고 행복한 분위기가 그대로 전해진다. 노동자들은 풍족한 삶을 누렸다. 노사가 공존할 수 있었던 것은 미국 노동역사상 가장 중요한 승리로 기록되는 1937년 파업의 결과였다. 우리는 바로 그 역사적 현장으로 가고 있다.

▌노동자 중산층 시대를 연 파업

베일리는 셰브롤레Chevrolet 엔진공장으로 안내했다. 싸우스 셰브롤레 애비뉴South Chevrolet Avenue의 공장 서쪽 벽에 'The FLINT SIT-DOWN PLANT NO. 4'(플린트 연좌농성 공장 제4호)라는 미시간주 사적 표지판이 붙어 있다. 여기가 바로 1936년말부터 시작된 GM과 자동차노조연맹United Auto Workers Union, UAW의 힘겨루기가 절정을 이룬 곳이다. UAW는 대공황 이후 악화된 노동조건을 향상시키기 위해 미국 노동총연맹American Federation of Labor, AFL에서 독립해 설립된 조합이다.

GM이 UAW를 인정하지 않자 UAW 소속 노조원들은 1936년말 애틀란타에 있는 피셔바디Fisher Body 공장에서부터 시작한 파업을 캔자스씨티를 거쳐 플린트에 있는 피셔바디 제1호 공장으로 확대했다. 노조원들은 노조가 없거나 조합의 힘이 약한 다른 공장으로 일감이 옮겨지는 것을 막기 위해 공장에 진을 치고 농성을 벌였다. 공장에 진입하려는 경찰, 무엇보다 회사의 경비원, 스파이들과 무력 충돌이 있었지만 공장을 빼앗기지 않았다. 물론 당시는 노동자에 우호적인 프랭클린 루스벨트 민주당정권 시절이었다.

노조원들이 동조시위를 요청하자 디트로이트 시내 캐딜락Cadillac 광

약속의 땅에 탈산업화가 남긴 상처

장에 15만명의 시민이 모였다. 뜨거운 호응에 힘입은 노조원들은 1937년 2월 1일 셰브롤레 엔진공장인 제4호 공장, 바로 표지판이 붙어 있는 이 공장을 점거하는 데 성공했다. 제4호 공장이 점거되면 엔진공급이 중단되기 때문에 전국에 있는 셰브롤레 공장들이 멈춰야 한다. 표지판에 따르면 노조원들은 성동격서聲東擊西의 양동작전을 구사한 것으로 돼 있다. 인근 제9호 공장에서 연좌농성을 벌여 구사대원들을 그쪽으로 유도하고 노조의 여성 기동타격대가 외곽에서 피켓시위를 하는 가운데 제4호 공장을 장악했다. 공장을 되찾으려는 회사측의 최루탄세례에 볼트, 너트 투척으로 맞서는 불퇴전의 공방전 끝에 열흘 만인 2월 11일 GM이 UAW를 단체교섭 상대로 인정함으로써 48일간의 연좌농성 파업은 막을 내렸다. 이후 UAW는 탄탄한 조직력을 바탕으로 GM과 단체협상을 벌였으며, 이로써 자동차를 만드는 사람도 자동차를 살 수 있는, 노동자 중산층 시대가 열렸다. 자동차회사들은 노동자들의 구매력이 늘어남에 따라 더 많은 차를 팔게 됐다.

1973년 오일쇼크가 첫 충격이었다. 큰 차를 만들어내던 미국회사들은 일제 소형차에 밀려 거의 부도 직전까지 갔다. 그리고 1980년대 세계시장에서 경쟁하는 시대가 도래하자 싼 임금을 찾아 멕시코로, 노조가 약한 미국 남부로 앞다투어 공장을 옮겼다. 플린트 공장노동자들에게 시간당 18달러이던 임금이 멕시코에서는 80센트에 불과했다. 그래서 일각에서는 UAW의 비타협적인 고임금 고수 전략이 공장이전과 실직을 불러왔다고 보는 시각도 있다고 베일리는 전했다.

공장 엑소더스Exodus는 그 막강한 제4호 공장도 막을 수 없었다. 기계가 멈췄다. 이제 공장 안에는 정적이 감돈다. 이 육중한 엔진공장들이 그냥 햇볕을 받으며 고철과 콘크리트 덩어리로 바뀌는 중이다. 벽에는 미국 노동운동의 찬란한 훈장을 달고서. 플린트의 GM에서는 8만명이 일했다. GM이 공장을 이전하면서 노동자들은 따라가거나 퇴직수당을 받고 전직했다. 영국 언론인 데이비드 코언David Cohen의 저서 『적·백·청을 좇아서』Chasing the Red, White and Blue에 따르면 연간 4만달러에서 6만달러를 받던 플린트 내 5만개의 일자리가 연간 8천달러에서 1만2천달러를 받는 저임금 써비스직으로 바뀌었다.

수입의 격감은 인종분포의 역전을 가져왔다. 8대 2였던 백인 대 흑인의 비율이 지금은 6대 4의 비율로 흑인이 더 많다. 백인들이 빠져나가니 흑인의 인구비율이 늘어난 것이다. 미국사회가 제도적으로 그토록 막으려고 노력했던 인종분리segregation가 자연스럽게 일어났다. 교외의 백인과 도심의 흑인. 그것을 도너츠현상이라고 부른다.

대량해고에서도 흑인들의 피해가 더 컸다. 앞에서 미국은 선착순사회라고 썼지만 이 원칙은 상황이 안 좋아질 때면 후착순으로 바뀐다. 집단해고의 원칙은 가장 늦게 들어온 사람이 가장 먼저 잘린다는 것이었다. 이른바 연공서열을 존중하는 것인데, 그 때문에 흑인들의 피해가 컸다. 나중에 들어온 사람들 중 흑인이 많았기 때문이다. 미국에서 가장 잘살던 플린트였지만 지금은 어린이의 40%가 절대빈곤층에 속한다고 베일리는 말했다. 워얼은 초등학교 4곳에는 거의 학생 전원이 무료급식을 받고 있다고 했다. 자동차공장의 이전은 '대학교육을 안 받고도 중산층에 들어갈 수 있는 시대'가 끝나는 것을 의미했다.

무위로 돌아간 플린트의 안간힘

플린트시가 몰락을 지켜보고만 있었던 것은 아니다. 과거의 영화를 되찾겠다는 집념이 눈물겹다. 1980년대에 관광도시로 탈바꿈하기 위

약속의 땅에 탈산업화가 남긴 상처

해 객실이 400개나 되는 초호화 하얏트 리젠시 호텔을 1400만달러를 들여서 도심에 지었다. 호텔 맞은편에 쇼핑몰과 놀이공간이 함께 있는 워터스트리트Water Street 전시관을 세웠다. 그리고 바로 이어서 플린트 강변에 1억달러짜리 실내놀이공원 오토월드Autoworld를 조성했다. 모두 2억달러가 소요됐다.

그러나 한번 시작된 도시의 추락은 멈추지 않았다. 전시관은 6개월

오토월드를 부수고 새로 지은
대학건물과 찰스 베일리

만에, 놀이공원은 2년 만에 문을 닫았다. 전시관은 원매자가 없어 미시간대학이 헐값인 6만달러에 사서 지금도 식당과 사무실로 쓰이고 있지만, 오토월드 놀이공원은 흔적도 없이 사라졌다. 오토월드가 있던 자리에는 역시 대학건물이 들어섰다. 16층짜리 매머드호텔인 하얏트는 라디슨Radisson에 인수됐다가 리버프론트Riverfront를 거쳐 지금은 캐릭터인Character Inn으로 바뀌었다.

베일리는 "시가 투숙률 50%를 보장해주기로 하고 현재 호텔 경영진에 호텔을 팔았기 때문에 시민들의 혈세가 이 호텔로 들어간다"라고 말했다. 예컨대 손님이 객실의 30%밖에 차지 않으면 나머지 20%는 비어 있어도 시에서 돈을 물어줘야 한다. 그러니 시 자체도 버티기

어렵다. 시 재정도 파탄이 나 주정부가 파견한 관선이사들이 시의 재정을 2년간 대신 운영했다.

흑인들이 밀집한 곳은 도시의 북쪽이다. 여기서는 그 지역을 가리켜 '북쪽 끝', 노스엔드North End라고 부른다. 차로 플린트 구석구석을 돌다가 플린트에서 가장 가난하고 범죄가 많은 노스엔드로 향했다. 마이클 무어는 2003년 콜럼바인Columbine 고교 총기난사사건을 다룬 영화 「볼링 포 콜럼바인」Bowling for Columbine으로 아카데미영화상 장편다큐멘터리상을 수상했다. 이 영화는 바로 2000년 2월 이 북쪽 끝에 있는 테오뷰얼Theo Buell 초등학교에서 일어난 총기살인사건도 비중있게 다루었다.

911 응급전화가 울린다. 여섯살짜리 여자아이가 총에 맞았다. 얼굴이 창백하게 변하고 있다. 어쩔 줄 몰라 울부짖는 초등학교 교사의 전화음성이 계속된다. 어디서 총을 맞았느냐. 교실이다. 범인은 어디에 있느냐. 교무실에 있다. 1학년이었던 케일러 롤랜드Kayla Rolland를 죽인 범인은 같은 반의 여섯살짜리 남자아이. 기록을 좋아하는 미국의 기록으로 보면 사상 최연소 총기살인사건이다. 아이는 삼촌집의 신발장에서 32구경 데이비스 인더스트리스Davis Industries라는 총을 집어와서 반친구에게 쏘았다. 40달러와 함께 마리화나 한 봉지를 주고 이 총을 구입한 삼촌도 함께 구속됐다.

CBS 보도에 따르면 당시 이 사건을 수사한 아서 부시Arthur Busch 검사는 "이 아이가 자란 환경보다 더 나쁜 환경은 상상할 수 없다"라고 말했다. 아이의 아버지 데이비드 오언David Owen은 마약과 강도사건으로 복역중이었고, 라디오를 통해 소식을 들으면서 범인이 자신의 아들이라는 것은 꿈에도 생각 못하고 아들이 다치면 안될 텐데 하며 조마조

약속의 땅에 탈산업화가 남긴 상처

마해했다고 한다. 아이 어머니는 집세를 못 내 일주일 전 철거명령을 받고 아이를 삼촌집에 보낸 채 다른 곳에서 지내던 중이었다. 아이는 태어난 뒤 줄곧 마약과 총기범죄로 득실대는 집과 주변환경에서 자라 났다. 그곳이 바로 북쪽 끝, 노스엔드다.

그러나 베일리가 나에게 보여주려고 하는 북쪽 끝은 그런 곳이 아 니다. 우리는 그 북쪽 끝을 남북으로 가로지르는 마틴 루터 킹 주니어 애비뉴Martin Luther King Jr. Avenue로 올라가 듀폰 스트리트Dupont Street로 내려 갔다. 이곳의 특징은 사람들이 집 밖에 나와 있다는 점이다. 웃음소리 도 크고 움직임은 느릿느릿했다. 자전거를 타고 가는 백인도 한둘 보 인다. 때로는 낯설다는 것 때문에 불필요한 공포를 품을 때가 있다. 유리 대신 판자로 막아놓은 창문들, 말없이 쓰러져가는 가옥들, 뜻 모 를 낙서들, 그리고 옆을 보면 유달리 엔진소음이 큰 차에 타고 있는 흑인. 밤에는 하얀 치아만 보이는 검은 그들. 뉴욕의 할렘과 워싱턴의 싸우스웨스트와 싸우스이스트, 로스엔젤레스의 싸우스쎈트럴, 시카 고의 남부에서도 느낄 수 있는 공통된 현상이다. 그들을 철저한 타인 으로 보기 때문에 생기는 공포다.

"나도 여기서 살았다. 여기에서 살 때 벗어나고 싶었다. 자기가 사 는 곳에 만족하고 사는 사람은 많지 않다. 하지만 그렇다고 해서 여기 가 못살 데라고는 할 수 없다. 사람은 어디든 살아가게 되어 있다. 마 치 천형을 받은 것처럼 플린트가 사람이 살지 못하는 땅이라고 못 박 지는 말아달라."

베일리의 부탁은 낮은 절규처럼 들렸다. 사람으로 비유하면 산업화 시대의 유망주였다가 탈산업화시대의 지진아로 전락한 플린트. 그곳 에서도 생명이 숨쉬고 꿈이 자란다는 게 그의 메씨지였다.

07

미시간 디트로이트

자동차로 흥하고 자동차로 망하다

Michigan Detroit.. 미 시 간 디 트 로 이 트

사실 디트로이트는 그냥 지나치려고 했다. 인접한 플린트와 상황이 비슷할 거라고 생각했기 때문이다. 디트로이트 도심에서 북서쪽에 있는 '포커스호프'Focus: Hope라는 시민인권단체만 들른 뒤 디트로이트 서쪽에 있는 디어본Dearborn의 헨리 포드 자동차박물관으로 직행하려던 참이었다. 그런데 마치 폭격 맞은 바그다드를 연상시키듯 폭삭 내려앉은 빈집들이 행렬을 이루고 있어서 계속 셔터를 누르며 그 끝을 좇아가지 않을 수 없었다. 폐허는 디트로이트 북서쪽에서 남서쪽까지 이어졌다. 그 끝인 미시간 애비뉴Michigan Avenue에는 그 절정이 기다리고 있었다.

　처음에는 웅장함이 시선을 끌었다. 주위에 견줄 만한 건물 하나 없는 넓은 숲에 고색창연한 건물이 우뚝 솟아 있다. 한 컷 누르고 다시 차를 몰아서 다가가니 감탄은 경악으로, 경악은 탄식으로 바뀐다. 아

미시간 중앙역. 자세히 보면 유리창이
다 깨져 있다.

침 8시 서광을 받고 정정하게 서 있는 그 건물은 유리창들이 다 깨져
있었다. 내부에서 강력한 폭탄이 터진 듯했다. 그렇지 않고서야 누가
그렇게 일일이 그 많은 유리창을 다 깰 수 있을까. 바로 시간의 폭탄
이 터진 것이다. 더 다가가니 건물 앞 잔디광장에서 여름잠을 자던 노
숙자들이 부스스 일어난다.

건물은 크게 세 부분으로 나뉘어 있다. 건축을 잘 모르는 눈으로 보
면 백악관을 옮겨놓은 듯한 3층 높이의 정면 건물과 그 위의 사무실
공간, 그리고 아치 모양의 창문이 있는 마지막 2개 층. 모두 18층이다.

더이상 접근할 수 없었다. 건물 밖에는 철조망이 쳐져 있다. 건물에
대한 설명은 어디에도 없다. 답답한 마음에 디지털카메라로 촬영한 사
진을 들고 '포커스호프'에 있는 직원에게 갔다. "이 건물이 도대체 뭡니
까?" 직원은 "아하, 이 건물" 하면서 어느 인터넷 싸이트에서 찾은 자
료 한 묶음을 갖다주었다. www.forgottendetroit.com, 바로 '잊혀진

자동차로 흥하고 자동차로 망하다

디트로이트'다. 자료에 나온 설명에 따르면 정면에 있는 거대한 아치 모양의 창문과 창문을 부축하고 있는 육중한 기둥 구조 두개는 그리스의 코린트양식을 본뜬 것이라고 한다. 그런데 안에 있는 사무실은 모두 로마의 욕실구조에 따라 지어졌다는 설명에서 고개가 갸우뚱해졌다. 설마 초대형 싸우나 건물을 지은 건 아니겠지.

▌껍데기로 남은 미시간 중앙역

▌이 건물이 바로 미시간 중앙역Michigan Central Depot이다. 1913년 12월 26일 첫 열차가 도착했고 1988년 1월 5일 마지막 열차가 떠나 돌아오지 않았다. 중앙역은 이전의 역이 화재로 불타는 바람에 마감공사도 하지 못한 채 서둘러 현업에 투입됐다. 그후 75년 동안 꼭대기층을 완성할 여유도 없었다. 제2차 세계대전 전까지는 너무 장사가 잘돼서, 그 이후에는 너무 안돼서 손을 대지 못하다가 결국 미완성으로 남게 됐다. 호텔 전문 설계회사인 위렌앤드웻모어Warren & Wetmore와 엔지니어 리드Reed와 스템Stem이 설계한 이 건물은 폐쇄 전까지는 디트로이트의 건축미를 대표했다. 그 건축미의 백미는 반원형의 높은 천정을 그리스 도리스식 기둥이 받치고 있는 넓은 대합실이라고 한다.

그러나 이 건물을 지은 사람들은 이곳 디트로이트에서 막 쏟아져 나오던 자동차를 유심히 보지 않았다. 일단 도심에서 너무 떨어진 곳에 역을 지었다. 큰 건물 자체가 수요를 창출해 주변지역의 개발을 촉진할 것이라고 예상했기 때문이다. 그러나 도심에서 여기까지 오려면 뭔가를 타고 와야 하는데 승객들이 그때 막 생산되기 시작한 자동차를 타고 오리라고는 상상하지 못했다. 그래서 넓지는 않지만 주차장이 있는 정면을 놔두고 굳이 건물의 동쪽에 정문을 만들었다. 이 정문은 전차와 인터어번^{Interurban}이라는 도시열차의 정거장에 맞닿아 있다. 그러나 대공황으로 인터어번 써비스가 중단되고 전차도 사라져버리자 갑자기 역은 고립됐다. 그래도 2차대전까지는 전장으로 군인들을 떠나보내는 '이별의 눈물' 특수에 힘입어 번성했다.

하지만 디트로이트와 시카고를 연결하는 94번 고속도로를 잽싸게 오가는 자동차의 세찬 도전에 결국 무릎을 꿇을 수밖에 없었다. 결국 역사는 1956년에 매각될 운명에 처했다. 하지만 원매자가 없었다. 1963년에도 시도된 매각이 무산되자 중앙역의 시설들이 부분부분 폐쇄되기 시작했다. 1971년 미 전국철도회사인 앰트랙^{Amtrak}이 승객수송 부문을 인수하면서 잠시 소생의 가능성을 보였지만 더이상 버티지 못하고 마침내 1988년 문을 닫았다.

디트로이트의 상징인 중앙역을 되살려야 한다는 캠페인도 자주 있었지만 조용히 안에서 삭는 중이다.(중앙역을 대신해 하루에 두 차례씩 시카고와 디트로이트를 왕복하는 기차의 정거장은 도심에 있다.) 최근에는 크와미 킬패트릭^{Kwame Kilpatrick} 디트로이트시장이 "도시 쇠락의 상징을 도시 부활의 상징으로 바꿔놓겠다"라며 1억달러를 들여 이 건물을 매입, 경찰청으로 개조하겠다고 발표했다. 하지만 디트로이트 언론의 반응은 그럴 돈이 어디 있냐며 반신반의하는 표정이다. 과거 16년 동안 이와 비슷한 발표가 되풀이됐지만 제대로 이행된 적은 없었다. 미시간주의 최대 신문 『디트로이트 프리프레스』^{The Detroit Free Press}의 경제부장 마이크 쌘티^{Mike Sante}는 "지금은 자금 조달에 대한 논의가 진행중"이라며 "아직 확정된 것은 아니라고 보면 된다"라고 말했다.

'잊혀진 디트로이트'라는 주제로 옛 건물들을 촬영해서 웹싸이트에 올리고 있는 데이비드 코먼^{David Korman}은 이 중앙역이 "대중교통수단에

자동차로 흥하고 자동차로 망하다

대한 자동차의 완벽한 승전기념탑"이라고 말했다. 자동차의 수도인 디트로이트에는 자동차와 관련된 기록들이 많다. 제리 헤론Jerry Herron이 정리한 연대표에 따르면 세계에서 처음으로 1901년에 콘크리트 포장도로가 생긴 곳도 디트로이트이고, 도로에 중앙선이 처음 그어진 곳도 1911년 디트로이트 근방의 리버로드River Road다. 좋은 기록은 아니지만 세계 최초의 자동차 사망사고도 디트로이트에서 일어났다. 1902년 교차로에서 조지 비쎌George W. Bissel이라는 사람이 마차에 타고 있다가 자동차에 받혀 숨겼다고 한다.

그러니 교통신호등이 디트로이트에서 처음 생긴 것은 당연한 이치. 1915년의 일이다. 1942년에는 세계 최초의 도시 내부 고속도로인 데이비슨Davison이 생겨났고, 지금도 그 위를 자동차들이 달리고 있다. 동전 잡아먹는 기계인 주차미터기가 처음 생긴 곳도 디트로이트 거리들이다.

자동차로 쇠퇴한 유령도시 디트로이트

그러나 묘하게도 디트로이트 몰락을 재촉한 원인 중 하나도 자동차였다. 백인 중산층은 더 넓고 크고 '안전한' 집을 찾아 교외로 빠져나갔다. 자동차가 있으니 통근거리가 늘어나도 무방했다. 1950년대 185만명까지 올라갔던 인구는 2003년 91만명(인구통계국의 평가치)으로 절반 이하로 줄었다.

결정적인 사건은 1967년, '12번가의 폭동'The 12th Street Riot이라고 불리는 백인경찰과 흑인주민의 충돌이었다. 7월 23일 디트로이트 시내 12번가에 있는 술집에서는 베트남전에서 무사귀환한 이웃 두명에 대한 흑인들의 축하파티가 새벽까지 벌어지고 있었다. 평소 흑인을 못살게

구는 것으로 악명 높은 태크반^{Tac Squad} 소속의 경찰관 4명이 무허가 술집 단속을 이유로 파티현장을 덮쳤다. 그리고 82명에 달하는 손님 전원을 체포해 술집 앞에 세워두었다. 그러자 그곳을 지나가던 흑인들이 하나둘씩 모여들었다. 체포된 흑인을 태운 마지막 경찰차가 현장을 떠나자 누군가가 인근 옷가게의 유리창을 깨뜨렸다. 그게 봉기의 신호였다. 닷새 동안 모두 43명이 사망하고 1189명이 다쳤으며 7천명이 체포되는, 당시로서는 최악의 폭동이 일어났다. 건물 1400채가 불탔고 폭동을 진압하기 위해 8천명의 군병력이 투입됐다. 폭동은 진압됐지만 후유증은 컸다. '하얀 탈출'^{white flight}이 잇따랐다. 백인들은 앞다투어 도시를 빠져나갔다. 꼭 폭동의 여파는 아니지만 자동차공장도 교외로, 남부로 그리고 해외로 빠져나갔다.

오늘날 디트로이트에서는 자동차공장마저 풍화되는 모습을 볼 수 있다. 중앙역에서 한 20분만 북쪽으로 올라가면 하일랜드파크^{Highland Park}의 '모델 T' 공장이 나온다. 바로 자동차혁명의 발상지다. 헨리 포드는 1908년 조립공정과 대량생산체제를 자동차에 처음으로 적용해, 첫 자동차인 모델 T를 만들었다. 그곳이 포드피켓^{Ford Piquette} 공장이었

하일랜드파크 전경

자동차로 흥하고 자동차로 망하다

미시간주 디어번에 있는 헨리 포드 자동차공장에 전시된 최초의 자동차, 모델 T

다. 하지만 모델 T가 대량생산되기 시작한 곳은 바로 1909년에 세워진 하일랜드파크 모델 T 공장이다. 이 공장에서는 지금으로 봐서는 많지 않지만, 당시로는 엄청난 규모인 연간 1천대의 자동차를 생산해냈다.

디트로이트의 산업 유적 보존 캠페인을 펼치고 있는 디트로이트의 화가 로웰 보일루Lowell Boileau는 "그 유서깊은 공장은 70년에 가동이 중단된 뒤 지금은 일부만 창고로 쓰일 뿐"이라고 말했다. 최근에는 바로 건물 앞에 쇼핑몰이 세워져 모델 T 공장의 역사적 의미를 더욱 옹색하게 만들고 있다.

자동차공장만이 아니다. 디트로이트는 역사를 돌볼 여유도 없다. 17층짜리 고딕건축양식의 보석 같은 메트로폴리탄 빌딩,Metropolitan Building 1920년대 찰리 채플린 등이 합자해서 세운 유나이티드 아티스트 극장United Artists Theater 등 대공황 이전 번성하던 디트로이트의 아름다운 건물들이 철거 또는 부활의 심판을 기다리면서 스러져가고 있다. 사실 고대의 유적, 예컨대 불국사나 첨성대가 시간을 초월해 존재한다는 말들을 많이 하는데, 그것은 거짓이다. 오히려 그 장구한 시간

내내 계속돼온 관리와 투자의 결실이라고 봐야 한다. 방치되는 건물들의 운명을 디트로이트처럼 잘 보여주는 곳도 없다.

디트로이트는 무엇보다 자동차공장의 무덤이다. 보일루에 따르면 고급 차종이던 패커드Packard를 생산하던 공장은 1957년에 문닫은 뒤 그대로 루터 교회의 공동묘지와 함께 남아 있다가 최근에 철거되기 시작했다. 다행히 지금은 디트로이트시민들이 공사집행정지 소송을 제기해 철거가 중단된 상태다. 오래된 건물을 철거하는 것은 사형집행과 다름없다. 디트로이트 경제가 호전돼 개발붐이 일어나면서 디트로이트 곳곳에서 사형이 집행되고 있다. 폭파 장면은 장관이다. 하지만 보고 나면 짙은 비애가 남는다.

흉가로 변해 있는 이 건물들을 폭파시키는 것이 나은가, 아니면 그대로 놓아두는 게 나은가. 물론 제대로 보존하는 게 가장 좋지만 사회가 그럴 여력이나 의지가 없다면? 근본적으로 과거의 건물들을 다 안고 현대를 살아갈 수는 없지 않은가. 탈산업화시대의 러스트벨트Rust Belt가 안고 있는 공통된 숙제다. 인류는 무엇을 기억해야 하고 무엇을 잊어야 하는가.

버려진 자동차공장

자동차로 흥하고 자동차로 망하다

디트로이트의 소생

최근 들어 디트로이트는 되살아나는 조짐을 보이고 있다. 중앙역의 개조 논의도 그렇고 1200개 객실 규모의 아름다운 호텔인 북캐딜락 호텔Book Cadillac Hotel도 보수작업에 들어갔다. 무엇보다 77년 된 폭스극장Fox Theater이 2002년에 재개관한 것은 도심의 재탄생을 알리는 화려한 전주곡이었다. 포드필드Ford Field 경기장도 지어졌다.

쌘티는 "디트로이트는 특히 12억달러를 들여 공항시설의 확충에 집중하고 있다"라며 "디트로이트 메트로공항은 평행한 활주로 4개에서 동시에 비행기들이 이착륙할 수 있는 미국내 유일한 공항"이라고 말했다. 디트로이트는 철도에서 자동차를 거쳐 이제는 항공기시대에 승부를 걸고 있는 셈이다.

2004년 미 프로농구에서는 스타가 없는 디트로이트 피스톤스Detroit Pistons가 코비 브라이언트,Kobe Bryant 샤킬 오닐,Shaquille O'neal 칼 말론Karl Malone 같은 스타들이 쟁쟁한 LA 레이커스LA Lakers를 무찌르고 우승하는 이변이 일어났다. 디트로이트의 역사를 조금 아는 나로서는 구경제의 디트로이트가 신경제를 대표하는 대도시 로스앤젤레스를 제치고 높이 비상하는 것 같은 이중의 감동을 받았다. 그 얘기를 꺼냈더니 쌘티는 "정확한 비유는 아닌 것 같다"라면서 "피스톤스는 디트로이트시에서 몇십마일 떨어진 어번힐즈Auburn Hills를 근거지로 삼고 있다"라고 말했다. 피스톤스는 디트로이트만이 아니라 교외까지 다 합친 메트로폴리탄 디트로이트의 팀이라는 얘기다.

디트로이트는 미국에서 가장 검은 도시다. 시 인구의 81.6%가 흑인이다. 백인인구는 12.3%밖에 안된다(미국 전체 백인의 비율은 75%다). 반면 어번힐즈같이 메트로폴리탄 디트로이트를 구성하고 있는 교외의 인구는 78%가 백인이다. 마치 교외의 하얀 도시들이 검은 디트로이트를 포위하고 있는 형국이다. 너희들끼리 어떻게 하나 지켜보면서.

미국을 대표하는 유령도시였던 디트로이트가 이제는 바닥을 치고 올라서는 기미가 곳곳에서 감지된다. "과거의 영광을 되찾을 수는 없겠지만 더이상 유령도시는 아니다"라는 쌘티의 말을 진심으로 믿고 싶다. 흑인들만으로도 도시가 번성할 수 있다는 가능성을 보고 싶은 것이다. 1805년 불에 탄 디트로이트를 재건할 때 제정된 뒤 199년간 전해내려온 시의 모토가 있다.

우리는 좀더 나은 날들을 희구한다. 그것은(디트로이트는) 잿더미에서 일어날 것이다.

We hope for better days; it shall arise from its ashes.

자동차로 흥하고 자동차로 망하다

08

아칸쏘 벤톤빌

자본주의의 새로운 전형 월마트 1호점

Arkansas Bentonville.. 아 칸 쏘   벤 톤 빌

미국일주 여행하는 사람들이 많지만 아칸쏘주의 벤톤빌은 우연히 스쳐지나가기도 쉽지 않을 것이다. 미국의 남부에 있지만 충분히 남쪽에 있지도, 가운데에 있지만 또 충분히 가운데 있지도 않아 통상적인 여행루트에서 한참 벗어나 있다. 2장에서 쓴 오자크라는 고원지대의 한자락에 숨어 있다. 미시시피강 서쪽에서는 남북전쟁의 최대 격전지였다는 것 외에는 이렇다 하게 내놓을 만한 게 없다. 유레카스프링스^{Eureka Springs}라고 하는 오래된 용천수마을이 부근에 있기는 하지만 이제는 용천수가 오염됐다고 한다. 마을은 1836년에 담배와 사과 재배로 생겼다. 토머스 벤톤^{Thomas Benton}이라는 미주리주 연방 상원의원이 아칸쏘주가 연방정부에 편입하도록 도와준 것을 기념하기 위해 벤톤빌이라는 이름이 붙었다. 웬만한 미국 전도에는 아예 지명조차 나오지 않는다. 한국으로 치면 강원도와 경상북도가 만나는 곳에 있는 어느 산골마을 같은 곳이다.

그런데 벤톤빌 근처의 노스웨스트 아칸쏘 지역공항에서는 매일 뉴욕, 시카고, 로스앤젤레스, 멤피스, 미니애폴리스 등 미국의 주요 도시로 항공기들이 분주히 직항한다. 항공기들은 이 더운 남부와는 어울리지 않는 정장의 신사들을 토해놓고 또 담아서 간다. 공항터미널의 이름은 앨리스 L. 월튼 빌딩. ^Alice L. Walton Building^ 이 도시의 성격에 대한 힌트가 생각보다 일찍 주어지는 셈이다. 앨리스 월튼은 1992년에 세상을 뜬 월마트 창업자 쌤 월튼 ^Sam Walton^ 의 고명딸이다.

벤톤빌 시내에서는 코카콜라, 타이슨, 존슨앤드존슨, 다이얼, 하인즈 같은 굴지의 기업들이 즐비하게 사무실을 내고 있는 것을 목격할 수 있다. 그러나 이 작은 도시에 어울리지 않게 몸집이 큰 이들도 그들보다 몇배 더 큰, 세계 최대의 기업인 월마트 ^Walmart^ 의 이른바 납품업자들일 뿐이다.

남부 농촌에서 성장한 월마트

공항에서 12번 도로를 타고 가다 월튼불러바드 ^Walton Boulevard^ 를 만나 좌회전해서 직진하면 월마트 본사를 지나고, 조금 더 가 쎈트럴애비뉴 ^Central Avenue^ 를 만나 우회전해서 10분만 가면 타운스퀘어 ^Town Square^ 라는 이름의 광장이 나온다. 광장에는 제임스 베리 ^James H. Berry, 1841~1915^ 의 동상이 세워져 있다. 남북전쟁 당시 남부동맹군의 중위로 참전해 오른쪽 다리를 잃은 뒤 변호사와 정치인으로 전신, 아칸쏘 주지사와 연방 상원의원을 지낸 인물이다. 이 동상의 기반 네 벽에는 남부동맹군을 기리는 추념문이 적혀 있다.

자본주의의 새로운 전형 월마트 1호점

월마트 1호점 앞에 서 있는 제임스 베리의 동상

남북전쟁 당시 남부동맹군을 추념하는 글이 제임스 베리 동상 기반의 네 벽에 다 적혀 있다.

그들은 고향과 조국을 위해 싸웠다

그들의 이름은 명예의 방패에 새겨져 있다

그들의 (삶과 죽음의) 기록은 신과 함께한다

남부로 내려오면서 남부동맹군에 대한 강렬한 소속감이 집요하게 남아 있는 것을 보면서 당혹할 때가 많다. 고등학교 세계사 시간에 남부동맹군은 흑인노예제 존속을 위해 연방정부에서 탈퇴한 나쁜 무리라고 배운 것과 충돌하기 때문이다.

1950년 어느날, 이 동상의 맞은편에 있는 잡화점 주인이 톰 해리슨 Tom Harrison에서 쌤 월튼으로 바뀐다. 월튼이 2만달러를 주고 산 이 잡화점은 연간 2560억달러어치의 물건과 써비스를 파는 기업의 산실이 됐다. 불과 900가구가 살던 벽지의 촌락이었던 벤톤빌도 월마트의 성장과 함께 지금은 인구 2만6500여명의 도시가 됐다. 이중 8천명이 월마트를 위해 일하고 있으니 그냥 '월마트 씨티'라고 해도 무방하다.

제임스 베리의 이미지는 중요하다. 월마트는 남부적 기업이기 때문이다. 월마트는 구매력이 낮은, 그리고 노조의 힘이 약한 남부의 농촌지역에서 성장해 도시를 포위해 들어갔다. 월마트의 초기 성장기인 1960년대는 K마트가 할인양판점 판매전략으로 욱일승천하던 때였다. 월마트는 K마트가 구매력이 높은 도시의 교외에 집중한 틈을 타 아칸쏘·미주리·오클라호마·텍사스·루이지애나·테네씨 같은 남부지역을 야금야금 파고들었다. 미주리만 빼고 월마트가 성장한 지역은 모두 '일할 권리가 있는 주' Right to work states에 속한다.

'일할 권리가 있는 주'라는 말에 조심해야 한다. 마치 노동권을 보호하는 것 같지만 실제 의미는 그렇지 않다. 이는 노조를 무력화하기 위한 법조항을 두고 있는 주들을 가리킨다. 그래서 이들 주에서는 노조의 힘이 약하다. 그 조항이란 노동자들이 노조에 들거나 회비를 내지 않고도 노조가 단체협상으로 얻어낸 결실들을 다 향유할 수 있도록 하는 것을 말한다. 노동자들로서는 이 법에 따라 비노조원으로 있으면서 꿩(임금인상 등)도 먹고 알(노조회비 절약)도 먹을 수 있는 것이다. 그런 얌체들을 대량으로 만들어내는 법조항을 '일할 권리'로 포장한 발상이 기막히다. 정확히 번역한다면 '노조에 회비를 낼 시간에 일할 권리가 있는 주'라고 표현하는 게 맞지 않을까 싶다. '일할 권리'라는 개념에는 노조와 노동을 서로 적대적인 관계로 보는 시각이 숨어 있다.

이 시각은 미국 내에 꽤 만연해 있다. 노조는 되도록 일을 적게 하거나 아예 안하고 돈은 더 많이 받아내려는 집단이라는 시각이다. 기업과 공화당 쪽에서 주로 퍼뜨리는 시각이지만 평범한 사람들의 입에서도 종종 들을 수 있다. 이것은 사용주의 노조탄압과 함께, 미국의 노조가입률(2003년 기준)이 12.9%, 민간부문에서 일하는 노동자 1억명의 가입률이 불과 9%에 머물러 있는 원인 중 하나다. (한국의 노조가입률이 궁금해서 찾아봤더니 한국노동사회연구소 김유선 부소장의 2003년 분석결과 전체 임금노동자의 11.8%다. 미국이나 한국이나 노조 불모지에 가깝다고 할 수 있다.) 참고로 미 노동부에 따르면 미국 내 노조가입률은 노조를 강력히 억압했던 레이건행정부 시절의 20%대보다 더 떨어졌다. 특히 2002년의 13.4%에서 1년 만에 0.4%, 즉 36만9천명이나 노조에서 탈퇴했다. 그것은 노조를 발본색원하는 월마트가 세계 최대기업으로 발돋움한 것과 연결돼 있는 현상이다. 월마트는 기업이 아니라 자본주의의 새로운 전형과 같은 것이다. 기업들이 월마트를 닮아가게 되어 있다.

▍ 쌤 월튼과 마오 쩌뚱

월마트는 대형 할인매장이 과연 통할까 싶은 인구 2, 3천명의 마을에서 성장했기 때문에 체질적으로 비용경쟁력이 높을 수밖에 없었다.

그렇지 않고서는 이득이 남지 않는다. 보급선이 길어지는 것을 막기 위해 처음에는 벤톤빌 본사로부터 반경 480킬로미터 이내에만 매장을 냈다. 가장 먼저 쌤 월튼의 전기를 낸 밴스 트림블^{Vance Trimble}에 따르면, 보통 소매유통업체들은 매장부터 내고 매장을 지원하는 창고는 나중에 만드는데, 쌤 월튼은 대형창고부터 만들고 창고에서 6시간 거리 이내에서 매장을 물색했다. 월마트의 대형창고는 진짜 대형이다. 벤톤빌 외곽에 있는 창고는 크기가 28에이커라고 한다. 28에이커면 3만5천평쯤 된다. 축구장·야구장·실내수영장·실내체조경기장이 다 들어가고도 남는 땅이 한지붕 아래 있다는 얘기다.

쌤 월튼에 대해서 읽으면 읽을수록 엉뚱하게도 마오 쩌뚱^{毛澤東}이 연상된다. 마오 쩌뚱의 농촌혁명전략은 도시노동자 중심의 레닌주의와 배치되는 것이었다. 하지만 현실적으로 월등한 무력을 지닌 국민당의 장 제스^{蔣介石}를 피해 혁명세력을 조직할 수 있는 곳은 농촌밖에 없었다. 농촌에서 쏘비에뜨를 조직해 장 제스 정권을 타이완으로 밀어내는 과정은 농촌의 월마트가 결국 2003년 도시 중심의 K마트를 파산상태로 몰아넣은 것과 흡사하다. K마트 본부는 북부인 미시간주 트로이^{Troy}에 있다. 쌤 월튼이 생전에 한 고백이다.

"만약 그들(K마트)이 그때 우리를 덮쳤다면…… 생각만 해도 끔찍하다. 그러나 우리는 작은 마을에서 장사를 했기 때문에 살아남았다. 그들로서는 이 작은 마을까지 와서 경쟁할 이유가 없었을 것이다. 그것이 우리에게 성장할 수 있는 10년간의 유예기간을 주었고 마침내 우리는 우리의 것을 지켜냈다. 그리고 그들이 나중에 깨어났을 때는 세상이 바뀌어 있는 것을 깨달았다. 우리는 소매유통업계의 판도를 역전시켰다. 그들이 우리 뒤로 처졌다."

월마트는 미국내 3500여개 매장에서 아침조회를 하면서 지금도 직
원들에게 'Give me a W'(월마트 물건이 최고다)라고 외치도록 한다. 쌤
월튼이 직원들을 독려하기 위해 만든 의식이다. 또 쌤 월튼이 지은
'쌤의 원칙'Sam's Rules은 마오 쩌뚱의 어록과 같다. 월마트의 경영진은
쌤 월튼이 사망한 지 십수년이 지난 지금도 '쌤의 원칙'을 인용해 회사
를 설명한다. 6, 70년대 중국 가정에서는 식사 전 마오 쩌뚱 어록을 외
웠다.

월마트 1호점은 박물관 겸 방문쎈터로 바뀌었다. 직원 3명이 상주해
있고, 맥도날드 박물관은 여기다 댈 게 못될 정도로 실내 전시공간도
넓다. 물론 본래의 1호점 면적 자체가 차이나는 탓도 있지만, 기본적
으로 월마트가 훨씬 더 성의있게 사진과 비디오테이프, 당시 신문 등
다양한 자료들로 꾸며놓은 게 사실이다. 맥도날드의 창업자 레이 크록
은 자식이 없었지만 쌤 월튼은 아직도 부인이 살아 있고 4명의 자식을

박물관으로 개조된 월마트 1호점의 전경

둔 것도 혹시 창업자를 추모하는 열의에 영향을 준 것은 아닐까.

전시물 중 인상적인 것은 항공편대의 사진이다. 월마트는 18대의 리어제트^{Rearjet}기를 비롯해, 20대의 소형 항공기 편대를 유지하고 있다. "항공편대가 없었으면 오늘날의 월마트로 성장하지 못했을 것"이라는 데이비드 글래스^{David Glass}의 말이 적혀 있다. 글래스는 쌤 월튼에 이어 CEO에 올랐다가 2000년 리 스콧^{Lee Scott}에게 자리를 물려주었다. 항공편대는 벤톤빌이라는 공간의 격리를 뛰어넘는 기동력을 월마트에 제공했다. 그 첫 조종사는 다름 아닌 쌤 월튼이다. 그는 1957년에 1850달러를 주고 산 소형 항공기 '에르쿠페'^{ERCOUPE}를 타고 다니며 월마트 후보지를 선정하고 매장을 순시해 관리 누수가 없도록 챙겼다. 또다른 월마트 특유의 관리기법은 인공위성을 통한 매장관리다. 전국에 산재한 3500개 매장의 실내온도는 하나하나 전부 벤톤빌 본부의 통제를 받는다. 매장 카운터 위의 스크린에는 본부의 메씨지가 수시로 하달된다. 월마트는 펜타곤을 빼고는 가장 많은 위성을 쓰는 곳이다.

과장이 많은 창업자 신화

이 1호점 박물관은 사실 쌤 월튼이 처음 낸 잡화점은 아니다. 맥도날드의 시작이 1호점 박물관이 있는 데스플레인스가 아니라 캘리포니아의 쌘버나디노이듯 월튼의 시작은 벤톤빌이 아닌, 뉴포트^{Newport}였다. 월튼은 1945년에 아칸쏘주의 뉴포트에서 벤 프랭클린^{Ben Franklin} 체인점을 인수해 뛰어난 수완으로 아칸쏘주에서 가장 매상이 높은 잡화점으로 키웠다. 하지만 장사가 잘되는 것을 본 건물주가 임대계약 만료와 함께 계약을 해지해버리는 바람에 졸지에 가게를 잃고 만다. 그래서 눈물을 머금고 뉴포트를 떠나 새 가게를 얻은 곳이 바로 벤톤빌

쌤 월튼의 검소한 1호점 집무실의 모습

의 자칭 '1호점'이다. 쌤 월튼에게 뉴포트는 뼈아픈 교훈을 준 곳이자 잊고 싶은 과거다.

미국에서 많이 운위되는 창업자의 신화는 사실 과장이 많다. 쌤 월튼은 엄청난 재부를 쌓았어도 전혀 부자인 척, 잘난 척하지 않은 것으로 유명하다. 그는 세상을 뜰 때까지 포드 픽업트럭을 직접 운전하고 다녔는데, 1호점에 전시된 그 트럭의 씨트는 가죽도 아닌 천이고 바닥 깔개에는 구멍이 나 있다. 1979년형인데 숨을 거둘 때까지 타고 다녀 마일리지가 10만킬로미터(65,627마일)를 넘는다. 미국인들은 평범한 이웃집 아저씨가 무無에서 시작해 할아버지가 될 때까지 위대한 성공을 거둔 것으로 받아들이고 있다.

하지만 그는 무에서 시작하지 않았다. 은행가였던 장인 롭슨L. S. Robson의 도움 없이는 그의 성공을 설명하기 어렵다. 롭슨은 그가 처음 인수한 뉴포트의 잡화점 임대비용을 대주었고, 벤톤빌의 가게터를 잡고 기존 주인을 설득해 가게를 내놓도록 한 것도 롭슨이다. 은행가 장인을 둔 사람이 모두 월튼처럼 성공하는 것은 아니고, 또 은행가 장인이 없는 사람도 월튼만큼은 아니더라도 성공할 수 있지만, 그래도 월튼이 맨주먹으로 자수성가했다고 말하는 것은 무리가 있다.

이는 마이크로소프트^{Microsoft}의 빌 게이츠^{Bill Gates}에게도 해당되는 말이다. 그는 유능한 변호사였던 아버지의 도움을 받아서 자신이 개발하지 않은 첫 컴퓨터 오퍼레이팅 씨스템인 CP/M이나 DOS의 지적재산권을 침해했으며, 반면 자신이 쓴 마이크로컴퓨터용 프로그램 랭귀지인 베이직^{BASIC}은 악착같이 침해받지 않도록 지켰다. 그가 자신이 개발하지도 않은 CP/M과 DOS를 IBM에 사용할 수 있도록 허가하면서 사용 건당 얼마씩 받기로 하는 계약을 체결하지 않았다면 오늘날의 마이크로소프트는 상상도 할 수 없을 것이다. 빌 게이츠는 워싱턴주에서 가장 좋은 사립학교인 레이크싸이드^{Laskside}를 다닐 때에도 불과 15세에 친구들끼리 수 틀리면 소송을 하겠다고 위협하던 그런 부류의 사람이었다. 이 학교에는 60년대로서는 최첨단을 달리던 컴퓨터실험실이 있어서 오늘날의 게이츠가 나왔다. 그때 학교 2년 선배가 마이크로소프트의 공동 창업자인 폴 앨런^{Paul Allen}이다. 부모 잘 만난 덕에 좋은 사립학교를 다니고, 또 재수좋게 컴퓨터실험실이 일찍 생겨 프로그래밍에 눈을 떴고, 거기다 변호사 아버지라는 법적 인프라까지 받쳐줘서 마이크로소프트 탄생의 바탕이 마련된 것이다.

물론 그때 컴퓨터실험실을 이용한 사람이 게이츠 말고도 많지 않느냐고 하면 할말은 없다. 하지만 그 정도만큼만 훌륭한 것이다. 미국에는 성공한 기업이 있으면 반드시 창업자의 신화가 있다. 기업 성공의 다른 요인들은 종종 묻혀버린다. 그런 신화가 사람들에게 성공의 동기를 유발하기는 하지만, 동시에 성공과 실패의 이유를 모두 개인에게 환원해버리는 부작용이 있다는 것을 말하고 싶다.

"쌤 월튼에 대해 어떻게 생각하는가."

박물관에서 월튼의 생전 집무실을 함께 둘러보던 관람객에게 말을 걸었다. 그 역시 그런 신화를 공유하고 있다.

"무에서 시작해 대단한 성공을 거둔 사람이다."

말을 듣고 보니 남부 사투리가 아니다.

"어디서 왔는가."

"미시간주 앤아버$^{Ann\ Arbor}$에서 왔다."

거기서 여기까지 월마트 1호점을 보러 왔을 리는 없을 테고.

"미 연방환경보호청^{EPA} 소속 공무원이다. 환경문제를 협의하러 왔다가 탑승할 때까지 시간여유가 있어서 들렀다."

그의 이름은 맷 페인. 6장에서 영화감독 마이클 무어가 교육위원이던 시절 데이비슨시에서 고등학교를 다닌 사람으로 소개된 바 있다.

"월마트가 한국에도 들어와 있다(한국은 월마트가 진출한 10개국 중 하나다). 월마트가 들어가는 지역마다 주변 상권에 있는 소매유통업체들이 어려움을 겪는다."

"미국도 그렇다. 월마트가 들어가는 곳마다 문닫는 가게들이 속출한다. 월마트가 창출하는 고용보다 없애는 고용이 더 많다는 논란이 있다."

"월마트의 방식은 세계에 영향을 미친다. 월마트가 하는 대로 따라하지 않으면 기업들이 생존하기 어렵다. 오로지 가격을 낮추기 위해 노조도 없애고 임금도 대폭 낮춰야 한다."

"미국은 이미 그 과정을 겪는 중이다."

"월마트식의 자본주의를 견제할 첫 관문은 미국이다. 미국 내에서 견제가 되지 못하면 다른 곳에서 견제하기는 더 힘들다."

"미국에서도 제동을 걸 수 없다. 그들은 그들 나름의 논리대로 움직인다. 누구도 견제 못할 힘을 갖고 있다. 무엇보다 사람들은 물건을 싸게 사고 싶어하기 때문에 욕하면서도 월마트로 간다."

대화는 월마트의 성공을 기리는 박물관에서 나누기에는 불온한 쪽으로 진행된다. 이 대목에서 페인은 혹시 박물관 직원들이 엿들을까 봐 둘러보는 시늉을 하다가 웃음을 짓고는 "하지만 그들의 행태가 지속되기는 어려운 것 아닌가" 하고 말했다. 그러면서 월마트가 받고 있는 여러 역풍 사례를 소개했다.

월마트는 최근 들어 많은 소송에 시달리고 있다. 그중 대표적인 것이 여성노동자 차별소송이다. 지난 6월 쌘프란씨스코 법원은 이 소송의 집단소송 자격을 인정했다. 그러자 갑자기 월마트의 전·현직 여성노동자 160만명이 원고가 될 수 있는 길이 열렸다. 개별 기업에 대한 최대 인구의 집단소송이 됐다. 또 불법이민자 고용에 관한 소송도 걸려 있다. 그러나 소송보다 무서운 역풍은 도시와 공동체의 저항이다. 최근 들어 시카고·로스앤젤레스·버몬트 등에서 월마트 거부운동이 일고 있다. 과연 월마트의 무엇이 강한 반발을 낳고 있는가.

아칸쏘 벤톤빌

09

월마트의 본사는 왜 남루할까

Arkansas Bentonville.. 아 칸 쏘 벤 톤 빌

아칸쏘주의 해리슨^{Harrison}이라는 곳에서 벤톤빌로 가는 62번 도로는 강원도 한계령을 넘는 것보다 더 힘하다. 길이 날카롭게 꺾여서 때로는 30도도 안될 것 같은 좁은 각도에서 격하게 핸들을 돌려야 한다. 자칫 잘못하다간 중앙선을 넘어간다. 맞은편에서 오는 차도 급히 핸들을 꺾는 게 보인다. 그만큼 산골이고, 마을들도 소박하다. '패밀리마트'^{Family Mart}라는 큰 잡화점 간판이 눈에 띄는데 문은 판자로 못질이 돼 있다. 베어크릭스프링스,^{Bear Creek Springs} 앨피너,^{Alpena} 그린포레스트,^{Green Forest} 지나치는 마을들의 중심가는 한결같이 껍데기만 남아 있다. 반면에 교회 간판은 끊이지 않는다.

"우리의 몸값은 이미 지불됐습니다. 우리는 그를 선택해야 합니다."

"요한복음 10장 10절. 예수는 당신을 사랑하십니다."

"당신은 그것을 낙태라고 부른다. 하나님은 그것을 살인이라고 부른다."

살기 어렵기 때문에 더욱 내세의 구원이 필요한 것일까. 빈집이 늘어가는 남부의 농촌에서 자주 마주치는 교회 간판들의 행렬은 현세의 삶과 묘한 대조를 이룬다. 이곳이 바로 생활고를 겪으면서도 선거 때만 되면 공화당, 조지 부시 대통령을 찍는 이른바 '거듭난 기독교인' born-again Christian들의 텃밭이다. 가난을 하나님이 주신 시련으로 간주하고 그 시련을 감내할 때 천국에 더 가까이 갈 수 있다고 믿는 사람들. 혼자만 잘살아서 미안할 법한 대자본가나 부자가 보기에는 그렇게 고마운 종교가 또 있을 수 없다.

베리빌 Berryville은 달랐다. 여기에는 월마트가 있고 맥도날드도 있다. 마을에 활기가 있어 보인다. 차에서 내려서 상공회의소를 찾아갔다. 회의소의 간부인 마이크 엘리스 Mike Ellis가 반갑게 맞이했다. 그는 "베

베리빌 상공회의소 상주직원 마이크 엘리스

리빌은 일대 소도시 주민들의 중심지"라면서 "반경 7,80킬로미터 안에 사는 주민들은 모두 여기 월마트로 물건을 사러 온다"라고 말했다. 월마트가 들어서서 소비자들의 발길이 많아지자 베리빌의 다른 가게

월마트의 본사는 왜 남루할까

들도 덩달아 잘된다고 그는 덧붙였다.

"하지만 여기 오는 동안 본 다른 마을들은 모두 쇠락해가던데……"

"사실이다. 그린포레스트 같은 곳은 구멍가게도 다 망했다."

"그럼 월마트가 있어서 좋은 것인가, 나쁜 것인가."

"어차피 적자생존의 사회 아닌가. 돈을 더 주고 물건을 살 사람이 어디 있는가."

월마트 본사에 당도하기 전에 들은 그의 말은 월마트가 추구하는 사회, 월마트 경쟁력의 비결을 함축하고 있었다.

▌가장 존경받는 기업이자 공적 1호

월마트처럼 평가가 엇갈리는 기업은 없다. 월마트는 미국의 경제지 『포춘』이 선정하는 '올해의 가장 존경받는 기업'으로 지난해에 이어 2년 연속 선정됐다. 반면 미 노동운동, 나아가 진보진영에서는 조지 부시 대통령 낙선운동보다 월마트 내 노조 설립에 주력해야 한다는 주장이 나왔을 정도로 공적 1호가 되고 있다. 이처럼 평가가 엇갈리는 것은 평가하는 주체가 다르기 때문이다. 『포춘』은 존경받는 기업을 선정할 때 1만명에게 설문지를 돌리는데 그 1만명은 회사의 관리직과 경영진, 애널리스트들이다. 항상 애널리스트의 예측을 초과해 이윤과 성장을 달성하는 월마트는 그들에게 꿈의 기업이다.

그런데 벤톤빌 시내 8번가에 있는 월마트 본사는 꿈의 기업 이미지와는 달리 한마디로 남루하다. 과거 창고로 쓰던 건물을 개조해서 사무실로 쓰고 있다. 본사 건물에 도착하고도 정문을 찾기 위해 건물 주위를 두 바퀴나 돌았다. 처음에 본 게 맞았다. 적색 벽돌로 된 정면에는 삼겹살집 간판보다 작은 간판에 'WAL MART STORES INC.' 한 줄만 적혀 있다. 목표달성을 독려하기 위해 외벽 기둥에 걸어놓은 아크릴판도 한 귀퉁이가 깨져 있다. 월마트 본사의 볼품없는 입구는 검소함보다는 어쩐지 돈만 벌면 된다는 집착이 엿보인다. 일하는 목적이 노동 자체의 즐거움에서 소비하는 즐거움, 그러다 지금은 돈 버는 것 자체의 즐거움으로 옮겨가고 있는 것을 상징하는 듯하다. 평생 쓰지도 못할 돈을 벌었으면서도 여전히 돈 돈 돈 하는 사람들이 떠오른다. 그리고 그들은 돈을 쓸 줄 모른다. 소비가 미덕이라는 것을 전파하는 회사가 자신을 가꾸는 것에는 전혀 소비하지 않는다는 인상을 지울 수 없었다.

본사 건물이 이렇게 남루한 것은 사실 월마트의 존재 이유이자 성장비결이다. 이윤을 높이기 위해 창업자 쌤 월튼은 경상비용의 지출을 매출의 15% 내로 묶어두었다. 그러니 건물을 치장하거나 번듯한 새 건물을 사는 데 신경쓸 여유가 없다. 지금도 경상비 비율은 16%대에 머물러 있다. 보통 다른 슈퍼마켓 체인들의 경상비 지출이 20%를 웃도는 현실은 월마트가 어떻게 성장해왔는지, 그리고 지금도 그 비용경쟁력이 얼마나 뛰어난지를 단적으로 보여주는 예라고 할 수 있다.

월마트 본사에는 대형 성조기가 휘날리고 있다. 월마트처럼 애국심을 기업홍보에 잘 활용하는 기업도 없다. 1980년대말 쌤 월튼은 미국 전역에 있는 제조업체와 도매업체 3천 곳에 미국인들의 일자리를 지키기 위해 미제 애용, 즉 '바이 아메리칸'Buy American 캠페인에 동참해달라는 공개편지를 보냈다. 아울러 그는 미국 내에서 생산되는 것은 가능한 한 모두 다 사주겠다고 공언했다.

그의 생각을 기특하게 여긴 미국인들은 월마트로 갔다. 얼마 안 있어 월마트가 K마트를 제치고 1위로 올라섰다. '바이 아메리칸'이 '바

월마트 본사 앞에서 휘날리는
대형 성조기

이 월마트'^{Buy Wal Mart}로 바뀐 것이다. 그러나 10여년이 지난 지금 미국
이 중국에서 수입하는 물품의 10%를 하나의 기업인 월마트가 수입한
다. 성조기는 여전히 휘날린다.

월마트의 소비자 지상주의

월마트에서 가장 놀라운 것은 반품정책이다. 물건을 한두번 쓰다
가져가도 거기서 샀다는 영수증만 있으면 반품이 된다. "왜 반품하느
냐"라고 물어보더라도 굳이 여러말 할 필요 없다. 어차피 형식적인 질
문이기 때문에 "맘에 안 든다" 또는 "맘이 바뀌었다"라고 말하는 것만
으로 족하다. 그래서 옷을 사서 파티에 다녀온 뒤, 또는 캠핑을 다녀
온 뒤 텐트를 반품하는 식으로 이런 '관대한' 정책을 악용하는 사람들
이 적지 않다. 쌤 월튼은 다 해진 신발을 가져와서 결함을 지적하며
반품을 요구하는 고객에게 새 신발로 바꿔줄 뿐 아니라 결함을 알게
해줘서 고맙다며 덤으로 양말까지 주라고 가르쳤다. 왼쪽 뺨을 때리
면 오른쪽 뺨을 내밀어주라는 식이다. 거의 예수의 경지다. 그렇게 해
서 월마트의 '은총'을 한번 받으면 매주 발길이 월마트로 향하지 않을

수 없고, 주위 사람들에게 월마트를 '전도'하지 않을 수 없다.

쌤 월튼의 전기작가 밴스 트림블에 따르면 쌤 월튼 고객철학의 제1조는 '고객은 항상 옳다'이다. 제2조는 '만약 고객이 옳지 않다면 제1조를 들여다보라'이다. 소비자의 입장에서 이렇게 고마운 기업이 또 있을까. 이런 소비자 지상주의가 오늘의 월마트를 있게 한 원동력인 동시에 월마트를 진보진영의 공적 1호로 만든 원인이다.

월마트는 생산자와 소비자의 거래를 중개하는 소매유통업체다. 월마트가 기존의 소매유통업체와 다른 점은 양쪽이 만족할 수 있는 중개를 하는 게 아니라 극단적으로 소비자 편에 선다는 점이다. 소비자들은 질 좋은 제품을 싸게 사는 것을 원한다. 월마트는 하루에(1년이 아니다) 찾아오는 2천만명의 소비자들을 지렛대로 활용해서 납품회사들에 납품원가를 낮추라고 압력을 가한다. 납품회사들로서는 제조원가를 낮추다 낮추다 안되면 낮출 수 있는 것은 인건비밖에 없다. 그래도 안되면 공장을 저임금의 중국으로 옮긴다.

납품회사들뿐 아니다. 월마트는 스스로도 인건비를 최소화한다. 매출의 8% 이내다. 월마트 직원들의 시간당 평균임금(2001년 기준)은 8달러23센트. 연간 13,801달러다. 미국 보건복지부가 정한 3인 가족 기준 빈곤선(2001년)이 연간 14,630달러니까 부양가족이 두명 있을 경우, 월마트에서만 일하는 평균적인 직원들은 빈곤계층에 속할 수밖에 없다. 월마트에서는 120만명이 일한다.

존 플랜켄버그(36세, 나는 그의 본명을 알지만 가명으로 써달라는 요구대로 가명을 쓴다)도 그런 월마트 직원 중 하나였다. 그는 미주리주 컬럼비아^Columbia에 있는 월마트에서 2000년에서 2001년까지 14개월간 일했다. 그는 고객들이 주차장에 놔두거나 내팽개친 쇼핑카트들을 모아서 매장 안으로 가져오는 일을 했다. 플랜켄버그 같은 사람들이 수십 대의 카트를 연결해서 마치 기차놀이하듯 밀고 가는 것을 보고 멋있다고 생각한 적이 있는데, 그는 30대의 카트를 연결해서 민 적도 있다고 말했다.

그런데 그와 인터뷰하면서 새로운 사실을 알게 됐다. 미국 쇼핑몰의 주차장 구조는 완만한 V자로 돼 있다. 매장에서 주차장 중간까지는 내리막이고 중간에서 주차장 끝까지는 다시 오르막이다. 그래서 주차장까지 밀고 가는 손님들은 힘이 덜 들고 그것을 찾아서 매장으로 밀고 오는 플랜켄버그 같은 사람들은 허리가 휜다. 시원스럽게 쭉쭉 밀고 가지도 못한다. 손님이 지나가면 멈춰야 한다. 탄력을 받을 수가 없다. 더구나 주차장에서 일하는 것은 항상 교통사고의 위험이 뒤따른다. "하루 8시간 동안 카트를 밀면 허리가 부러질 것 같다"는 그가 처음 받은 임금은 시간당 6달러25센트. 석달 뒤 50센트가 올라서 6달러75센트를 받았고, 그 이후로는 인상이 없었다고 한다. 주당 270달러, 한달에 1080달러(120만원 상당)를 받고 살았다. 그중 절반 가량이 집세로 나갔다.

그에게는 꿈이 있었다. 손님들의 물건을 계산하는 회계원cashier이 되는 것이었다. 점심시간을 아껴 교육훈련을 자청했다. 고졸 학력인 그는 시험에서 5개 과목 모두 거의 만점을 받아 마침내 회계원이 됐다. 하지만 자리가 없어서 야근조로 배치됐다. 밤에는 손님이 적기 때문에 하루에 1시간만 회계원으로 일하고 나머지 시간은 다시 카트를 밀어야 했다.

그는 14개월을 일하고 월마트를 그만뒀다. 그만둔 이유는 의료보험 때문이었다. 6개월이 지나면 지급하게 돼 있는 의료보험 혜택을, 입사

후 신청서를 제출하지 않았다는 이유로 받지 못했다. 그는 신청서를 제출하라는 말을 들어본 적이 없다고 항의하며 본사에까지 이 문제를 끌고 올라갔지만 결국 효과가 없었다고 한다. 그런데도 14개월을 일했다.

"왜 더 일찍 그만두지 않았는가."

"새로운 직장을 구하려면 최소한 2주간은 돌아다녀야 한다. 수중에 돈이 없는데 2주간 버틸 여유가 없었다."

싼값의 사회적 비용

월마트는 플랜켄버그 같은 빈곤계층을 엄청난 규모로 배출하고 있다. 이들의 의료비용과 의식주를 지원하기 위해서 사회적 비용이 든다. 이는 모두 납세자들의 몫이다. 캘리포니아주의 경우 의료보험 혜택을 받지 못하는 월마트 직원들의 의료비용으로 주예산에서 2000만달러가 소요된다는 연구결과(캘리포니아주립대학 버클리캠퍼스 노동과고용연구소)가 나왔다. 미 하원 노동과 교육 위원회 소속 민주당 연구위원들의 조사결과로는 월마트 직원 한명당 2103달러, 200명 규모의 월마트 한곳당 연간 42만750달러의 연방정부 예산이 들어간다. 월마트가 임금과 의료보험 혜택을 적게 준 만큼을 정부가, 나아가 납세자들이 보조하고 있다는 뜻이다.

월마트는 노조가 없기 때문에 저임금정책을 유지할 수 있다. 월마트는 노조를 발본색원한다. 채용단계부터 잠재적 노조 동조자를 가려낸다. 학력이 높다든지 옳고 그른 일에 흥분을 잘한다든지 하면 채용 인성 테스트를 통과하기 어렵다. 얼마 전 밝혀진 '노조 없는 직장을 유지하기 위한 매니저의 연장통'A Manager's Toolbox to Remaining Union Free이라

벤톤빌 외곽에 있는 월마트 유통창고. 정문에는 "이 문으로 세상에서 가장 훌륭한 사람들이 지나다닌다"라고 적혀 있다.

는 월마트의 내부지침은 조합 결성의 낌새를 눈치채는 법에 대해 설명하고 있다. 이에 따르면 매니저들은 직원들이 동료 집에서 자주 회합한다든지, 평소에 말을 안하던 사람들끼리 갑자기 대화하는 것을 유심히 관찰해야 한다고 돼 있다. 그래서 징후를 포착하면 핫라인으로 본사에 알려야 한다. 본사는 즉시 본사 항공기인 에어월튼^{Air Walton}에 '노조대책반'을 태워 현장에 급파한다. 매니저의 의혹에 찬 시선을 피하려면 원래 얘기하던 사람하고만 계속 얘기를 해야 한다니 다니기에 매우 지루할 것 같은 직장이다.

2000년 2월 텍사스주 잭슨빌^{Jacksonville}에 있는 월마트에서는 미국 월마트 사상 최초의 일이 일어났다. 정육부 직원 10명이 투표 끝에 7대 3으로 노조를 결성한 것. 그러나 월마트의 대응은 신속하고 강력했다. 바로 정육부를 없애버리고 직원들을 다른 곳으로 보내버렸다. 부서가 없어졌으니 노조도 있을 수 없다. 명백히 노조탄압으로 보이는 이 사안에 대해 1심판결이 나오는 데 3년 이상 걸렸다. 드디어 2003년 6월 연방 노동판사는 정육부 해체는 불법이라며 노조를 인정할 것을 판결했다. 그 판결을 '넙죽' 수용할 월마트가 아니다. 불복해서 아직도 사건은 재판 계류중이고 여전히 미국 월마트는 노조가 하나도 없는 직장으로 남아 있다. 미국에서 노조탄압은 형사처벌 대상이 아니니 돈만 있으면 무서울 게 없다.

월마트가 21세기형 자본주의의 전형이 되고 있는 것은 판박이 기업들이 늘고 있기 때문이다. 캘리포니아주 남부에서는 올해 몇달간 슈퍼마켓 체인 종업원들의 파업이 있었다. 종업원들은 슈퍼마켓 체인들이 기존 의료보험 혜택을 축소하려는 데 반발했다. 하지만 결국은 혜택이 대폭 줄어든 채 파업이 일단락됐다. 슈퍼마켓들이 내세운 이유는 월마트가 들어오면 다 죽게 돼 있기 때문에 미리 비용경쟁력을 확보해야 한다는 것. 최근에도 미국의 또다른 소매유통업체인 크로거Kroger가 노조에게 월마트와 경쟁하기 위해서 임금과 의료보험 혜택을 대폭 삭감할 수밖에 없다는 내용의 협상안을 제시했다.

진보성향의 잡지 『네이션』Nation은 2004년 6월 28일자에서 "월마트는 자신이 뛰어들지 않은 시장에서 기업들의 노사협상을 좌지우지한 사상 최초의 기업일 것"이라고 보도했다. 호랑이가 온다는 말만 들어도 아이가 울음을 딱 그치는 것과 마찬가지다. 슈퍼마켓과 요식업 연합노조UFCW의 부위원장 쑤전 필립스Susan Phillips는 "오늘날 미국의 기업 노사협상 테이블에는 보이지 않는 대형 괴물이 앉아 있다"라며 월마트를 괴물에 비유했다.

단지 미국만이 아니다. 월마트에는 세계적으로 1만개의 납품회사들이 있다. 월마트에 가장 낮은 가격을 제시해야 납품회사로 살아남기 때문에 납품회사들의 노동조건은 연쇄적으로, 그리고 세계적으로 나빠질 수밖에 없다. 엘쌀바도르, 방글라데시같이 더이상 임금을 낮출 여지가 없어 보이는 나라들도 공장을 중국에 빼앗기지 않으려고 임금을 낮춘다. 결국 공장을 붙잡아두기 위해서는 열악한 노동환경을 돌볼 겨를이 없다.

미국에서 노조를 만들기 어려운 것은 반드시 과반수의 찬성이 있어야 노조를 설립할 수 있기 때문이다. 월마트처럼 연간 이직률이 절반에 달해 이동이 빈번한 곳에서는 노조를 만들기 어렵다. 절이 싫으면 중이 떠나는 게 미국의 노동환경이다. 노동계에서 나오는 아이디어들 중 하나가 노조는 만들기 어려우니까 '월마트 노동자협회'^{Wal Mart Workers Association}를 만들어서 일단 단체활동이라도 시작하라는 것이다. 줄여서 '월노협'인데, 한국에서 상급단체 조직이 금지돼 있었던 80년대의 전노협을 연상시킨다. 미국 노동계의 현실이 그렇게 척박하다.

▌시작단계인 공동체의 대응

자본주의사회에서 인간은 소비자이기도 하고 생산자이기도 하다. 소비만 하면서 혹은 생산만 하면서 살 수는 없다. 소비와 생산이 균형을 이루어야 한다. 물건을 싸게 사기도 해야 하지만 제값을 받고 팔기도 해야 한다. 그래야 병원도 다니고 아이들을 학교에 보낼 수도 있다. 월마트의 극단적인 소비자 지상주의는 이런 균형을 파괴하고 있다. 월마트의 가격은 다른 소매유통업체들이 도매로 사는 가격보다 더 낮다. 하지만 밑지고 파는 장사꾼은 없다. 물건값을 낮추는 데서 발생하는 비용은 생산자에, 그리고 궁극적으로는 사회에 전가된다.

문제는 그런 체제가 잘못된 것이지만, 물건을 싸게 사는 걸 싫어하는 소비자는 없다는 점이다. 존 플랜켄버그는 월마트에 당했다고 생각하지만 지금도 월마트에 간다. 그는 한마디로 평가했다.

"일하기는 나쁜 곳이지만 쇼핑하기에는 좋은 곳이다."

항상 싼값에 물건을 구입할 수 있다고 광고하는 월마트 로고와 월마트의 저임금 정책에 항의하는 시위대

『네이션』에 따르면 미 노동조합들이 발행한 신용카드로 결제된 금액의 30%가 월마트에서 지출됐다. 싸기 때문에 형편이 어려운 노동자들은 더욱 월마트로 가야 한다. 나도 거기서 자전거를 샀다.

그래서 새롭게 나오는 대안이 공동체의 대응이다. 로스앤젤레스 교외에 있는 잉글우드Inglewood시는 주민투표를 통해 월마트 슈퍼쎈터의 진입을 거부했고, 앨러미다 카운티Alameda County에서는 법을 만들어 매장 면적이 10만평방피트 이상이고, 채소품목 판매가 매출의 10% 이상인 슈퍼마켓의 개장을 불허했다. 이 조건은 정확히 월마트 슈퍼쎈터를 겨냥한 것이다.

월마트를 거부하는 공동체는 시카고의 남부 빈민지역, 애리조나주 투싼,Tucson 버몬트주 등으로 늘어나고 있다. 미국 전역을 놓고 보면 220곳에서 일본의 스모경기처럼 링 안으로 들어오려는 월마트와 이를 밀어내려는 공동체의 싸움이 벌어지고 있는 셈이다. 월마트를 거부하는 것은 월마트의 출현이 오히려 일자리를 없애고, 시정부의 세수를 줄인다고 보기 때문이다. 심지어는 지역신문마저 울상을 짓는다. 언제나 제일 싸고 질 좋은 물건을 파는 것으로 알려진 월마트는 광고를 할 필요도 별로 느끼지 않기 때문이다.

월마트의 본사는 왜 남루할까

무기력한 노동계의 힘이나 월마트의 매력적인 소비자 지상주의에 비춰볼 때 공동체 단위의 움직임이 월마트의 세확대에 제동을 걸 수 있는 유일한 대안으로 떠오르고 있다. 그러나 공동체의 저항이, 공동체가 거의 무너진 농촌지역을 기반으로 성장한 월마트가 도시로 들어오면서 겪는 부분적·일시적 장애에 불과한 것으로 볼 수도 있는 상황이다. 싼값의 숨은 비용에 대한 집단적 통찰력은 그만큼 형성되기 어렵다. 더구나 월마트의 소비자 지상주의에 비교해볼 때 턱없이 힘에 부치는 상황이다. 앞으로 3년 내에 미국의 모든 식품과 약품의 35%가 월마트에서 팔릴 거라는 전망이 나오고 있는 걸 보면 현재로서는 월마트화Walmartization를 뒤집을 길이 없어 보인다.

텍사스 웨이코

10

닥터페퍼가 아닌 자본주의를 마신다

Texas Waco.. 텍 사 스 웨 이 코

단맛을 좋아하게 돼 있다. 최초의 음식인 엄마 젖이 달기 때문이다. 요리의 역사는 두가지다. 더 달게 하거나, 단맛에서 벗어나기 위해 맛을 다양하게 가져가는 것이다. 한국의 음식은 후자다. 단맛을 높게 치지 않고 다종다양한 맛을 추구한다. 그래서 신맛만 해도 새콤하고 시큼하고 새큼하고 시쿰하고 시큼하고 새금하고 시금한 형용사들이 생겨났을 것이다.

미국의 음식은 전자다. 단맛은 미국을 상징한다. 미국의 파이를 먹어보면 마치 독한 술을 마신 것처럼 어지러울 만큼 단 것도 있다. 6·25 전후 세대에게 미군병사들이 나눠주던 껌, 초콜릿은 미국에 대한 기억의 원형이다. 거기에 콜라까지 더하면 미국의 이미지는 완성된다. 미국은 달고 시원하다. 달디단 미국을 가장 잘 대표하고 있는 세계화의 첨병이 바로 콜라다. 공산주의가 무너지기 전 콜라가 먼저 들어가

풍요로운 소비사회에 대한 동경을 불러일으켰다. 펩시콜라는 1974년 소련에 첫 현지공장을 세웠고, 코카콜라는 콜라를 '자본주의의 아편'이라고 부른 마오 쩌둥이 사망하자 1978년 경제개방 직전에 중국에 들어갔다.

끊임없는 혁신을 통해 자기를 증식하는 자본주의의 특성과는 달리 콜라는 원래의 제조법에서 크게 바뀌지 않았다. 19세기에 개발된 식품이 21세기에도 인류의 입맛을 다시게 하고 있는 것은 놀랍고도 무서운 일이다. 어떻게 만들어졌길래. (좀더 정확한 의문은 어떻게 팔길래다. 우리는 맛이 아니라 이미지를 마신다.)

그 비결을 알기 위해 같은 탄산음료로 콜라보다 조금 먼저 생긴 것으로 인정받는 닥터페퍼Dr. Pepper 박물관에 갔다. 박물관은 텍사스주의 한복판인 웨이코Waco 도심에 있다. 폐쇄된 공장들의 폐허 속에 마치 외로운 섬처럼 스페인풍의 3층 건물만 남아 1년에 6만명의 발길로 북

텍사스주 웨이코 도심에 있는 스페인풍의 닥터페퍼 박물관 전경

적댄다. 빌 팬텔Bill Pantel이라는 할아버지가 반갑게 맞이했다. 일주일 전에도 한국사람이 온 적이 있다면서. 박물관은 1,2층을 전시관으로 쓰고 3층은 자유기업연구소Free Enterprise Institute와 '소프트드링크 명예의 전당' Soft Drink Hall of Fame으로 쓰고 있다.

박물관은 코카콜라, 펩시콜라 같은 19세기의 탄산음료들이 어떤 환경에서 나왔는지 잘 재현하고 있었다. 1층 전시관 초입에 바로 닥터페퍼를 개발할 당시의 올드코너 약국Old Corner drugstore 음료수 판매코너soda fountain가 복원돼 있다. 지금도 그렇지만 미국의 약국은 약만 아니라 잡화도 팔았고 무엇보다 동네의 찻집으로 기능했다. 약사들은 음료수를 만들어 팔았다. 만드는 방법은 설탕물에 온갖 향을 섞어보는 것이었다. 그러다 손님들의 반응이 좋으면 그 씨럽을 팔았다. 그렇게 만들어진 것이 닥터페퍼고 코카콜라고 펩시콜라다.

닥터페퍼를 처음 만든 찰스 앨더튼의 실물크기 인형. 약사라기보다는 마치 바텐더처럼 보인다.

138

음료수 판매코너 옆에는 닥터페퍼를 개발한 찰스 앨더튼^{Charles} ^{Alderton}의 실물크기 인형이 진열돼 있다. 버튼을 누르자 앨더튼이 말을 시작했다. 다 듣고 나니까 닥터페퍼에 대한 환상이 와르르 무너진다. 올드코너 약국에 취직한 앨더튼은 약재의 냄새가 뒤섞여 있는 약국 냄새가 좋았다. 어느날 이 냄새를 음료수에 담아보면 어떨까 하는 데 생각이 미쳤다. 그래서 여러 향을 섞어보았다. 근본적으로 우리 아이 가 콜라와 환타, 사이다를 섞어서 새로운 맛을 내려는 것과 다를 바 없는 원리다. 차이가 있다면 아이는 먹는 것 가지고 장난친다고 야단 맞는 반면 약사는 잘한다고 칭찬받는다는 것뿐이다.

23가지의 향을 섞은 끝에 약국 냄새를 음료수에 담는 데 성공했다. 1885년의 일이다. 그래서 19세기말 미국의 변두리 중 변두리였던 웨 이코에 있는 동네 약국 냄새를 알고 싶으면 닥퍼페퍼를 마시면 된다. 신기한 일이기는 하지만 앞으로는 꼭 약 먹는 기분으로 닥터페퍼를 마실 것 같은 느낌이다.

한번 닥터페퍼를 마셔본 손님들은 또 닥터페퍼를 찾았다. 그러자 약국 주인 웨이드 모리슨^{Wade Morrison}은 '웨이코'로 불리던 이 음료수를 '닥터페퍼'라고 명명하고 공장을 차렸다. 그 공장의 터가 바로 이 박 물관이다. 톡 쏘는 맛 때문에 '페퍼'(후추)라는 이름이 따라 붙은 것으 로 추측했는데 그게 아니다. 박물관측에서는 작명의 경위를 밝히지 않고 있다. 정확한 학설이 없기 때문이라는 것이다. 닥터페퍼 회사측 에서는 모리슨이 버지니아주에 살 때 그에게 첫 일자리를 준 찰스 페 퍼^{Charles Pepper}가 고마워서 이름을 닥터페퍼로 붙였다고 밝히고 있지 만, 일각에서는 찰스 페퍼는 그의 여자친구 아버지였다는 학설을 제 기하고 있다.

닥터페퍼가 아닌 자본주의를 마신다

당시 미국에는 수백, 수천종의 탄산음료가 있었다. 약국마다 약사들이 왕성한 실험정신을 발휘했다. 그후 치열한 마케팅 경쟁을 뚫고 나온 음료수들이 미국을 제패하고 세계로 나아갔다. 1886년 코카콜라를 만든 존 펨버튼John Pemberton이나 1898년 '영원한 2등 콜라' 펩시를 만든 칼레브 브래드햄Caleb Bradham 모두 약사다. 그래서 그런지 처음에 '코코아 프렌치와인'French Wine of Cocoa으로 불리던 코카콜라는 두통약 또는 만병통치약으로, 펩시콜라는 소화제로 팔렸다. 한국에서 할머니들이 칠성사이다나 콜라를 소화제 삼아 먹었던 것도 전혀 근거가 없는 것은 아닌 셈이다.

탄산음료의 역사에서 보면 사실 콜라나 닥터페퍼보다 더 의미심장한 발명은 탄산가스를 물에 가두는 방법이다. 대리석가루에 산acid을 부어서 탄산가스를 만든 뒤 잽싸게 물을 채워놓아야 한다. 닥터페퍼 박물관에 따르면 콜라가 처음 나온 1886년보다 반세기 전인 1835년, 듀런드Durand라는 사람이 필라델피아에서 처음으로 탄산음료를 만든 것으로 나와 있다. 탄산음료가 하나의 상품이 될 수 있다고 생각해 최초로 등록한 상표는 1871년 '레몬스 슈피어리어 스파클링 진저에일' Lemon's Superior Sparkling Ginger Ale이다.

당시에는 탄산음료를 병에 담아서 코르크마개로 막았는데 코르크마개를 딸 때 팝(우리 귀에는 '펑') 하는 소리가 난다 해서 팝pop이라는 별명이 붙었다. 그것이 불행의 씨앗(?)이었다. 미국은 이후 탄산음료를 부르는 말로 국토가 분열됐다. 예를 들어 시카고에 가면 팝이라고 하고 워싱턴에 가면 소다soda라고 부른다. 플로리다에 가면 탄산음료를 원래 코카콜라의 준말인 코크coke라고 부르는 곳도 있고 소다라고 부르는 곳도 있다. 어쨌든 가는 고장에 따라 정확한 영어를 구사하

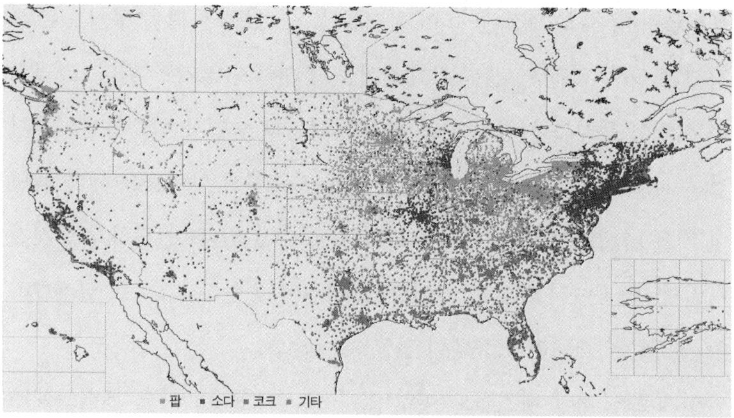

탄산음료를 팝, 소다, 코크 등으로 부르는 지역분포도

고 싶다는 무모한 생각이 든다면 지도를 참고하라. 그러면 곧 단념하게 될 것이다. 대체로 북쪽에서 팝이라고 부를 확률이 높다는 것만은 분명하다.

코카콜라의 제조비법

미국기업의 창업사는 기업이 성공하고 나면 신화로 승격된다. 코카콜라의 경우는 콜라의 제조비법이 그렇다. 어렸을 때 들은 얘기는, 코카콜라의 제조비법을 아는 사람은 회사에서 사장과 부사장 두명밖에 없다는 것이다. 이들은 같은 비행기를 타지 않는다고 했다. 또는 이 두사람도 서로 제조 공정의 반밖에 몰라서 서로 아는 것을 합쳐야 제조비법의 전모를 알 수 있게 돼 있다는 얘기도 들은 적이 있다.

두 사람밖에 모르는 것은 사실인 것 같다. 코카콜라측은 더이상 제조비법에 대한 이야기를 공개하지 않는다. 다만 과거에 나온 보도를 보면, 1925년에 코카콜라는 대출 담보로 뉴욕의 한 은행금고에 보관돼 있던 제조법 원본을 본사가 있는 애틀란타의 은행으로 옮기면서 문서열람 규칙을 제정했다. 이 문서를 볼 수 있는 사람을 두명으로 한정했고 이 두 사람의 신원에 대해서는 공개하지 않기로 했다. 그리고 두 사람이 문서를 열람할 때도 회장과 사장의 승인을 받도록 했다. 이같은 사실이 언론에 보도되고 인구에 회자되면서 사람들은 뭔가 특별한 것을 마시고 있다는 생각을 하지 않을 수 없었다. 엄격하게 숨겨진 비밀의 물을 마시고 있는 것이다. 호기심이 동한다. 그뒤로 코카콜라의 제조법을 캐내려는 유행이 일었다.

실제로 공개된 제조법도 여럿 있다. 그중 하나가 마크 펜더그래스트Mark Pendergrast가 1993년 저서 『하나님과 국가 그리고 코카콜라를 위하여』For God, Country and Coca Cola에서 코카콜라를 처음 만든 존 펨버튼의 제조비법이라며 공개한 것이다.

──재료
구연산염 카페인 1온스
추출 바닐라 1온스
향 2.5온스
코카나뭇잎의 추출액 4온스
구연산 3온스
라임주스 1쿼트
설탕 30파운드
물 2.5갤런
캬라멜 첨가제

─제조법

카페인과 구연산, 라임주스를 1쿼트의 끓는 물에 넣은 뒤 물이 식으면 바닐라와 향을 첨가한다. 그런 다음 24시간을 놔두면 콜라가 된다. 향은 오렌지, 레몬, 육두구, 계피, 고수풀, 등화유, 알코올을 섞어서 만든다.

코카콜라에서는 즉각 '정확하지 않다'고 부인했다. 하지만 이것은 원래부터 정답이 없는 문제다. 비법을 공개할 이유가 없는 코카콜라는 제조비법에 대한 새로운 주장이 나올 때마다 언제나 틀리다고만 말하면 그뿐이다. 세상에서 가장 편한 출제자다.

어쨌든 펜더그래스트가 공개한 제조비법이 맞다 해도 그걸 만들 엄두가 나지 않는다. 누가 그런 재료를 구할 수 있을 것이며 누가 그것의 무게를 일일이 재서 섞을 수 있을까. 더구나 그것을 그대로 만든다 해도 코카콜라만큼 잘 마케팅할 회사도 없으니 원래부터 풀어야 할 이유가 없는 문제다. 또 과연 그렇게 매달릴 만큼 비법인지도 의문이다.

닥터페퍼의 역사를 보다가 왜 탄산음료가 미국사회에 그처럼 확산됐는지를 알 수 있는 단서를 찾았다. 첫째는 탄산음료의 물리적 표준화다. 처음에는 씨럽을 팔다가 병에 담아 팔면서 급속히 소비가 늘었다. 또 따기가 불편한 코르크마개 대신 작은 왕관 모양의 마개가 개발되면서 병의 표준화가 완성됐다. 병마개는 1892년 볼티모어Baltimore에 살던 윌리엄 페인터William Painter라는 사람의 특허다. 오늘날에도 어느 회사나 19세기말에 개발된 이 마개를 여전히 쓰고 있다. 144개를 만드는 데 25센트밖에 안 든다고 한다.

닥터페퍼가 잘 팔리자 수많은 모조품들이 명멸했다.

둘째는 탄산음료에 대한 인식의 변화다. 처음에는 시원한 약처럼 마시던 탄산음료가 어느 순간 강장제 또는 영양보충제로 성격이 바뀐다. 거기에는 학계의 지원사격이 있었다. 닥터페퍼의 1930년대 광고를 보면 하루 세끼 식사를 하듯 식사 중간 중간, 그러니까 10시, 2시, 4시에 닥터페퍼를 마시면 원기가 회복돼서 일을 더 잘할 수 있다고 선전했다. 그때는 칼로리가 부족했던 시절이니까 그럴듯한 얘기다. 1944년 컬럼비아대학의 영양화학자 월터 에디Walter H. Eddy의 연구보고서가 결정적이었다. 에디는 '톡 쏘는 물' Liquid Bite이라는 이름의 닥터페퍼에 관한 보고서에서 "끼니 사이에 신속히 에너지를 보충할 수 있는 보조적 수단으로 닥터페퍼가 좋다는 것은 의심할 여지가 없다"라고 발표했다. 이 보고서 외에도 공장에서 일할 때 탄산음료를 마시면 공장노동의 피로를 덜어줄 수 있다는 보고서도 나왔다. 그러자 미 전시물

자통제국은 탄산음료회사들에 설탕 공급 제한조치를 해제했다.

한국 근대화역군들의 '액체연료'가 박카스와 칠성사이다였다고 하면 2차대전 특수를 맞이해 군비물자를 생산해낸 미국노동자들의 연료는 탄산음료였다. 탄산음료가 영양보충제로 머릿속에 자리잡음에 따라 사람들은 공장에서나 집에서나 그것을 마셔댔다. 이제 그 댓가를 지불할 때가 됐다.

▌HFCS 혁명

닥터페퍼 박물관 어디를 뒤져봐도 성분에 대한 설명이 거의 없다. 음료업계는 성분에 대해 설명할 필요를 느끼지 못했다. 그냥 제조비법이라고 말하면 됐으니까.

그러나 최근 들어 거센 도전에 휘말리고 있다. 그 성분의 이름은 HFCS. High Fructose Corn Syrup HFCS는 말 그대로 과당이 많은 옥수수씨럽이다. 미 탄산음료업계는 1980년대에 설탕 대신 HFCS를 쓰기 시작했다. 『비만의 제국』 Fat Land 의 저자 크리처에 따르면, 이것은 1970년대 옥수수 증산을 허용한 미국 농산정책의 유산이다. 옥수수가 남아도니까 옥수수를 활용하는 방법들이 여럿 나왔는데, 그중에 미국인의 식생활에 가장 많은 영향을 미친 것이 HFCS의 개발이다. 다시 크리처에 따르면, 1971년 일본 식품과학자들이 옥수수 전분에서 낮은 가격으로 HFCS를 화학적으로 추출할 수 있는 방법을 개발했다. 처음엔 꿈의 개발이었다. 단지 값싸게 설탕을 대신할 수 있는 것 외에도 HFCS를 냉동식품에 첨가하면 동결 변색을 막을 수 있고 식품에 첨가하면 오랫동안 맛을 보존할 수 있어서 자동판매기계 같은 곳에 넣어두고 팔기에 좋았다. 크리처는 "비스킷이나 롤케이크 같은 과자에 HFCS를 쓰면 마치 이제 막 오븐에서 구워낸 것처럼 향과 색깔을 보존한다"라고 말했다.

문제가 되는 것은 HFCS 안에 있는 과당이다. 과당은 섭취하면 인체의 다른 곳에서는 분해되지 않고 간에 도착한다. 거기서 인체에 나쁜 중성지방을 만들어내는 역기능을 한다. 2000년 토론토대학의 연구자들이 사람과 지방대사과정이 비슷한 햄스터들에게 과당이 많이 들어간 음식을 먹인 결과 햄스터들이 높은 중성지방지수와 인슐린에 대한 저항을 보인 것으로 나타났다. 인슐린은 영양분이 근육조직 안에 들어가도록 도와주는 역할을 한다. 인슐린에 대한 저항이 발생하면 영양분이 혈관에 남아 있어서 2종당뇨병의 원인이 된다.

2001년 미네쏘타대학의 존 밴틀John Bantle 교수는 과당을 당분으로 많이 섭취한 사람들이 자당을 당분으로 많이 섭취한 사람에 비해 32%나 높은 중성지방 증가율을 보였다고 발표했다. 보스턴에 있는 아동병원에서는 탄산음료를 많이 마시는 어린이들과 그렇지 않은 어린이들의 체중을 19개월간 관찰한 결과 하루에 탄산음료를 한 병 더 마실 경우 비만에 걸릴 확률이 60%나 높아진다는 것을 발견했다. 2004년 4월 루이지애나대학의 조지 브레이George Bray 박사팀은 『미국임상영양학회지』American Journal of Clinical Nutrition에 발표한 논문에서 아예 미국인 사이에서 급증한 비만은 주로 탄산음료에서 섭취한 HFCS 소비의 급증 때문이라고 주장했다.

이에 미 옥수수가공협회와 전국음료협회가 발끈하고 나섰다. 그들의 논지는 과거에 쓰던 설탕이나 HFCS의 과당 비율이 크게 다르지 않다는 것. 설탕은 과당 한 분자에 포도당 한 분자로 구성된 이당류다. HFCS는 HFCS-42와 HFCS-52 두 종류가 쓰이는데 각각 과당의 비율이 42%, 52%라는 것을 뜻한다. 나머지 성분은 포도당이니까 설탕이나 HFCS 모두 절반쯤은 과당이라는 얘기다. 버지니아공대의 식품영양정책연구소도 2004년 7월 13일 쎄미나 결과를 발표하면서 HFCS가 특별히 비만에 기여했다고 할 만한 근거가 없다고 주장했다. 그래서 HFCS가 비만과 당뇨에 설탕보다 더 안 좋은지는 아직 의학적으로 합의가 안되어 있는 상태다.

하지만 과당이 나쁘다는 것에는 어느 쪽이든 이의가 없다. 한국에서는 불과 몇년 전까지도 당뇨에 좋은 것으로 선전됐던 그 과당이다. 한국에서는 설탕이 당뇨에 안 좋은 것으로만 되어 있어 '무설탕'이라는 꼬리표를 달고 과당을 듬뿍 넣은 제품을 팔곤 했다.

HFCS가 설탕과 비슷한 만큼의 과당을 함유하고 있다고 해서 책임을 면하는 것은 아니다. HFCS는 여전히 과당 섭취를 늘린 주원인이다. 탄산음료업계는 1980년대에 설탕에서 값싼 HFCS로 당분을 바꾸면서 20% 이상 비용을 절약했다. 그 절약된 비용으로 판촉을 강화했고, 패스트푸드점에서는 파는 탄산음료의 양을 두세배로 늘렸다. 『패스트푸드제국』의 저자 에릭 슐로써에 따르면, 패스트푸드회사들은 코카콜라 씨럽을 1갤런(3.78리터)당 4달러25센트에 구입한다. 그런 뒤 1달러29센트에 파는 중간 크기의 코카콜라 한 컵에 9센트어치의 콜라 씨럽을 넣는다. 씨럽 외에 나머지는 설탕물이다. 콜라 큰 컵은 1달러 49센트를 받고 파는데 콜라씨럽은 3센트어치만 더 들어간다. 3센트를 더 넣고 20센트를 더 받을 수 있으니 17센트가 이득이다. 기를 쓰고 큰 컵을 팔아야 하는 이유가 여기에 있다.

소비자들의 관점에서는 부피가 중자에서 대자로 두배 느는데 가격은 20센트만 더 비싸니까 대자를 사는 게 더 경제적인 것 같다. 그렇게 해서 컵이 커지기 시작해 말구유만한 컵이 탄생한다. 이 컵에 무엇을 담아 마시든 비만해질 수밖에 없다. 1989년에 연간 34.7갤런의 탄산음료를 마시던 미국인이 지금은 50갤런을 마신다. 한 사람당 600캔 꼴이다. 옥수수 증산과 HFCS 혁명으로 이제는 값싼 칼로리가 널리고 널린 시대가 된 것이다. 그것을 풍요라고 부를 수 있는가.

비만의 피해자는 소수인종과 저소득층

저소득층이고 소수인종일수록 비만해져간다. 값싼 칼로리의 최대 피해자는 저소득층과 흑인, 히스패닉이다. 미국에서는 연간 소득 5만 달러(약 6000만원) 이상 버는 사람들의 경우 흑인의 27%, 히스패닉의 18%, 백인의 20%가 비만이다. 하지만 연간소득 1만달러(약 1200만원)가 안되는 사람들의 경우 흑인의 33%, 히스패닉의 26%, 백인의 19%가 비만이다. 소득과 인종에 따른 명확한 대조가 나타난다. 특히 가난한 대륙 라틴아메리카에서 굶주리다 미국으로 건너와 값싼 칼로

미국에서는 소다파운틴이라고 부르는 약국 내 음료수 판매코너

리에 노출된 히스패닉들이 어떤 인종보다 더 빠르게 비만과 당뇨병에 걸리고 있다.

원인은 사회적이다. 이민자들은 장시간 노동을 한다. 그들에게 체중을 줄이기 위해 운동하라고 권하는 것은 무리다. 그들에게는 휴식이 더 필요하다. 빈민거주지역에는 안전하게 운동할 수 있는 공원이나 시설도 부족하다. 특히 흑인 슬럼의 경우 집 밖에서 무슨 일이 일어날지 모르기 때문에 부모들은 아이들에게 나가지 말고 집 안에서 TV를 보도록 한다. TV를 켜면 HFCS로 만든 사탕과 과자, 음료수에 대한 선전이 쏟아진다. 그런 광고를 규제하자는 시민단체들의 주장은 거의 빨갱이 소리로 취급받는다.

닥터페퍼 박물관의 마지막 코스는 3층 소프트드링크 명예의 전당. 이 전당 앞에는 깜짝 놀랄 만한 구절이 적혀 있다.

세계인의 식생활에 근대 미국이 가장 대중적으로 기여한 것은 탄산음료라고 진실로 말할 수 있다.—콘래드 더너건[J. Conrad Dunagan]

당장 탄산음료 과다섭취에 따른 미국인의 비만이 사회문제로 대두되고 있는 판국에 이렇게 당당할 수가. 옆에 붙은 자유기업연구소에는 이런 현판도 있다.

시장경제와 사회주의 사이에 제3의 길이란 없다. 인류는 두 체제 중 하나를 선택해야 한다. 그 둘이 아닌 대안은 그냥 혼란일 뿐이다.

닥터페퍼가 아닌 자본주의를 마신다

탄산음료수의 박물관에 왜 자유기업연구소가 있고 또 왜 이처럼 자유방임형 자본주의라는 이데올로기의 무거운 모토가 걸려 있는지 조금 엉뚱하게 느껴졌다. 우리는 탄산음료가 아니라 자본주의를 마시고 있는가.

11

텍사스 헌츠빌

미 보수주의의 본산 텍사스 그리고 엔론

Texas Houston.. 텍사스 휴스턴

휴스턴에 가기 전에 쌤 휴스턴^{Sam Houston}의 동상을 보러 간 것은 올바른 순서였다. 도시에 이름을 준 인물부터 알고 가는 게 맞다. 휴스턴은 '텍산'^{Texan}이라고 불리는 텍사스 토박이들이 가장 존경하는 인물이다. 다 큰 어른이 누구를 존경한다는 말을 서슴없이 하는 것을 들으면 소름이 돋는데, 텍사스인들은 대놓고 쌤 휴스턴을 존경한다고 말한다. 텍사스에서 쌤 휴스턴은 조지 워싱턴 이상이다. 텍사스가 미 보수정치세력의 본산이 되면서 사실 휴스턴은 워싱턴 이상의 영향력을 발휘하고 있다고 볼 수 있다.

동상은 댈러스에서 45번 고속도로를 타고 남하하다 휴스턴에 도착하기 한 50분 전쯤 도로 옆에 있다. 너무 커서 오히려 안 보인다. 고속도로를 빠져나와 방문자안내소까지 와서도 눈에 들어오지 않는다. 숲을 뚫고 50미터쯤 가니 고개가 아프도록 뒤로 젖히고 봐야 하는 뭔가

텍사스 헌츠빌에 있는 쌤 휴스턴 동상

가 있다. 기반만 해도 높이가 3미터다. 그 위에 키 20.1미터의 쌤 휴스턴이 지팡이를 짚고 서 있다. 건물 8층 높이에 있는 그의 눈동자가 넓은 텍사스를 굽어본다. 쌤 휴스턴 동상 안내소에 따르면 세계에서 가장 높은 동상이다. 헌츠빌Huntsville 출신 조각가인 데이비드 애디케스David Adickes가 2년 10개월에 걸쳐 쇠와 콘크리트 25톤을 주무르고 끌로 깎아서 1994년에 헌정했다.

애인과 함께 동상을 찾은 제니퍼 월리스Jennifer Wallace는 "휴스턴은 텍사스의 진정한 영웅"이라면서 그의 이력에 대한 소개를 자청했다.

텍사스는 1835년 멕시코로부터 독립을 선언했으며, 독립을 인정하지 않는 멕시코와 그해 10월 2일 코스트Cost라는 곳에서 첫 전투를 벌였다. 전투의 구실이 꽤 인상적이다. 멕시코군이 그동안 빌려준 대포 한 문을 돌려달라고 하자 "와서 가져가라"Come and take it며 거절한 것. '순진하게' 가서 가져가려는 멕시코군을 작살낸 텍사스인들은 골리아드Goliad에 있는 요새를 점령하고 내친 김에 쌘안토니오San Antonio까지 진출한다. 이 승전을 계기로 "와서 가져가봐"라는 전쟁 구호는 물론 텍사스인들의 거센 기질에 대한 상징적인 표현이 된다.

반격에 나선 멕시코의 쌴따아나Santa Anna 장군은 5천여명을 이끌고 쌘안토니오로 가서 알라모Alamo 요새를 포위한다. 당시 알라모에는 윌

미 보수주의의 본산 텍사스 그리고 엔론

쌘안토니오에 있는, 정면만 남은 알라모 요새의 모습

리엄 트래비스^{William Travis} 대령 휘하에 187명의 병력만 있을 뿐이었다. 그들은 중과부적의 병력으로 13일 동안 멕시코군과 용맹스럽게 대치하다 결국 대부분 장렬히 전사한다. 그뒤 알라모는 '조국' 텍사스에 대한 사랑과 텍사스인들의 용맹무쌍을 노래하는 전설로 남았고 여러 차례 영화로도 만들어졌다.

전세가 멕시코 쪽으로 기울었을 때 텍사스군을 수습한 인물이 바로 테네씨주 주지사 출신인 쌤 휴스턴이다. 그는 쌴따아나의 군대를 쌤하씬토^{San Jasinto}로 유인, 격파함으로써 텍사스의 독립을 지켜냈다. 쌤 휴스턴은 초대 공화국 대통령에 선출됐고, 나중에 텍사스가 미국연방에 편입됐을 때는 텍사스주를 대표하는 상원의원과 주지사를 지냈다. 남북전쟁에서 그는 '현명하게도' 어느 편에 서지 말고 중립을 지킬 것을 호소했으나 '사나운' 텍사스인들은 투표로 연방정부 탈퇴를 선언하고 남부동맹군에 가담했다. 그러자 휴스턴은 정계에서 은퇴했고 얼마 뒤인 1863년 세상을 떠났다.

텍사스인들은 그의 사후에도 계속 남부군 편에 서서 싸웠다. 언제까지 싸웠느냐면 남북전쟁이 끝났는데도 계속 싸웠다. 마지막 전투인 텍사스주 팔미토 목장^{Palmito Ranch} 전투는 이미 남부군 총사령관 리^{Lee} 장군이 항복한 지 한달 뒤에 일어났다. 이 전투에서 텍사스가 이겼다. 이들은 북부군을 물리치고 '남부동맹 만세'를 외친 뒤 자진해산했다. 텍사스인들은 그렇게 질기다. 고환암을 이기고 뚜르드프랑스^{Tour de France} 싸이클 대회를 6연패한 랜스 암스트롱^{Lance Amstrong}이 바로 그런 질긴 텍사스인이고, 그가 우승한 빠리에는 성조기 대신 텍사스주의 깃발이 휘날렸다.

텍사스인의 거칠고 독립적인 기질
동상의 기반에는 쌤 휴스턴의 어록이 새겨져 있다.

현명하게, 그리고 가장 적게 통치하라.
Govern wisely, and as little as possible.

이 말은 오늘날 미국 보수주의의 본산이 되고 있는 텍사스를 이해할 수 있는 중요한 키워드다. 캘리포니아주 다음으로 많은 2천만명이 사는 텍사스는 자체적으로 하나의 나라다. 지형만 해도 7가지로 이루어져 있다. 빅벤드 컨트리^{Big Bend Country}라고 하는 남서쪽의 국경 산악지대, 남동쪽의 걸프 해안,^{Gulf Coast} 중부의 구릉지대, 북쪽의 팬핸들 평원,^{Panhandle Plains} 동쪽의 소나무 삼림, 댈러스 일대의 초지와 호수들,

휴스턴 시내의 가구점 앞에 성조기와 텍사스주기가 같은 위치에 걸려 있다. 텍사스는 하나의 작은 나라다.

남쪽의 텍사스 평원.

대체로 막막한 사막 또는 평원이다. 이 척박한 땅에 뿌리를 내리고 살려면 웬만큼 강해서는 안된다. 개중에는 어떤 연유에서인지 다른 곳에서 도망쳐 나온 사람들도 있다. 서로 사연을 묻기가 껄끄럽다. 그 냥 참견 안하고 사는 쪽이 속 편하다. 그래서 간섭을 싫어하는 성정이 자연스럽게 텍사스다운 특징으로 자리잡지 않았을까 싶다. 미국 서북 부의 오레곤주 포틀랜드 출신으로 휴스턴에 10년간 머무르고 있는 KOA 캠핑장 주인 쌘드라Sandra는 "이렇게 자기 '나라'에 애착이 강하 면서 동시에 간섭을 싫어하는 사람들은 처음 본다"라고 말했다. 인구 200만명이 넘는 휴스턴이지만 지역을 주거지역·상업지역·공업지역 등 용도별로 구분하는 조닝zoning 제도가 없다. 그녀는 "휴스턴에서 집 을 사거나 지을 때는 매우 조심해야 한다. 어느날 집 옆에 병원이나 슈퍼마켓이 들어설 수 있다"라고 말했다.

가능한 한 적게 통치해야 한다는 쌤 휴스턴의 논리는 정부의 간섭을 최소화하는 정치를 의미한다. 인구가 별로 없고 자원분배 문제가 크게 발생하지 않았던 카우보이 시절의 낭만으로 해석해야 할 말인데, 이것이 자본주의와 결합하면서 이데올로기가 됐다. 공화당의 '작은 정부론'이 그것이다. 이 '작은 정부론'은 규제완화 또는 탈규제 논리로 이어지고, 자본주의와 결합하면서 자유방임형 경제씨스템을 지향한다.

그래서 텍사스는 친기업적 보수정치인들을 배출하는 본산이 됐다. 미 하원 공화당의 보스인 톰 들레이^{Tom Delay} 원내대표^{Majority Leader}는 텍사스주 슈가랜드^{Sugar Land} 출신이다. 현재 백악관의 주인도 텍사스주 미들랜드^{Midland}와 휴스턴에서 자라났다. 그런데 기업으로 눈을 돌려보면 그런 자유방임형 경제씨스템이 낳은 총아는 바로 휴스턴을 본거지로 했던 엔론^{Enron}이다.

'작은 정부론'의 논리적 원류, 엔론

스미스^{Smith} 1400번지. 그렇게만 기록되어 있다. 50층까지 세다가 포기했다. 옆에 보니 똑같은 건물이 또 한 채 있다. 초고층 건물 두 채가 마치 샴쌍둥이처럼 가운데에 탯줄 같은 유리통로로 서로 연결돼 있다. 이렇게 큰 건물이 마땅히 있어야 할 명패도 없이 일요일 오전의 햇빛을 눈부시게 튀기고 있다. 이 익명의 건물이 과거 엔론 쌍둥이빌딩이다.

"이게 엔론 빌딩 맞는가?"

엔론 빌딩 앞에서 (섭씨 37도가 넘는 그 더운 날씨에) 책을 읽고 있는 한 중년남성에게 물어봤다. 맞다고 하면서 신기한 눈으로 쳐다본

엔론 빌딩의 모습

다. 남대문 앞에서 남대문을 찾은 격이 됐다.

"왜 아무 표시도 없는가?"

"앞에 있는 빌딩(루이지애나 1500번지)은 셰브론텍사코^{Chevron Texaco}에 팔렸고 뒤의 빌딩(스미스 1400번지)은 팔리긴 했는데 아직 입주는 안했다. 그전에 건물 앞에 있던 엔론의 알파벳 'E' 심볼은 경매에 넘겨져 헐값에 팔렸다고 하더라."

자세히 보니 셰브론 상호가 있다. 여기서 일하는 셰브론 직원은 아직 500명밖에 안된다고 한다. 8천명이 일하던 곳이었으니 절간도 이런 절간이 없다.

"엔론은 어디 갔는가."

"근처에 있는 조그만 빌딩으로 이사가서 빚을 갚기 위해 자산을 매각하는 중이라고 들었다."

엔론의 심볼 'E'가 사라지고
주소만 남은 표석

귀찮아하지 않고 꼬박꼬박 대답해주는 이는 대니 데이비슨.^{Danny} ^{Davidson} 50세인 그는 엔론 빌딩 옆에 있는 YMCA에 살면서 엔론의 성장과 몰락을 코앞에서 지켜봤다.

"성장도 빨리 했지만 몰락은 더욱 순식간이었다. 마치 신기루를 본 것 같다."

그는 '독립적인 생활을 위한 휴스턴센터'^{Houston Center for Independent Living} 라는 시민단체에서 봉사요원으로 일한다. 이 단체는 장애인들이 동등한 권리와 기회를 갖고 독립적인 삶을 영위할 수 있도록 돕는 곳이다.

"엔론이 전성기에는 대단했지 않은가?"

"그렇다. 그들은 떼돈을 거의 '외설적으로'^{obscenely} 벌었고, 또 그렇게 썼다."

그 선두에 엔론의 CEO였던 제프리 스킬링^{Jeffrey Skilling}이 있다. 그는 심복들을 이끌고 멕시코까지 1600킬로미터나 되는 모터싸이클 원정을 다녀오는가 하면, 오스트레일리아의 오지사막을 4륜구동차로 질주하곤 했다. 밑에 있는 엔론의 에너지 중개인들은 점심시간에 트레저스^{Treasures}라는 고급식당에서 70만원짜리 크리스털 샴페인을 비우고는 VIP룸으로 자리를 옮겨 스트립쇼를 즐기곤 했다. 2002년 3월 11일자

미 보수주의의 본산 텍사스 그리고 엔론

『뉴스위크』에 나오는 얘기다. 이 주간지는 "1천달러를 받으면 못할 게 없었다"라는 한 스트리퍼의 말을 인용했다.

"엔론이 어떻게 해서 돈을 벌었는가?"

계속 데이비슨에게 물어본다.

"나도 전모는 모른다. 어쨌든 그중 하나는 캘리포니아주에서 전기가격을 조작해 폭리를 취한 것이다. 도덕적으로 용납할 수 없는 일이다."

엔론은 규제완화의 붐을 타고 캘리포니아에서 전력의 도매가격이 자유화된 점을 악용했다. 전력공급을 일부러 줄이거나 때로는 캘리포니아주에서 생산되는 전력마저 매점매석해 전력수요가 폭증할 때까지 기다렸다. 캘리포니아에서 단전과 정전 사태가 일어나도 오불관언이었다. 살인적인 가격으로 전력비를 받고서야 전력을 공급했다. 이득의 규모는 수십억달러. 사회의 필수적인 기능을 민영화하고 더구나 가격을 부분적으로 자유화한 점을 최대한 악용한 것이다. 그 모든게 규제완화라는 이름으로 이루어졌다.

"당신은 얼마를 버는가?"

엔론 빌딩을 가리키고 있는 대니 데이비슨

사회봉사단체에서 주는 월급은 짜다. 석사학위가 있는 그는 연간 2만6천달러(3100만원) 정도를 받는다고 털어놓았다. 그걸로는 생활비가 부족해서 밤에 따로 일한다. YMCA에 기숙한다고 해도 주당 127달러, 한달에 60만원이 숙박비로 나간다.

케네스 레이[Kenneth Lay] 전 엔론 회장은 바로 데이비슨이 묵고 있는 YMCA의 이사회 의장을 지냈고 평생이사로도 등재돼 있다. 윌리엄 필립스[William Philips] YMCA 대표는 "레이 회장은 공정하고 정직하며 성실한 일꾼이었다. 자원봉사자로서도 많은 기여를 했다"라고 말했다. 그런 레이 회장이 2004년 7월 9일 구속됐다. 엔론이 파산보호신청을 한 지 2년 8개월 만이다. 목사의 아들인 그는 체포되기 직전 영국『파이낸셜타임스』[Financial Times] 기자와 한 인터뷰에서 "험난한 시기를 겪을수록 신앙은 더욱 커지게 돼 있다. 이번이 내 인생에서 처음 맞는 고난도 아니고 마지막도 아닐 것이다. 고난은 삶의 한 부분이다. 우리는 모든 것들이 완벽할 거라고 약속받지 않았다"라고 말했다.

자초한 고난이 아닌가. 더구나 자신은 물론 3만여명에 가까운 종업원과 캘리포니아의 주민들, 주식투자자들에게 끼친 경제적·정신적 피해는 어쩌고 마치 박해받는 순교자처럼 말하고 있다. 검찰은 밑에서부터 차례로 직원들을 구속해 형량경감을 댓가로 레이 회장에 대한 불리한 진술을 받아내면서 차근차근 체포의 수순을 밟아왔다. 지난 2년 8개월은 사실상 그에게 철창만 없는 유리감옥이었다. 이 시기를 그는 자가당착이든 아니든 간에 신이 준 시련으로 생각하고 기꺼이 받아들이는 자세를 보였다.

반면 사실상 엔론이라는 거품을 만들어낸 스킬링 전 CEO는 4월 술집 앞에서 만취한 채 손님들과 격투를 벌이다 병원에 실려갔다. 스킬

미 보수주의의 본산 텍사스 그리고 엔론

링은 하버드대 경영대학원을 나오고 맥킨지^{McKinsey}의 컨썰턴트를 지 낸 엘리트 중 엘리트. 미국 잡지 『워스』^{Worth}에서 마이크로소프트의 스 티브 발머^{Steve Ballmer}에 이어 가장 유능한 CEO로 선정되기도 했다. 그 렇게 잘난 스킬링은 자신의 몰락과 책임을 받아들일 수 없었다. 그래 서 오히려 더 정신적으로 불안해했다.

『월스트리트저널』과 『뉴욕타임스』의 대결

엔론의 몰락은 미국에서 '자유방임형 시장주의'와 정부가 일정하게 시장에 간섭하는 것을 허용하는 '질서 자유주의'의 대충돌을 낳았다. 그 선봉에 『월스트리트저널』과 『뉴욕타임스』가 있다. 엔론 사태로 드 러난 에너지시장 규제완화와 회계부정의 문제점을 시정하기 위한 논 의가 시작되자 『월스트리트저널』은 2002년 1월 18일 다음과 같은 사 설을 실었다.

"전향한 독일의 공산주의자 빌리 슐람^{Willi Schlamm}은 이렇게 말한 적 이 있다. '자본주의의 문제점은 자본가들이고 사회주의의 문제점은 사회주의다.' 우리는 엔론의 몰락을 지켜보면서 그 구분을 생각하지 않을 수 없다."

이 말은 자본주의 씨스템에는 문제가 없고 몇몇 자본가들이 문제라 는 말이다. 그러니까 엔론은 경영을 잘못한 경영인이 문제이지, 규제 완화가 문제가 아니라는 뜻이다. 반면 『뉴욕타임스』는 엔론 사태 초기 인 2001년 11월 2일자에서부터 "엔론은 월스트리트에 강력한 규제자 가 필요하다는 것을 일깨워주고 있다"라며 규제강화론을 주창했다.

규제완화의 문제점이 가장 심각하게 드러난 엔론의 캘리포니아주 전력난 악용 사례에 대해서도 『월스트리트저널』은 "엔론이 폭리를 취했다는 증거도 없고, 원래 규칙을 역이용하는 게 중개인이 하는 일"이라고 옹호했다. 회계부정을 막기 위한 개혁에 대해서도 『월스트리트저널』은 아예 회계감사규정 자체를 없애버리자고 했다.

"회계감사에 대한 의무규정을 없애버리고 CEO들로 하여금 숫자에 책임을 지도록 하자. 그러면 CEO들 스스로 신뢰라는 상품을 팔기 위해 믿을 만한 회계감사를 알아서 받지 않겠는가."(2002년 1월 18일 사설)

언론이 정치권, 특히 조지 부시의 공화당에 정치자금을 헌납한 것에 대해서도 『뉴욕타임스』는 "권력에 접근해 영향력을 사기 위한 것"이라고 규정한 반면 『월스트리트저널』은 "그것은 (불필요한 간섭으로부터) 보호를 받기 위한 돈"이라고 말했다. 2000년 대통령 선거 후 플로리다주 재검표 파동이라는 결정적인 시기에 부시 후보 진영이 타고 다닌 비행기는 다름아닌 엔론의 회사전용 제트기였다. 엔론은 부시 진영의 피보호자가 아니라 후견인이었다.

어쨌든 엔론 사태를 계기로 미국사회에서는 회계부정을 감독하는 기관이 신설되고 선거자금 개혁법이 통과됐다. 미온적이지만 과거보다 진일보했다. 『뉴욕타임스』에서 경제담당 사설을 쓰는 안드레스 마티네즈^{Andres Martinez} 논설위원과 인터뷰를 했다.

──충분한 개혁이 이루어지긴 한 건가.

"금융규제 씨스템이 강화되기는 했지만 항상 위기가 터지면 있게 마련인 사후수습책들이다. 전보다는 부정을 저지르기 어렵게 됐지만 부정을 막는 씨스템을 완벽하게 갖추는 것은 불가능하다."

──『월스트리트저널』의 반대에도 불구하고 『뉴욕타임스』가 촉구한 대로 몇몇 개혁이 이루어졌다. 『뉴욕타임스』의 영향력이 먹힌

것인가.

"우리의 영향력이나 역할에 대해 내가 말할 위치는 아니다. 워싱턴에서는 수많은 기업 로비스트들이 집결해 개혁을 저지하는 데 총력을 다했다. 큰 싸움이 벌어졌다. 그래서 우리는 계속 개혁의 중요성을 강조했다. 개혁에 대한 반대세력을 무너뜨린 결정적인 계기는 엔론 사태에 이어 터져나온 월드컴Worldcom의 엄청난 회계부정이었다."

──『월스트리트저널』은 시장에 대한 자유방임주의자, 『뉴욕타임스』는 규제주의자라고 규정할 수 있는가.

"우리와 『월스트리트저널』의 사설 논조를 그렇게 규정할 수는 있다. 다만 내 입장에서 말할 수 있는 것은, 그들은 시장의 자체 교정기능을 좀더 신뢰하고 우리는 시장의 불완전성과 그것을 해결하기 위한 규제의 필요성을 더욱 믿는다는 것이다."

차를 돌려 레이 회장 부부가 거주하던 아파트로 향했다. 리버오크스River Oakes에 있는 34층짜리 초고층 아파트다. 커비드라이브Kirby Drive 2121번지. 입구에 관리인들이 지키고 있어서 들어갈 수 없다. 침실 한 개짜리 아파트가 70만달러(8억4천만원)를 넘는다. 꼭대기층에 있는 집은 180만달러(21억6천만원)다. 한국의 타워팰리스보다 더 비싼 것 같다.

레이 회장은 그중 한두 채가 아니라 33층 전체를 다 쓴다. 휴스턴이 속해 있는 해리슨 카운티의 데이터베이스에 조회하자 엔론이 망할 때인 2001년 레이 회장 소유의 아파트에 대한 평가액은 568만5900달러(68억원)였다. 그가 구속되기 직전인 2004년 6월 24일 기준 평가액은

756만7700달러(90억7천만원)로, 3년 만에 앉아서 22억원을 벌었다. 그는 엔론 사태로 재산의 95%와 은퇴 연금의 99%를 잃었다지만, 아직도 수백만달러를 갖고 있고 그 재산은 다시 불어나고 있다. 그는 『파이낸셜타임스』와 한 인터뷰에서 "우리는 축복받은 사람들이라고 생각한다. 우리 가족은 하나로 뭉쳐 있으며 모두 건강하다. 그리고 여전히 대다수 사람들보다 많이 갖고 있다"라고 말했다. 기업은 망해도 기업인은 살아남는다.

데이비슨과 헤어지기 전에, 밤에 무슨 일을 하느냐고 끈덕지게 물어보자 그가 망설임 끝에 털어놓았다. 보수주의 성향의 싱크탱크에서 전화 여론조사원으로 일한다고 했다. 오후 6시 반에서 11시까지다. 저녁시간 가정의 평온을 깨는 게 그의 일이다. 이런 전화를 받고 싶어하는 사람은 드물다. 그 역시 마음이 불편하다고 했다. 무엇보다 밤낮이 너무 달라서이다. 낮에는 장애인들을 위해 헌신하다 저녁에는 보수주의 여론 조성을 위해 전화 버튼을 누른다. 그렇게 해서라도 돈을 벌어야 하는 사람들이 있다.

텍사스 헌츠빌

12

세계 사형집행의 수도

Texas Huntsville.. 텍 사 스 헌 츠 빌

"앉으세요."

자주 쓰는 말이지만 어떤 경우엔 이렇게 끔찍한 말이 있을 수 없다.
지금 나는 텍사스주 헌츠빌 초입에 있는 감옥박물관^{Prison Museum}에서
전기의자를 보고 있다. 진짜 전기의자다. 별명은 '올드 스파키.'
sparky는 spark에서 온 말인데, spark는 전기가 통하면 지지직 하고
불꽃이 튄다는 뜻이다. 그것을 명사형으로 만든 sparky에는 전기기사
라는 뜻이 있다. 이 올드 스파키에 앉은 사람은 361명이었다. 모두 여
기에 한번 앉았다가 제발로 일어서서 나가지 못했다. 우리는 그것을
'형장의 이슬로 사라졌다'라고 표현한다. 올드 스파키는 1964년 미 대
법원이 '잔인하고 상궤를 벗어난 처벌'이라며 사형집행을 금지시킨 후
퇴역했다가, 1989년에 감옥박물관이 생기자 박물관의 가장 진기한 구

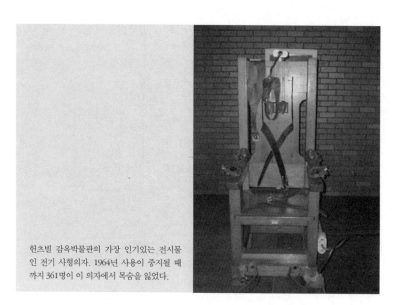

헌츠빌 감옥박물관의 가장 인기있는 전시물인 전기 사형의자. 1964년 사용이 중지될 때까지 361명이 이 의자에서 목숨을 잃었다.

경거리가 되어 영구 보존되고 있다.

1976년에 마음이 바뀐 대법원은 다시 사형을 허가했다. 그러자 텍사스주는 전기의자가 너무 잔인하다며 사형방법을 약물주사로 바꿨다. 사실 전기의자도 '인도적인' 견지에서 1924년에 처음 도입된 것이었다. 그전에는 교수형에 처했는데, 그것도 사람들이 보는 앞에서 공개처형했다. 공개처형할 때 '죄 지으면 이렇게 된다'는 엄숙한 교훈을 느껴야 할 텐데 마치 써커스 구경하는 것처럼 분위기가 변질되자 비공개처형으로 바꾸면서 전기의자를 도입했다. 전기의자를 만든 사람도 사형수였다고 하는데 공로를 인정받아 종신형으로 감형됐고 나중에 석방됐다고 한다. 이 사람을 어떻게 봐야 할까. 혼자 살아남으려고 동료들을 죽음으로 내모는 기계를 만들어낸 비정한 배신자라고 해야할까, 동료들을 좀더 '편하게' 보내는 방법을 고안한 인도주의자라고 해야 할까.

헌츠빌 감옥박물관 전경

박물관은 약물주사 요법에 대해서도 친절한 설명을 아끼지 않았다. 먼저 병상 같은 곳에 수인을 눕힌다. 끈으로 몸을 묶은 뒤 양쪽 팔의 혈관을 소금물로 닦는다. 수인의 최후 발언을 듣는다. (담배 한 대 달라고 한 사형수도 있었는데 "실내에서는 금연"이라는 말만 들었다고 한다. 끽연가가 보기엔 이 나라가 정말 도덕적인 국가인지 의문이 들 법하다.) 그런 뒤 티오펜탈나트륨이라는 마취제를 놓는다. 수인은 혼수상태에 빠진다. 그러면 판큐로늄이라는 골격근이완제를 주사해 폐와 횡격막을 무너뜨린다. 마지막으로 염화칼륨을 주사해 심장박동을 중단시킨다. 7분이 걸리고 약값은 86달러니까 10만원 정도 한다.

'터프'한 텍사스

이렇게 약물주사 요법으로 모두 323명이 처형당했다. 이 숫자가 얼마나 큰지는 1976년 대법원이 사형을 다시 허용한 후 미국에서 모두

918명이 처형당한 것과 비교해보면 잘 알 수 있다. 텍사스주의 사형집행 건수가 미국 전체의 35%에 이른다. 텍사스인들은 정말 터프하다. 뿐만 아니다. 1985년 이후 텍사스에서 18세 이하 청소년도 13명이나 처형당했다. 그 기간 미국 전체에서 사형당한 청소년이 22명이니까 이 부문에서는 텍사스주가 59%를 차지한다. 청소년 사형집행의 위헌성 여부는 현재 대법원에 계류중이다.

그 사형을 집행하는 곳이 바로 헌츠빌에 있는 교도소다. 헌츠빌은 '세계 사형집행의 수도'라고 불린다. 서방선진국에서 사형집행이 남아 있는 나라로는 미국이 유일한데 그중에서도 사형활동이 가장 '왕성'한 곳에 내가 와 있는 것이다. 미국은 기독교국가이고 사람의 목숨을 사람이 결말짓는 것은 하나님의 뜻이 아닐 텐데 사형을 반대하는 사람이 오히려 비도덕적인 인간으로 몰리는 분위기다. 비교적 최근에 무법천지에서 나라를 세웠기 때문에 범죄에 엄격하게 대처할 필요가 있었던 탓도 있을 것이다. 하지만 1976년에 대법원이 다시 사형을 허가한 것에서도 알 수 있듯, 사회문제를 범죄척결로만 접근하고 사형반대를 범죄척결에 반대하는 것으로 몰아서 비도덕적이라고 낙인찍은 것은 최근의 일이다. 태어나지 않은 아이를 낙태하는 것은 살인이라고 규정해 낙태시술 병원에 테러를 가하면서도, 살아 있는 사람을 죽이는 것에 대해서는 그렇게 태연자약할 수 있는 그 모순이 이해가 안된다.

"사형집행의 수도라고 불리는 것에 대해 어떻게 생각하나?"

"어디선가는 사형을 집행해야 하는 것 아닌가."

"그래도 당신이 사는 곳에서 사람들이 죽어나간다고 생각하면 기분이 어떤가?"

"나는 범죄에 대해서는 책임을 물어야 한다고 생각한다."

"18세 이하의 청소년도 사형시켜야 하는가?"

"그렇다. 17세든 50세든 누구나 방아쇠를 당길 수 있는 것 아닌가."

이렇게 질문에 답하는 사람은 로이 버크헤드. ^{Roy Birkhead} 휴스턴에서 학교 교장을 지내다 은퇴해 헌츠빌에 산다. 감옥박물관에서 만난 버크헤드는 스스로 '보수주의자'라고 하면서 사형에 찬성한다고 밝혔다. 그는 "사실 사형집행은 헌츠빌과 관계가 없고, 그것은 주에서 집행하는 것"이라면서 "덕분에 헌츠빌의 실업률은 낮고 이곳은 살기가 좋다"라고 덧붙였다. 헌츠빌의 실업률은 2%로 이례적으로 낮다. 인구 3만5천명 중 4분의 1 정도가 교도소에서 일한다. 그러니 헌츠빌에서 만나는 사람들에게서 강력한 처벌에 대한 신념을 듣는 것도 무리가 아니다.

박물관에는 교도관 모집 전단이 쌓여 있다. 18세 이상이고 고교졸업장이 있고 미국에서 일할 자격이 있으면 교도관이 될 기본적인 자격이 주어진다. 그리고 6주간 훈련과정과 2주간 실습과정을 거쳐 정식 교도관이 된다. 첫 월급은 1716달러(200만원). 8년쯤 일하면 2589달러(300만원) 정도 받는다. 한 가족을 꾸리기에는 빠듯한 보수다.

최근에 가장 논란이 된 사형집행은 칼라 파예 터커^{Karla Faye Tucker}다. 그녀는 텍사스주에서 남북전쟁 이후 처음으로 처형된 백인여성 사형수다. 성매매를 했던 엄마에게서 태어나 여덟살 때 이미 마약을 했고 열네살에 자신도 성매매를 했다. 어느날 남자친구랑 마약에 취해 두 사람을 곡괭이로 살해했고 체포돼 사형선고를 받았다. 그녀의 인생은 14년간의 옥중생활에서 극적으로 바뀐다. 조지 부시 대통령처럼 뒤늦게 하나님을 발견해 '거듭난 기독교도'가 됐다. 독방에 있어도 아름다운 찬송가를 불렀다. 그녀의 놀라운 신앙심에 반한 동료들(그러니까 사형수들), 교도관들, 목사들, 그녀가 살해한 여자의 가족까지 나서서 그녀는 진심으로 회개했으며 많은 사람들에게 기쁨이 되고 있다고 전했다. 그녀는 예쁘고 사진까지 잘 받았다. 그래서 미국 사형제도의 비인간성을 상징하는 포스터의 주인공이 됐다. 국제앰네스티가 뜨고 보수 기독교단체인 기독연합Christian Coalition의 창립자 팻 로버트슨Pat Robertson도 구명운동에 가담했다.

1860년대 남북전쟁 이후 처음으로 텍사스주에서 처형된 여성사형수 칼라 파예 터커의 생전 모습

그러나 그럴수록 사형주창론자들은 물러서기 어려워졌다. 터커를 감형하면 사형제도의 문제점을 인정하는 형국이 되는 것이다. 주정부의 사면위원회는 사형을 종신형으로 감해달라는 요청을 거부했다. 그래도 한가닥 희망은 있었다. 주지사가 감형하면 됐기 때문이다. 당시 주지사는 '온정적 보수주의자'로 공화당 대통령 후보가 되기 위해 선거운동을 벌이던 '거듭난 기독교도' 부시대통령. 거듭난 기독교도들은 미국 내에서 영향력이 센데, 터커 문제에는 그리 열성적이지 않았다.

부시대통령은 "위원회의 결정을 존중한다"라며 터커의 감형을 거부했다. 1998년 2월 터커는 약물주사를 맞고 처형됐다.

세계 사형집행의 수도

텍사스는 그렇게 터프한 곳이다. 감옥박물관은 무법천지였던 '거친 서부'Wild West를 사람 사는 곳으로 만들기 위해서는 엄격한 법과 단호한 법집행이 필요했다고 설명한다. 아울러 텍사스에서는 압도적인 다수가 사형집행을 지지한다고 설명하고 있다. 보수적인 공화당 표를 생각한다면 부시로서는 잠시 '온정'이라는 말을 잊어버릴 필요가 있었을 것이다.

회개한 수인을 감형해준 전례가 전혀 없지는 않다. 감옥박물관은 멀리 올라가지만 존 웨슬리 하딘John Wesley Hardin을 언급하고 있다. 그는 '지구에서 살았던 사람들 중에서 가장 비열한 사람'으로 불렸다. 44명을 살해한 것으로 돼 있는데, 코를 곤다는 이유로 살해당한 사람도 있었다고 한다. 1877년에 체포돼서 25년형(이상하게 사형이 아니다)을 언도받고 복역중 법과 신학을 공부했다. 형기를 15년 마쳤을 때 주지사로부터 사면받아 출소한 뒤 엘파소El Paso에서 변호사 사무실을 개설했다.

미국의 '자랑스런' 세계기록

지금은 오히려 그러한 일은 상상도 할 수 없는 일이 되어버렸다. 텍사스뿐 아니라 미국 전역에서 갈수록 죄인에 대한 처벌이 강해지고 있다. 얼마 전 미국내 감옥에 갇힌 사람이 210만명에 이른다는 발표가 있었다. 인구 10만명당 715명 꼴이다. 이는 미국이 갖고 있는 세계기록 중 하나다. 영국 내무부 자료에 따르면 2002년 기준으로, 조사 대상 203개국 중 4분의 3이 10만명당 재소자가 150명이 안되는데 미국은 686명으로 단연 1등이었다. 일본은 10만명당 불과 48명이 옥에 갇혀 있다. 한국은 133명으로 일본의 두배가 넘긴 하지만 미국에 비해서는 훨씬 적다.

존 애시크로프트 John Ashcroft 법무장관은 2004년 6월 새 기록을 발표하는 자리에서 "재소자 인구가 계속 올라가는 동안 범죄율이 30년 만에 최저치를 기록한 것은 우연한 일이 아니다"라면서 "폭력범과 누범자들이 좀더 강도높은 형량을 선고받고 감옥에 있는 동안, 법을 지키는 미국인들은 전례없는 안전을 누리고 있다"라고 말했다. '못된 놈'들을 모조리 잡아가둬서 착한 시민들이 두 다리를 쭉 펴고 잘 수 있다는 얘기다.

재소자 인구로 매년 세계기록을 갱신하는 게 하나도 부끄러울 것 없고 오히려 자랑스럽다는 어조다. 그게 미국 보수의 논리다. 범죄는 나쁜 사람들이 저지르는 것이고 그들을 사회에서 격리하는 것으로 책임을 물어야 한다는 것이다. 범죄를 구조적인 문제가 아니라 개인적인 문제로 본다. 재소자들이 형기를 마치고 사회에 안착하도록 돕는 갱생시설보다는 수인을 더 많이 가두기 위해 교도소를 늘리는 데 초점을 둔다.

그런데 미국과 함께 인구 10만명당 재소자 수에서 상위를 점하는 나라들을 보면 그게 그렇게 자랑스러운 일만도 아닌 것 같다. 러시아(638명), 벨로루시(554명), 카자흐스탄(522명), 투르크메니스탄(489명), 우크라이나(406명) 등 잘사는 것과는 거리가 먼 나라들이다. 국력의 크기와도 전혀 관계가 없다. 다만 인권탄압의 시비를 받고 있는 나라들이라는 공통점은 있다.

미국이 원래부터 이런 기록을 갖고 있었던 것은 아니다. 1972년 감옥 인구는 불과 33만명으로 인구 10만명당 100여명 수준이었다. 1925년부터 50여년간 그 수준에 머물러 있었다. 그러다 갑자기 30여년 동안에 재소자 인구가 7배 가량 불어났다. 정상적인 현상이 아니다. 갑자기 민란이라도 일어나서 수많은 사람들을 잡아가둬야 한 것일까.

1970년대에서 2000년대에 이르는 그 30년간은, 못사는 사람들은 더 못살게 되고 잘사는 사람들은 더 잘살게 된 시기였다. 숫자로 설명하면, 2000년을 기준으로 미국에서 하위 10%를 점하는 노동자들은 1972년에 받던 임금의 91%를 받고 있다. 지난 20년간을 기준으로 하면, 소득순위 상위 20%에 속하는 계층의 소득은 인플레이션 등을 다 감안하고도 43%나 증가한 반면, 하위 20%의 소득은 21%나 줄어들었다. 절대적인 극빈자 수는 9백만명이 더 늘어 3500만명에 이른다. 그동안 더 많은 가정이 파괴됐다. 이혼율은 3분의 1 이상 늘었고 사생아 수는 배로 늘었다.

그래서 범죄가 더 늘어났을까. 1980년에서 1996년까지의 범죄율과 수감률을 조사한 범죄학자 앨프레드 블럼스타인$^{Alfred\ Blumstein}$과 앨런 벡$^{Allen\ Beck}$은 "수감률이 증가한 원인 중 범죄율 증가는 12%밖에 안되고 나머지 88%는 형량기준의 변화 때문"이라고 말했다. 다시 말해 "수감할 수 있는 범죄의 범위를 넓히고 같은 범죄라도 더 무거운 형량을 내린 결과"라고, 형량선고 문제를 다루는 비정부단체인 형량연구소$^{Sentencing\ Project}$의 마크 마우어$^{Marc\ Mauer}$는 말했다. 특히 1990년대 중반 이후로는 범죄율 자체가 감소했는데도 수감률은 계속해서 올라가고 있다. 예컨대 범죄를 세번 저지르면 죄질을 따지지 않고 종신형 또는 25년형 이상 선고한다. 캘리포니아주에서는 백화점에서 153달러(17만원 상당)의 비디오테이프를 훔친 사람이 징역 50년형을 선고받아 사건이 대법원까지 올라갔다. 이른바 삼진아웃제에 걸린 것. 대법원은 삼진아웃제가 합헌이라고 판결했다. 50년 동안 가두려면 최소한

1백만달러(12억원)를 납세자들이 부담해야 한다. 또 배심원이나 판사에 재량권을 주지 않고 범죄에 따른 의무적 형량을 정해놓은 '진정한 선고'truth in sentencing 제도도 확산됐다.

이같은 변화의 배후에는 사회의 보수화가 있다고 생각한다. 전후 베이비붐 세대가 기성세대로 진입하면서 자산을 모으게 되자 보수화했다. 그 바람에 7, 80년대 20년 동안 지미 카터 행정부의 4년 임기를 빼고는 모두 공화당이 집권했다. 그리고 리처드 닉슨, 제럴드 포드, 로널드 레이건, 조지 부시 대통령 등 공화당 대통령들이 지명한 대법관들이 전체 대법관 9명 중 7명을 차지한다. 빌 클린턴 행정부가 8년 집권했지만 2명밖에 지명하지 못했다. 대법관은 '품행이 방정하면' 계속 자리를 유지할 수 있다. 꼭 품행이 방정하지 않아도 방정하다고 우기면 되는 문제니까 종신제다. 정당 입장에서 보면 그들의 정책을 오래 유지하고 싶을 테니 되도록 건강하고 나이가 적은 판사를 지명하는 게 유리하다.

현재 대법원장인 윌리엄 렌퀴스트William Rehnquist는 80세인데, 비교적 어린 편이었던 48세에 닉슨대통령의 지명을 받아 32년 동안 대법원에 있으면서 많은 보수적 판결을 주도했다. 최근 그가 암치료를 받고 있는 것으로 밝혀져, 개인적으로는 조금 불행한 얘기지만 부시대통령이 곧 그를 대체할 대법관 지명권을 행사할 것으로 예상되고 있다.

보수파의 대법원 장악은 특히 2000년 대통령 선거에서 플로리다 재검표 파동 같은 결정적인 시기에 위력을 발휘한다. 대법원은 기계로 검표하는 데 문제가 발생해 손으로 정확히 검표하자는 것을 위헌이라며 가로막았다. 공화당 대통령으로부터 지명받은 판사의 수를 감안하면 7대 2여야 할 텐데 판결은 5대 4로 났다. 그렇게 가까스로 조지 부

세계 시형집행의 수도

시 후보가 이겼고, 나중에 진짜 손으로 검표해보니까 앨 고어의 표가 더 많은 것으로 나타났다. 그래서 집권 1기 부시대통령은 '선출된 대통령'이 아니라 '대법원이 지명한 대통령'으로 보는 시각이 있다.

교도소의 사회적 불평등

형량이 높아진 것은 빼앗으려는 사람들이 더 많아진 것이라기보다는, 가진 사람들이 지켜야 할 게 더 많아지거나 지켜야겠다는 의지가 정치적으로 더욱 강해진 탓이다. 범죄학자인 제임스 린치James Lynch에 따르면 영국이나 캐나다, 독일과 비교해볼 때 미국은 재산침해 범죄에 대한 형량이 유독 높은 것으로 나타났다. 주거침입 강도burglar의 경우 캐나다에서는 5.3개월, 영국에서는 6.8개월이 선고된 반면 미국에서는 평균 16.2개월의 형량이 선고됐다.

레이건대통령이 선포한 '마약과의 전쟁'도 죄수와 전과자를 대량 배출하는 데 큰 몫을 했다. 1980년 4만 명이던 마약 재소자 수가 지금

감옥박물관에 전시된 감옥. 2인실로 폭 1.8미터에 길이 2.7미터의 직사각형이다. 난방은 되지만 에어컨은 없어서 여름에는 살인적으로 덥다.

은 50만명에 육박한다. 전체 재소자의 4분의 1 가량이 마약 사범이다. 마약에도 종류가 있다. 형량연구소에 따르면, 코로 흡입하는 분말 코카인Cocaine Powder이 있고, 말아서 피우는 크랙 코카인Crack Cocaine이 있다. 주사로 넣을 때는 분말 코카인을 쓴다. 가장 효과가 빠른 것은 주사로 주입하는 것이고 그 다음이 크랙이다. 크랙은 비싼 분말 코카인을 베이킹쏘다, 물과 섞어서 만드는 것이어서 분말 코카인보다 값이 저렴하다.

그런데 미국은 크랙이 중독효과와 폭력을 유발할 개연성이 더 크다는 이유로 크랙 복용자나 거래자에 대한 형량을 더 무겁게 해놓고 있다. 분말 코카인의 경우 유통할 목적으로 소지하고 있다가 적발되면 분말 500그램당 5년을 선고하도록 돼 있는 반면, 크랙은 5그램당 5년이다. 분말 코카인이나 다른 마약 사범과 달리 재량의 여지도 없다. 크랙을 거래하다 걸리면 자동적으로 5년형 이상을 선고받는다.

그러나 크랙이 분말보다 중독이나 폭력유발 효과가 더 큰지는 아직 입증되지 않았다. 두 마약의 형량 차이는 사회적 불평등을 반영한다. 형량연구소에 따르면, 크랙 거래로 유죄를 선고받은 사람 중 88.3%가 흑인이고 백인은 불과 4.1%였다. 반면 분말 코카인 거래로 유죄를 선고받은 사람은 흑인의 비율이 대폭 줄어 27.4%이고 대신 백인은 32%로 더 많다. 분말 코카인 단순소지로 유죄를 선고받은 사람의 경우 백인이 58%나 되고 흑인은 26.7%밖에 안된다. 크랙 사범에 대한 형량이 더 무겁기 때문에 감옥은 안 그래도 흑인들로 넘쳐난다. 재소자 인구의 60%가 흑인이다. 법무부에 따르면 오늘 태어난 흑인아기가 언젠가 감옥에 들어갈 확률은 29%다. 워싱턴DC의 경우 흑인의 75%가 한번은 감옥에 다녀온다는 통계도 있다.

세계 사형집행의 수도

흑인들은 전통적으로 민주당을 찍는다. 공화당으로서는 아쉬울 게 전혀 없다. 중죄를 지으면 아예 투표권을 빼앗는 주가 많기 때문이다. 2000년 대선 재검표 파동의 주역 플로리다주의 경우 범죄 경력 때문에 827,207명이 투표권을 행사하지 못했다. 부시가 재검표하지 않은 상태에서 불과 537표 차로 고어를 누르고 결국 대통령직을 먹은 것을 생각하면 엄청난 표다. 더구나 상당수의 흑인이 행정착오로 투표권을 박탈당한 것으로 밝혀지기도 했다. 비정부단체인 형법연구소[Justice Policy Institute]는 최근, 공화당 성향의 주일수록 더 많이 가두고 더 많이 투표권을 빼앗은 것으로 나타났다고 발표했는데 당연히 그럴 법한 일이다.

번창하는 감옥비즈니스

어쨌든 많이 가두다보니 희한한 일들이 일어난다. 미국의 감옥비즈니스는 연간 400억달러 규모로 불어났다. 형법연구소의 빈쎈트 시랠디[Vincent Schiraldi] 소장은 "감옥이 요원燎原의 불길처럼 번지고 있다"라고 말했다. 쇠락하고 있는 농촌마을들이 교도소 유치경쟁을 벌이고 있어서 "교도소는 지역경제에 도움이 안된다"라고 말리는 연구보고서까지 나왔다. 『뉴욕타임스』는 미국내 전과자 수는 1300만명으로, 2004년에 올림픽을 개최한 그리스 인구보다 더 많다고 보도했다.

또 하나 희한한 현상 중 하나는 미국 어딜 가도 헌츠빌처럼 감옥박물관이 있다는 점. 캘리포니아주의 폴쏨,[Folsom] 쌘�퀜틴,[San Quentin] 와이오밍주의 롤링스,[Rawlins] 콜로라도주의 캐논씨티[Canon City] 등 곳곳에 산재해 있다. 감옥이라는 문화가 사회의 주류에 편입되어 있기는 한데, 놀이문화로 들어와 있다.

헌츠빌 감옥박물관은 죄수복을 입고 사진을 찍는 데 3달러를 받는
다. 박물관에서 감옥은 더이상 죗값을 치르는 고통스런 장소가 아니
다. 이색적인 체험을 할 수 있는 놀이공간이다. 실제로 교도소를 새로
지은 뒤 '진짜 손님'인 죄수들을 받기 전에 일반인한테 비싼 숙박료를
받고 며칠간 개방하는 것도 하나의 개장행사로 자리잡고 있다. 죄수
와 죄수 아닌 사람들 사이에는 선과 악처럼 서로 넘나들 수 없는 벽이
있고 비죄수들은 죄수가 아니라는 행복을 감방체험을 통해 확인한다.

다른 곳들은 안 가봤지만 헌츠빌은 그런 점에서 압권일 것 같다. 여
기는 감옥박물관만 있는 게 아니라 감옥 드라이빙투어도 있다. 헌츠
빌 시내 안에 있는 헌츠빌 교도소 주위를 한 바퀴 도는 코스다. 감옥
박물관이나 방문자안내센터에 가면 투어지도를 구할 수 있다. 어디서
는 혐오시설이라고 밀어낼 일인데 헌츠빌에서는 시내 주택가 안에 교
도소가 있다. 교도소부터 생겼기 때문이다. 1849년부터 '손님'을 받기
시작한 유서깊은 곳이다. 빨간 벽돌의 3층 건물은 교도소가 아니라 대

미국에서 가장 많은 사람들이 처형당하는 헌츠빌 교도소의 정면

세계 사형집행의 수도

학 캠퍼스 같다. 하지만 안으로 들어가면 바로 감옥이라는 것을 실감할 수 있었다. 이중철문이 복도를 가로막고 있고 사람들이 부산하게 다닌다. 이곳의 높이 10미터 벽 안에 1700명이 갇혀 있다.

교도관의 제지를 받고 밖으로 나왔다. 흥미로운 것은 옆에 있는 로데오경기장이다. 마치 로마에 있는 꼴로쎄움 경기장을 흉내내려다 실

헌츠빌 교도소의 로데오경기장. 관리가 안돼 무너져내리는 중이다.

패한 듯한 경기장이 교도소에 붙어 있다. 이곳이 '철창 속 가장 거친 쇼'라는 이름으로 로데오경기가 열리던 곳이다. 로데오는 길들여지지 않은 소 등에 올라타 오래 버티는 경기다. 1931년에 시작돼 한때는 수천명의 관중이 몰릴 만큼 인기를 끌었다. 죄수들은 정말 물불 가리지 않고 화끈하게 경기를 벌였다. 그래서 스타도 탄생했고 존 웨인John Wayne 같은 진짜 스타도 로데오를 보러 왔다. 하지만 1986년 경기장 시설이 낡아 폐쇄되면서 그나마 죄수들이 바깥공기를 쐴 기회가 줄어들었다.

12번 스트리트와 J애비뉴가 만나는 곳에는 정거장이 있다. 감옥에서 나오면 여기서 그레이하운드버스를 타고 길을 떠난다. 출소자들로서는 처음 자유를 맛보는 곳이면서 마지막으로 보게 될 곳일 터이다.

그렇게 하루에 100명 가까운 사람들이 교도소에서 받은 50달러를 주머니에 넣고 버스를 탄다.

이들을 기다리고 있는 현실은 냉혹하다. 한번 전과자면 운전면허조차 따지 못하는 주도 있다. 대중교통수단이 발달하지 않은 미국에서 운전면허가 없는 삶은 상상하기 어렵다. 마약 전과자는 월마트 같은 곳에 취직하지 못한다. 학교에 진학하고 싶어도 등록금 대출을 받지 못한다. 전과기록이 있는 사람을 뽑겠느냐는 질문에 회사들 중 60%가 아마 안 뽑거나 절대 안 뽑는다고 답했다(조지타운대학 해리 홀저Harry Holzer 교수 등의 설문조사). 대부분은 다시 마약의 유혹에 빠져든다. 그렇게 해서 100명 중 70명은 현실의 유리벽에 부딪혀 몇년 안에 다시 돌아온다. 그러다 삼진아웃제에 걸리면 영원히 감옥에서 나가지 못한다.

드라이빙투어의 마지막 코스는 페커우드힐Peckerwood Hill 공동묘지다. 캡틴 조 버드Captain Joe Byrd 공동묘지라고도 부른다. 19세기에 사용되다 버려진 이 공동묘지를 1962년 교도관이던 조 버드가 찾아냈다. 900기가 나왔다. 그 이후 더 매장해서 지금은 2000기의 무덤이 있다. 사형

페커우드힐 공동묘지에 있는 어느 재소자의 무덤. 1979년 3월 16일에 옥사했고 수감번호가 277596이다.

당했거나 옥사했을 때 아무도 찾아가지 않는 수인들의 시체가 이곳에 묻혀 있다. 한국과 달리 미국에서는 봉분을 하지 않는다. 땅을 파서 관을 묻고 다시 흙으로 덮은 뒤 그 위에 묘석이나 묘비를 놓는다. 이 묘지에는 그나마 묘비가 놓인 무덤은 몇개밖에 없고 나머지는 모두 흰 팻말들의 행렬이다. 마치 암호 같은 숫자의 행렬이기도 하다. 대부분의 팻말에는 무정하게도 묻힌 수인의 이름이 없다. 사망연월일과 수감번호만 있을 뿐이다.

숫자로만 표시되는 죽음은 아무도 기억하지 않는 죽음이다. 죄인들에 대한 완벽한 격리란 이런 것이다. 어떤 삶을 살았든 그 흔적을 찾을 길이 없다. 하지만 그렇게 격리한다고 해서 미국사회가 더욱 안전해질까. 격리가 더 심각한 대립을 내재하고 있는 것은 아닐까. 그런 생각을 하면서 묘지를 빠져나왔다.

13

아이오와 애데어

무장강도 제씨 제임스가 우상이 되는 나라

Iowa Adair.. 아 이 오 와 애 데 어

앞에서 갈수록 법과 질서에 엄격해지는 미국의 단면을 소개했는데 그것에 비춰보아 도저히 이해가 안되는 현상이 있다. 이번 장의 주인 공은 제씨 제임스^{Jesse James, 1847~82}다. 서부시대를 풍미한 무법자. 30여명을 살해했다고 떠벌리고 다녔고 은행과 열차를 가리지 않고 털었다. 한번은 은행에서 6만달러를 털기도 했는데 지금 시가로 계산하면 130만달러가 넘는 금액이다. 중서부를 다니다보면 이정표에 그의 이름이 자주 등장한다. 제씨 제임스 출생지, 제씨 제임스 농장, 제씨 제임스 집, 제씨 제임스 은행박물관 등, 방방곡곡에 제씨 제임스가 출몰한다. 제씨 제임스 박물관이라는 곳도 두개나 봤다. 한쪽에서는 법을 안 지키는 사람들을 무더기로 가두면서 다른 한쪽에서는 법을 안 지킨 정도가 아니라 파리 잡듯 사람들을 죽인 잔인한 살인범을 경쟁적으로 모신다.

전설적인 무장강도 제씨 제임스

다른 일로 아이오와주에 있는 소도시 애데어에 가게 됐는데, 이곳에서 매년 7월 21일 즈음에 제씨 제임스 기념 축제가 벌어진다는 것을 알게 됐다. 2004년에는 7월 23, 24일 이틀 동안 축제가 걸판지게 벌어졌다고 한다. 행사 중에는 '남녀 리틀 제씨 제임스 선발대회'와 '제씨 제임스 배 어린이 올림픽대회'도 있었다. 기차와 제씨 제임스라는 이름의 승용차가 등장하는 기념퍼레이드도 펼쳐졌다. 그중에서 '리틀 제씨 제임스 선발대회'가 궁금했다. 학교에서 가장 많이 '삥을 뜯는' 아이를 리틀 제씨 제임스로 뽑아야 강도 제임스를 기리는 취지에 맞을 테고, 그것도 빨리 뜯는 아이에게 올림픽 금메달을 줘야 할 텐데.(삥은 일본 속어로 남이 가진 가장 좋은 것을 뜻한다. 어원은 포루투갈어인 삔따pinta에서 나왔다고 한다.)

이 마을에 자신의 이름을 빌려준 존 애데어John Adair 장군으로서는 (미국식 표현으로 하면) '무덤 안에서 돌아누울' 일이다. 모두 장군인 자신은 외면하고 강도인 제씨 제임스만 기린다. 왜 그럴까. 기념행진에 등장하는 기차가 단서다.

"제임스가 의적이라도 되는가?"

"그건 아니다. 그는 사람을 죽인 나쁜 사람이다."

"그럼 왜 그를 기념해 축제를 벌이는가?"

"나도 모르겠다. 그저 역사의 한 부분을 기념하는 것 아니겠는가."

이곳에 있는 유일한 신문 『애데어뉴스』Adair News의 발행인 윌리엄 리터 3세William Litter III와 나눈 대화 한 토막이다. 애데어 축제의 주제는 그의 말대로 '우리 유산 끌어안기'Embracing Our Heritage다. 무장강도의 역사까지 끌어안는 것을 보면 대단한 포용력이다. 애데어가 제임스를 자랑스러워하는 것도 그가 범죄의 역사에서 길이 빛나는 기록을 애데어에 남겨주었기 때문이다.

▌세계 최초 열차강도 현장

애데어는 세계 최초로 달리는 열차가 털린 '역사적' 현장이다. 달리는 열차를 세우고 터는 것은 쉬운 일이 아니다. 그때는 달리는 열차보다 더 빠른 자동차도 나오기 전이다. 창조적이면서 대담한 범행이었다. 다음은 그 사건의 개요다.

1873년 제씨 제임스 일당은 네브래스카주 오마하Omaha에서 출발하는 기차가 7만5천달러의 금괴를 싣고 디모인Des Moines으로 향한다는

애데어에 있는 세계 최초의 달리는 열차강도 현장 기념비. 비문에는 겸손하게 '서부에서 일어난 첫 열차강도'라고 적혀 있는데 주민들은 세계 최초라고 믿고 있다.

첩보를 입수했다. 첩보를 확인하기 위해 제씨 제임스의 형인 프랭크 제임스^{Frank James}와 일당 콜 영거^{Cole Younger}는 오마하까지 가서 열차의 구체적인 출발시각과 애데어 통과시각을 알아냈다. 애데어를 범행현장으로 선택한 것은 근처에 인가가 없고 고지이며 길이 구부러져 있어서 열차가 서행하기 때문이었다.

그들의 수법은 치밀했다. 먼저 두 줄기 선로를 5미터 가량 자른 다음 잘라낸 선로를 그대로 둔 채 북쪽 선로의 끝에 끈을 매달았다. 그 끈은 남쪽 선로 밑을 통과해서 미리 파놓은 구덩이로 이어졌다. 제임스 일당은 구덩이에 들어가 끈을 붙잡고 대기했다.

해가 채 저물지 않은 오후 8시, 오마하를 출발한 기차가 오는 것이 보였다. 열차기관사는 선로가 그 자리에 그대로 있었기 때문에 절단돼 있는 것을 알 수 없었다. 열차가 다가오자 구덩이 속에 있던 제임스 일당은 힘차게 끈을 잡아당겼다. 그러자 잘라놓은 선로가 이탈하면서 기차는 탈선해 둑에 처박혔다. 모두 4량이었는데 기관차와 화물차 한 량이 옆으로 넘어졌으며 기관사는 즉사하고 화부는 부상을 입었다 나중에 사망했다. 다행히 승객을 태운 객차들은 넘어지지 않았다. 제임스 일당은 바로 총을 쏘면서 기차에 접근, 차장을 위협해 금고를 열도록 했다.

당시의 지역신문인 『데일리 아이오와 스테이트 레지스터』^{Daily Iowa State Register}는 "흠잡을 데 없이 치밀한 계획에 따라 이루어진 훌륭한 작전 수행이었다"라면서 "한가지 흠이라면 전보의 통신선로를 끊지 않은 것"이라고 평가했다. 하지만 근본적인 흠은 딴 데 있었다. 금고를 열자 찬란하게 빛나는 금괴는 간데없고 불과 1700달러만 들어 있었던 것이다. 7만5천달러의 금괴를 실은 열차는 이미 지나간 뒤였다.

강도들의 정보 수집력의 한계였다.

그들의 분노를 이해할 수 있을 것 같다. 몇날며칠을 준비하고 (철로를 절단한다는 게 쉬운 일인가) 도상연습한 뒤 잠복해서 위험을 무릅쓰고 돌진했는데 꿈에 그리던 금괴가 없으니 말이다. 그러자 7명의 무장강도들은 체면도 없이 갑자기 좀도둑으로 변한다. 승객들을 협박해서 몇달러씩 코 묻은 돈을 털었다. 모두 3000달러. 그것을 7명이 나눠야 한다. 그들은 15분 만에 작전을 끝낸 뒤 근처에 묶어놓은 말을 타고 남쪽으로 떠났다. 말 위에서 그들이 나눴을 '이거 인건비도 안 나오는구먼' 하는 푸념소리가 지금도 귀에 들려오는 듯하다.

중국은 정말 인구가 많다. 어딜 가든 중국사람이 없는 데가 없지만 우리는 여기서 다시 한번 그 사실을 확인할 수 있다. 다시 『데일리 아이오와 스테이트 레지스터』에 따르면, 승객들 중에는 30명의 중국인이 있었다. 상류계층 출신의 이 학생들은 미국 동북부인 뉴잉글랜드 New England에 있는 대학에 입학하기 위해 배를 타고 태평양을 건너와 동서횡단열차를 타고 가던 중이었다. 조선에서는 1871년 신미양요가 일어나 쇄국을 강화하고 있던 때였다. 외국 문물을 익히러 일찍 온 건 좋은 일인데 재수없게 강도를, 그것도 세계 최초의 달리는 열차강도를 만났다. 그들은 혼돈의 와중에 내내 바닥에 엎드려 있었다고 한다. 그들이 제임스 일당에게 여비를 보태줬는지는 기록에 나오지 않는다. 사건이 수습되고 새벽 1시에야 인근 마을에 들어간 그들은 미국은 '지옥 같은 나라'라고 말했다고 한다.

▌제씨 제임스 추모열기
▌서두에 썼듯이 무장강도 제임스를 기념하는 곳은 애데어만이 아니

다. 미주리주 컨비Kearney에 있는 제임스의 생가는 40에이커의 넓은 농장에 원형 그대로 복원돼 있다. 아이오와주 코리돈Corydon에 있는 프레어리 트레일 박물관Prairie Trail Museum은 1871년 6월 3일 그가 턴 은행의 금고를 그대로 보관·전시하고 있다. 그리고 6월 3일이면 제임스 일당의 은행 무장강도 사건을 재연하는 축제를 벌인다. 미주리주 쎄인트 조쎄프St. Joseph에서는 그가 살다가 비운의 총격을 받은 집을 박물관 옆에 보존하고 있다. 1873년 문제의 애데어에서 제임스 일당에게 털린 피해자 록아일랜드Rock Island 철도회사까지도 1954년 이 사건을 놀이로 재연하면서 추모열기에 가담했다.

"왜 그렇게 제임스를 기리는가?"

"글쎄. 그가 가난한 사람들한테 돈을 나눠줬다는 얘기도 있고……"

아이오와주 라모니Lamoni 관광안내쎈터에서 일하는 비닝Binning도 그 이유를 정확히 대지 못한다. 나중에 자료들을 뒤져보니 그가 로빈 후

제씨 제임스가 살던 농장에 있는 박물관

무장강도 제씨 제임스가 우상이 되는 나라

드 같은 존재였다는 주장은 근거가 없었다. 몇몇 사람들한테 더 물어봤는데 왜 제임스를 추앙하는지 딱 부러지게 말을 못한다. 제임스 추앙은 근대와 함께 건국된 미국만의 현상일지도 모른다. 아메리카인디언을 빼면, 미국인들은 고대로부터 전래돼오는 전승과 전설이 없기 때문에 새로 만들어야 한다. 제임스는 19세기 중엽 우는 아이도 울음을 딱 멈추게 할 만큼 공포와 상상력을 자극하던 인물이었다. 하지만 아무리 전설이 없어도 그렇지, 강도를 숭배하는 것은 여전히 이해가 안되는 일이다.

더욱 이해가 안되는 것은 제씨 제임스가 아예 문화적 우상이라는 점이다. 그를 주인공으로 한 영화가 1921년 「무법자 제씨 제임스」^{Jesse James as the Outlaw}라는 제목으로 처음 나온 뒤, 2001년 「미국의 무법자들」^{American Outlaws}에 이르기까지 한두 편도 아니고 무려 38편이나 나왔다. 제임스만큼 많이 영화화된 인물도 드물 것이다. 영화제목도 다양하다. 「프랭크와 제씨 제임스의 모험」^{The Adventures of Frank and Jesse James, 1948}에서부터 「위대한 미주리 습격」^{The Great Missouri Raid, 1951} 「제씨 제임스의 진짜 이야기」^{The True Story of Jesse James, 1957} 「브롱코: 제씨 제임스의 그늘」^{Bronco: The Shadow of Jesse James, 1984} 「프랭크와 제씨 제임스의 마지막 날들」^{The Last Days of Frank and Jesse James, 1986}에 이르기까지, 제목만 보고 있어도 제씨 제임스를 좋아하게 될 것 같다.

제임스에 대한 열기는 현재진행형이다. 소니사는 게임기 플레이스테이션용으로 '총잡이: 제씨 제임스의 전설'^{Gunfighter: The Legend of Jesse James}이라는 게임 쏘프트웨어를 시판했다. 새로운 영화도 또 만들어지고 있다. 이번에는 브래드 피트^{Brad Pitt}가 주연이다. 제목은 「제씨 제임스의 암살」^{The Assassination of Jesse James} 2006년 1월에 개봉될 예정이라고

제씨 제임스를 다룬 영화포스터

한다. 이쯤 되면 단순히 전승과 전래문화의 공백을 메워주는 존재로
만 제임스를 바라보기는 힘들다. '위대한' 인물 제임스는 누구인가. 그
는 왜 무장강도가 됐을까.

　제임스는 1847년 침례교 목사인 로버트 제임스^Robert James의 아들로
태어났다. 아버지는 캘리포니아주에서 금광이 발견되자 광산노동자
들을 전도한다는 이유를 대고 금을 캐러 갔다가 거기서 사망했다. 어
머니는 의사인 류벤 쌔뮤얼^Reuben Samuel과 세번째 결혼을 한 뒤 제임스
형제와 함께 미주리주 컨비에서 살았다. 자상한 의붓아버지 밑에서
비교적 정상적인 유년기를 보낸 제씨 제임스에게 인생의 전환점이 찾
아온 것은 남북전쟁 때였다.

　미주리주는 노예제도의 존속을 바라는 남부군에 속했고 이웃 캔자
스주는 노예제도의 폐지를 주장하는 북부군에 속했다. 양쪽 주는 치
열한, 그리고 잔인한 전투를 벌이며 들판을 피로 물들였다. 그때 전투
에 관한 글들을 읽어보면 어떤 전쟁의 참상보다 더 끔찍하다. 마을을
불태우는 것은 물론이고 대량학살을 한 다음 시체에서 머리가죽을 벗
겨내 말에 묶고 다녔다. 어린 제임스가 북부군에 원한을 품게 된 계기
는, 북부군이 그의 집에 들이닥쳐 의붓아버지 쌔뮤얼을 나무에 매달
고 제임스 자신도 붙잡아 마디가 있는 가죽끈으로 등을 채찍질한 사

건이었다. 당시 북부군이 남부 게릴라부대를 이끌던 윌리엄 콴트릴 William C. Quantrill의 행방을 취조했다는 설도 있고, 게릴라부대에 가담한 형 프랭크 제임스의 행방을 물었다는 설도 있다. 취조과정에서 의붓 아버지가 사망했다는 설도 있고 그때 어머니인 제럴다Zerelda도 남편과 함께 투옥됐다는 설도 있다. 제씨 제임스도 잠시 투옥됐다는 설도 있 는데 짧은 지식으로 진위를 가릴 수는 없다. 어느 자료에서나 분명한 것은, 제씨 제임스가 남부군에 속했고 콴트릴 게릴라부대에 합류했다 가 남북전쟁 후 부대가 흩어지자 갱을 조직해 은행·열차·마차 가리 지 않고 강도 행각을 벌였다는 것이다.

당시 철도와 은행의 성격에 주목할 필요가 있다. 철도는 신생국가 미국이 지리적 국가통합을 이루는 수단이었고 은행은 국가를 하나의 시장으로 통합시키는 첨병이었다. 철도를 건설하면서 일부 농민들 이 강제로 농토를 수용당했고 남북전쟁에서 패배한 뒤 남부군을 지 지했던 농민들은 연방정부의 달러를 사기 위해 금과 은 등을 은행에 싸게 팔지 않을 수 없었다. 그런데 제임스가 연방정부와 북부 자본가 의 상징인 철도와 은행을 혼내주니 속이 다 후련했을 것이다.

그런 그가 돌연 죽음을 맞이한다. 당시 그는 사촌누이동생과 결혼해

쎄인트조쎄프에서 신분을 위장한 채 살고 있었다. 미주리 주지사는 죽여서든 산 채로든 그를 잡아오면 1만달러를 주겠다고 공표했다. 그는 이에 굴하지 않고 새로 은행을 털기 위해 밥^{Bob}과 찰스 포드^{Charles Ford} 형제를 갱에 끌어들였다. 그런데 포드 형제가 머리를 굴려보니 은행을 터는 것보다 제임스를 팔아넘기는 게 더 쉽고 위험부담도 적어 보였다. 1882년 4월 3일, 제임스는 집 안에서 벽에 걸린 그림을 바로잡기 위해 의자를 딛고 서 있었다. 때마침 도착한 밥 포드는 단 한발을 쐈다. 이 총알이 제임스의 뒤통수를 관통했고 그는 즉사했다. 10대 때부터 사람을 죽이기 시작한 이 무장강도는 35세에 최후를 맞았다.

그의 묘비에 적힌 비문은 강렬하다.

이름을 여기에 적을 가치가 없는 겁쟁이와 배신자에 의해 살해된, 헌신적인 남편이자 아버지인 제씨 우드슨 제임스^{Jesse Woodson James}를 추념하며.

배신자에게 살해됐다고 해도 강도는 강도였던 그의 장례식에 2천 명이 모였다고 한다. 그는 남부군 지지자들의 영웅이었다.

포드 형제의 말로도 비참하다. 1만달러를 받기는커녕 살인혐의로 구속됐다가 주지사의 특사로 풀려난 뒤, 찰스 포드는 자살했고 밥 포드는 10년 뒤 술집에서 싸우다 총에 맞아 죽었다.

영화에서는 창작의 자유가 맘껏 '남용'된다. 그에 관한 영화 중 고전으로 꼽히는 1939년 「제씨 제임스」에서는 탐욕스런 철도회사의 간부가 어머니를 살해했기 때문에 무장강도가 됐다고 묘사하고 있다. 영화에서 그는 복수의 임무를 완수한 뒤 조용히 평범한 시민으로 돌

무장강도 제씨 제임스가 우상이 되는 나라

아갔다가 비극적인 최후를 맞이한다. 영화에서는 강도를 모의하다 공범에게 살해당한 무장강도가 아니다.

미국의 건국신화인 서부영화에는 두 종류가 있다. 이른바 제씨 제임스 같은 '위대한 강도'들이 주인공인 영화들은, 서부를 근대국가로 포섭한 주력(철도나 은행)에 응징을 가함으로써 거대한 지배자들에게 대항하는 개인을 부각시킨다. 그 반대편에는 무법상태에 질서를 부여하고 프런티어정신으로 국가를 설립해가는 국가주의적인 서부영화들이 있는데, 보안관이나 제7기병대 등이 주인공으로 등장한다.

제임스가 전자를 대변하고 있다면 후자를 대변하고 있는 사람은 영화배우 존 웨인이다. '영원한 보안관' 존 웨인의 생가도 아이오와주에 있다. 소설과 영화로 유명한 『매디슨 카운티의 다리』의 소재가 된 매디슨 카운티의 윈터쎗Winterset이라는 곳에 있다.

박물관으로 보존되고 있는 이 생가에도 몇년 전에 가봤는데, 제임스의 농장에 비하면 너무 초라해서 지금 비교해보면 누가 강도였고 누가 보안관이었는지 헷갈릴 정도다. (물론 존 웨인은 영화 속에서만 보안관이었고 실제로는 병역을 기피했다.) 존 웨인이 진짜 대접받는 곳은 '서부'다. 로스앤젤레스에 가면 말을 타고 있는 그의 육중한 동상이 있고 역시 캘리포니아주 오렌지 카운티의 존 웨인 공항에는 존 웨인 동상이 서 있다. 그러나 과거 남부군에 속했던 주에서는 제씨 제임스가 존 웨인을 능가한다. 그는 단지 거대한 국가권력과 자본에 저항한 서민들의 영웅이었을 뿐 아니라 남부군의 전사였기 때문이다. 전쟁은 끝났지만 제임스는 계속해서 싸운다.

사람들은 심지어 제임스가 죽지 않았다고 믿었다. 체포를 피하기 위해 다른 사람을 죽여놓고 도주했다는 추측이 제기됐다. "맞아, 제씨 제임스라면 능히 그럴 수 있는 사람이야' 하면서 소문이 퍼져나갔다. 누군가는 1948년에도 오클라호마주에서 그를 봤다고 그럴듯하게 말했다. 그를 열렬히 지지했던 사람들은 그렇게 허무하게 제임스를 보낼 수 없었던 것이다. 그래서 그는 영화를 통해 불멸의 삶을 살고 있다. 영화에서는 남북전쟁 같은 정치색이 탈색되고 그는 거대한 권력에 도전하는 개인주의적 영웅, 서부활극시대의 낭만적 영웅으로 부활했다. 영화는 동시에 노예제의 존속을 바란 남부군의 가치도 자연스럽게 스며들도록 한다.

실제로 제임스가 '부활'하기도 했는데, 프랭크 돌튼Frank Dalton이라는 사람이 자기가 제씨 제임스라고 주장했다. 현상수배를 피하기 위해 다른 사람을 죽여놓고 오클라호마와 텍사스로 피신해 있었다면서 그 전에 떠돌던 설과 유사한 알리바이까지 들이댔다. 누가 인정해주든 말든 그는 1951년에 사망할 때까지 남은 인생을 제임스로 살았다. 그가 제임스가 맞다면 제임스는 104세까지 생존했던 셈이 된다.

사망에 얽힌 의혹이 끊이지 않자 원래의 제임스가 사망한 지 113년

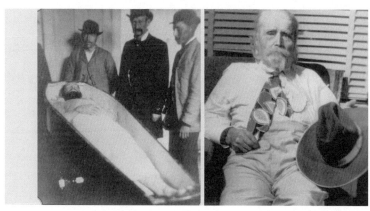

제씨 제임스의 시신과 프랭크 돌튼

무장강도 제씨 제임스가 우상이 되는 나라

뒤인 1995년, 유족들은 관에서 시체를 꺼냈다. 대단한 유족들이다. 그리고 법의학자인 제임스 스타스James Starrs 조지워싱턴대학 교수에게 DNA 테스트를 의뢰했다. 테스트 결과 그 시체가 제임스일 가능성이 99.7%라는 결과가 나왔다.

그것으로 논란에 종지부를 찍었으면 될 것을, 좀더 확실히 끝내겠다며 법원의 허가를 얻어 텍사스주 그랜베리Granbury 공동묘지에 묻혀 있던 돌튼의 시체를 꺼낸 게 화근이었다. 2000년에 이 시체는 DNA 테스트까지 갈 것도 없이 돌튼이 아닌 것으로 판명됐다. 시체에 한쪽 팔이 없었다. 생전의 돌튼은 두 팔이 모두 있었다. 다른 사람의 시체를 꺼낸 것이다. 물론 제임스의 시체도 아니었다. 묘비가 잘못 박혀 있었던 것이다. 돌튼의 무덤이 어디에 있는지는 묘연해졌다.

돌튼이 제임스라는 설은 그랜베리 공동묘지에 묻혀 있는 시체들을 하나씩 꺼내서 DNA 테스트를 하기 전까지는 완전히 사라지기 어렵게 됐다. 미주리주 스탠튼Stanton에 가면 제임스가 1882년에 사망하지 않았다는 증거만 모아놓은 또다른 제씨 제임스 박물관까지 있다.

제임스는 죽어서도 포위망을 피해 다닌다. 남북전쟁은 끝나지 않았다.

14

오클라호마 탈레쿠아

눈물을 흘리고 있는 '눈물의 길'

Oklahoma Tahlequah.. 오 클 라 호 마 탈 레 쿠 아

아칸쏘주에서 40번 고속도로를 타고 오클라호마주를 지나가는데 '눈물의 길'^{The Trail of Tears} 사적 표지판이 보였다. 대륙의 가슴에 길고 깊게 패인 흉터라고 하는 그 눈물의 길이다. 160여년 전 미 남동부에 살던 아메리카인디언들이 미군의 총부리에 못 이겨 애팔래치아산맥을 넘고 미시시피강을 건너 멀고 먼 지금의 오클라호마주까지 끌려온 길이라고 막연히 알고 있었는데 나도 모르게 실제 그 길을 따라가고 있었다.

갑자기 '체로키국 정보쎈터'^{Cherokee Nation Information Center}라는 이정표가 나타났다. '체로키라고 하면 인디언부족 이름일 텐데, 이 근처에 무슨 나라가 있나' 그렇게 생각하고 있는데 다시 '체로키국의 수도 탈레쿠아'^{Cherokee Nation Capital Tahlequah}라는 이정표가 나왔다. '진짜 나라가 있나 보다. 그러니까 수도가 있지' 하고 생각하는 동안 그쪽으로 갈 수 있는

체로키 문화유산센터 앞에 있는 '눈물의 길' 종착지 표지판

출구를 놓쳤다.

눈물의 길은 한 줄기가 아니고 북쪽 루트, Northern Route 물길, Water Route 벨루트, Bell's Route 벤지루트Benge's Route 등 여러 줄기다. 짧게는 수백킬로미터에서 길게는 조지아주에서 오클라호마주까지 2천킬로미터에 이른다. 한 부족이 아니라 여러 부족이 추방됐기 때문에 종착지도 여러 곳에 있다. 그중 가장 대표적인 종착지가 바로 체로키국의 수도인 탈레쿠아다.

인디언 보기 힘든 체로키국의 수도

탈레쿠아가 보고 싶어졌다. 인디언부족이 나라를 건설하고 거기에 번듯한 수도까지 있다면 근사할 것 같았다. 도심은 머리에 깃털을 꽂고 상체를 훤히 드러낸 사람들로 붐비지 않을까. 그러나 원래 예정한 곳이 아니어서 차를 돌려서까지 가기는 무리라고 생각해 '눈물'을 머금고 지나쳤다.

그러다 원래 목적지였던 텍사스에 갔다가 돌아오는 길에 불현듯 탈레쿠아가 떠올랐다. 인터넷으로 탈레쿠아를 찾아보니 거기에 있는 체

로키 문화유산쎈터의 야외극장에서 마침 「눈물의 길: 나라를 재건하
다」^{Trail of Tears: Rebuilding a Nation}라는 제목의 연극이 상연된다는 소식을 알
게 됐다. 그 연극도 볼 겸해서 탈레쿠아에 들르기로 결심했다. 텍사스
애빌린^{Abilene}을 출발, 꼬박 7시간 반이 걸려서 공연 시작 직전 야외극
장에 도착했다. 훌륭한 극장이었다. 울창한 숲속에 1800명이 앉을 수
있는 관람석이 있고 무대는 최대한 자연을 활용해 바위와 돌로 만들
었다. 선전하는 대로 미국에서 가장 아름다운 야외공연장 중 하나로
꼽힐 만했다. 여름에 더울 때는 가는 수증기를 공중에 뿌려 기온을 낮
춰주는 시설까지 있다고 한다.

　그런데 사람들이 없다. 비가 오고 있기 때문이다. 조금 있으니까 몇
몇 관람객들이 왔다가 우두커니 서서 비가 내리는 모습을 지켜보고
있다. 야외극장은 이게 안 좋다. 극장측에서는 지난 6월에 공연을 시
작한 이후로 공연을 못한 것은 이번이 처음이라고 말했다. 그 말을 들
으니 위안은커녕 기분이 더 안 좋다. 비의 첫 피해자가 되다니.

　이튿날에도 비가 내렸다. 연극은 포기하고 추적추적 내리는 비를 맞으며 5만평 숲속에 있는 문화유산쎈터를 구석구석 관람했다. 우리로 치면 민속촌인 고대마을도 있어서 민속을 재연해 보였고 19세기 체로키마을도 '애덤스코너 마을'The Adams Corner Rural Village이라는 이름으로 복원돼 있었다. 문화유산쎈터 안에 있는 박물관은 시청각적 효과도 곁들여서 간결하고도 효과적으로 체로키유산을 전시하고 있었다.

2000년 인구쎈써스에서 체로키는 729,533명으로 미국에서 가장 인구가 많은 인디언부족이었다. 이중 25만명 정도가 체로키국의 국민이라고 한다. 체로키부족은 아칸쏘·미주리·캔자스·테네씨·노스캐롤라이나 등 8개주에 퍼져 있다. 그런데 수도인 탈레쿠아는 완전히 달랐다. 맥도날드 햄버거, KFC, 월마트 같은 체인점들에다 대형 쇼핑몰로 가득찼다. 미국의 여느 소도시와 다를 바 없거나 오히려 소비도시의 성격이 더 유난스러워 보였다. 인디언 나라의 수도라는 흔적은 체로키국의 특색없는 정부건물들이 몇 채 있는 것뿐이었다.

더구나 머리에 깃털은 꽂지 않았더라도 아메리카인디언들은 있어야 할 것 아닌가. 시내 피자집에서 일하는 청년 조쎄프 블랙번Joseph Blackburn이 그날 저녁 유일하게 마주친 인디언이었다. 하지만 그는 체로키족이 아니다. 쑤Sioux족 출신이다. 와이오밍주에 있는 리버튼Liverton에서 살다가 15년 전 부모와 함께 탈레쿠아로 이사했다. 인디언 보호구역reservation에 만연한 범죄와 도박, 음주 등을 피해서 왔다는 것이다.

"왜 여기서 인디언들을 보기 힘든가?"

"여기서는 모여 살지 않기 때문이다."

인디언부족들은 주로 보호구역이라고 불리는 곳에 모여 살지만 이곳에는 보호구역이 따로 없다. 그래서 대단위로 모여 살지 않는다. 탈레쿠아만 해도 인구 1만4천명의 소도시다. 그중 인디언 인구는 4천명도 안된다. 명색이 체로키국의 수도인 여기서도 인디언은 소수다. 60%가 백인이다. 그러니 안 보일 수밖에.

아메리카인디언의 조상이 베링해를 건너온 아시아(몽골)인종이라는 설이 다수설이라고 한다. 하지만 먼 옛날 유럽에서 건너온 코카써스인종과 섞였다는 학설도 최근에 나오고 있는데, 근대 코카써스인종의 북아메리카대륙 침입을 합리화하기 위한 제국주의적 음모가 숨어 있는 학설이라는 의심을 많이 받는다. 그런데 체로키국에 와서 보면 그런 생각이 들지 않을 수 없다. 기왕에 알고 있는 아메리카인디언의 이미지를 좀처럼 발견하기 어렵기 때문이다. 문화유산쎈터의 고대마을에서 일하는 데보라[Debora]도 인디언 같아 보이지 않았다.

"미안하지만 당신은 인디언 같아 보이지 않는다."

"나는 독일계 인디언이다. 아버지가 인디언이었다. 부족의 어르신

체로키 문화유산쎈터의 고대마을에서 전통요리를 재연하고 있는 데보라

께서 중요한 것은 핏줄보다 자신의 선택이라면서 체로키가 되기로 선택한 것을 명예롭게 생각하라고 말했다."

하지만 핏줄은 데보라가 얘기한 것보다는 더 심각한 문제다. 다음 번에 이 말뜻을 설명하겠지만, 일단 미 정부의 관청인 인디언부Bureau of Indian Affairs에서 정한 기준은 인디언이 되려면 첫째, 미 연방정부가 인정한 인디언부족에 속해야 하고 둘째, 이 부족의 피가 절반 이상 섞이거나 혹시 다른 특별한 이유가 있다면 최소한 4분의 1은 섞여야 한다. 고대마을에서 돌로 화살촉을 쪼고 있는 드사이즈Desais는 아일랜드와 독일 그리고 체로키의 피가 섞였다고 말했는데, 그의 경우 다른 특별한 이유가 없다면 정부에서 인정하는 인디언은 될 수 없다.

▌'개화된' 체로키부족

체로키부족은 우리가 영화에서 보는 것처럼 말을 타고 창으로 들소를 잡아서 먹고사는 그런 부족은 아니었다. 사냥도 했지만 농사를 지으며 한곳에 정착해 살았고 동물 가죽으로 만드는 원뿔형 천막Tepee 대신 흙으로 된 집을 짓고 살았다. 그들은 서양문물을 받아들인 '개화된 5개 부족' 중 하나로 불린다. 특히 1809년 세쿠오야Sequoyah라는 문자를 만들어내 1828년부터 영어와 섞어서 『체로키피닉스』Cherokee Phoenix라는 신문을 찍어낼 정도로 '선진적'인 부족이었다.

이 문자는 세쿠오야라는 사람의 이름을 딴 것으로, 그 역시 문맹이었지만 여섯살 난 딸 아요카Ahyokah의 도움을 받아 문자를 창제했다고 한다. 이 문자를 가만히 보면 영어 알파벳과 유사한데 발음은 전혀 딴판이다. 일테면 S는 '데', G는 '와', R은 '슫'으로 발음된다. 이것은 영어를 전혀 모르던 세쿠오야가 영어 알파벳을 자신의 말을 기록하는

눈물을 흘리고 있는 '눈물의 길'

고대마을에서 시연되는 다양한 볼거리들

기호로만 부분 차용했기 때문이다.

　문맹에서 벗어날 수 있는 방법은 남이 만든 문자를 익히거나 자기가 새로 만드는 것이기는 하지만, 후자는 말처럼 쉽지 않다. 세쿠오야는 창제과정에서 무모한 짓이라는 주위 사람들의 조롱에 시달렸고 또 문자를 발명하면 문자를 쓰는 백인처럼 '나쁜 사람'이 된다는 협박도 받았다. 무엇보다 아내의 반대가 심해 그가 자리를 비우기만 하면 만들어놓은 문자들을 갖다 버렸다고 한다.

　어쨌든 이에 굴하지 않고 문자를 만들어낸 세쿠오야 덕분에 체로키 부족은 문자를 갖게 됐고 근처에 사는 백인들보다 훨씬 문맹률이 낮았다. 이쯤 되면 누가 야만인이고 문명인인지 그 기준이 모호해진다. 체로키부족은 여러가지로 생각하던 것과 달랐는데, 그중 하나는 일찍부터 기독교를 받아들여 성경과 찬송가까지 부족어로 번역해 암송했다는 점이다. 또 한가지는 백인들처럼 흑인노예를 부렸다는 것이다. 당시 남부사회의 기준에서 보면 어떨지 모르겠지만 흑인의 관점

체로키부족은 기독교를 받아들여 교회를 지었다.

에서는 체로키부족도 인종차별의 가해자로 볼 수 있는 측면이 있다.

그렇다고 해서 백인이 아메리카인디언에게 가한 고통이 묻혀져서는 안된다. 처음 아메리카대륙을 찾아온 백인들은 인디언들의 호의에 의존해 삶을 연명하다가 담배재배에 성공, 환금작물을 수확하게 되자 떼지어 몰려와서 대륙을 점령하기 시작했다. 그러고는 인디언들에게 수없이 많은 조약의 체결을 강제하면서 땅을 빼앗아갔다. 많은 인디언부족들이 미국 독립전쟁 때 영국 편을 들었다. 이미 자기들이 살고 있는 땅에 새 나라를 세우겠다니 기가 막히지 않을 수 없는 노릇이다. 영국은 인디언들에게 살 땅을 보장해주겠다고 유혹해 같이 미 독립군을 협공했다. 하지만 미국이 이기면서 인디언들은 설자리가 좁아졌다. 미국은 점점 넘쳐나는 백인이민자들에게 땅을 주기 위해 동부인디언들을 애팔래치아산맥 서쪽으로, 그 다음엔 미시시피강 서쪽으로 몰아냈고 마침내 보호구역 안으로 몰아넣거나 땅을 송두리째 빼앗아버렸다. 백인들이 부지불식간에 퍼뜨린 천연두와 수두에 아메리카인디언들이 거의 멸종되다시피 한 점은 새삼 언급할 필요도 없다.

눈물을 흘리고 있는 '눈물의 길'

금광의 발견과 추방

1828년 조지아주의 워드^{Ward}계곡에 살던 한 인디언소년이 공기알처럼 갖고 놀던 금덩어리를 백인한테 판 것은 체로키족의 운명을 결정지은 사건이었다. 금광이 있다는 것을 알게 된 백인들은 금광 일대의 땅을 보유하고 있는 체로키부족의 추방을 서둘렀다. 조지아 주의회는 체로키 땅을 몰수하는 법안을 통과시켰고 개척민 출신의 앤드류 잭슨$^{Andrew Jackson}$ 대통령이 이끄는 연방정부는 인디언 강제이주법을 강행했다.

그러자 체로키부족은 개화된 부족답게 세련된 구제절차를 밟아 미 대법원에 위헌 심판을 청구했다. 계기는 체로키부족을 돕던 선교사 쌔뮤얼 워체스터$^{Samuel Worcester}$ 목사가 조지아주법을 따르지 않는다는 이유로 구속된 사건이었다. 이른바 '워체스터 대 조지아 주정부' 사건에서 1832년 미 대법원은 당연하게도 구속의 근거가 된 조지아주의 체로키 부동산 몰수법은 위헌이라고 판결했다. 건국 이후 불안정하던 미국의 법체계를 바로잡은 대법원장으로 유명한 존 마셜$^{John Marchal}$의 판결이었다. 자국의 이해에 어긋난다고 해도 법적 정의를 추구해야 한다는 정신이 신생국가인 미국에 살아 있는 것처럼 보였다. 그러나 그 소식을 들은 잭슨대통령의 말은 두고두고 회자되는 '망언'이 되었다.

"어 그래, 마셜이 그렇게 결정했어? 그럼 그 사람보고 그렇게 해보라고 그래."

잭슨대통령은 대법원의 판결을 깡그리 무시했다. 판결이 난 지 1년이 지난 뒤에도 워체스터 목사는 풀려나지 못했다. 1838년 5월 윈필드 스콧$^{Winfield Scott}$ 장군은 7천명의 병사를 풀어 조지아주 뉴에코타^{New}

Echota라는 곳에 모여 살던 체로키부족을 포위하고 1만6천여명을 임시 수용소에 강제 수용했다.

그후 체로키인들은 병사들의 감시하에 인디언 영토Indian Territory라고 불리던 오클라호마주의 탈레쿠아까지 1600킬로미터를 마차를 타거나 걸어서 왔다. 도중에 겨울을 만나 모진 추위와 영양부족으로 4천명이 숨졌으니 총만 안 쐈을 뿐 사실상 대량학살이다. 당시 인디언들을 호송한 미군 사병 존 버넷John Burnett은 80세에 당시를 회상한 글을 남겼다.

"차가운 비가 내리던 1838년 10월의 어느날, 그들은 무슨 짐승처럼 645대의 마차에 태워졌다. 그날 아침의 비애와 엄숙함을 잊을 수 없다. 존 로스John Ross 추장이 인도한 기도가 끝나자 나팔이 울려퍼졌다.

체로키 문화유산센터 앞에 세워져 있는
존 로스 추장의 흉상

이어 마차가 구르기 시작했다. 아이들은 일제히 일어서서 작은 손을 흔들며 정든 산과 집들에 작별인사를 했다. 그들은 다시 돌아오지 못한다는 것을 알았다."

버넷은 '눈물의 길'이 아니라 '죽음의 길'이라고 썼다. 1839년 3월

체로키 문화유산쎈터 안에 전시된 '눈물의 길' 재연 동상들

26일 탈레쿠아에 도착할 때까지 눈물의 길을 따라서 무덤이 행렬을 이루었다는 것이다. 희생자 중에는 로스 추장의 부인도 있었다. 기독교신자였던 그녀는 하나밖에 없는 이불을 아픈 아이한테 주고 결핵에 걸려 숨졌다. 박물관에 전시된 체로키들의 기록을 보면 당시의 고통이 담담하게 기술돼 있다.

"3주가 지나고 남매 다섯명이 매일 한명씩 차례로 숨졌다. 우리는 그들을 묻고 계속 갔다."

다음 구절에서 감동을 받았다.

"마차에서는 매일 울음소리가 들려왔다. 노인과 아이들이 죽어나갔다. 매일 눈물과 슬픔의 범벅이었다. 나는 살아 있는 동안 웃지 않겠다고 맹세했다. 그러나 하늘 아래 새 땅에 도착했을 때 나는 나를 다시 찾았고 환희에 가득찬 웃음을 터뜨렸다."

나라를 재건하다

새 땅이 주는 축복은 고통을 치유하는 힘이 있었고 그들은 그것을 받아들일 수 있는 감수성이 있었다. 하지만 이 땅은 그렇게 축복받은 땅은 아니었다. 겨울에는 강추위, 여름에는 무더위가 교차하는데다 봄에는 돌풍이 불어왔다. 그러나 그들은 척박한 땅에 당당한 체로키 국을 건설했다. 1839년 8월 존 로스는 체로키국의 최고추장으로 선출됐다. 2년 만인 1841년 무상교육을 제공하는 남녀공학 학교를 설립해 또다시 이곳에서도 아칸쏘나 텍사스 주의 백인들보다 훨씬 낮은 문맹률을 기록했다. 90%가 읽고 쓸 줄 알았다.

체로키 문화유산쎈터 정문 앞에는 3개의 원형기둥이 세워져 있는데 건국 후 11년 만인 1850년 미시시피강 서쪽에서 처음으로 세워진 여성고등교육기관^{Cherokee Female Seminary}의 남은 자취다. 체로키의 교육기관들은 탈레쿠아에 있는 노스이스턴주립대학의 모태가 됐다.

체로키 문화유산쎈터 정문. 그 앞에 있는 3개의 원형기둥은 미시시피강 서쪽에서 처음 생긴 여성고등교육기관의 기둥이다.

로스 추장은 오늘날 인디언부의 기준에 따르면 아메리카인디언이 아니다. 피의 8분의 1만 체로키인이다. 하지만 순수혈통의 체로키인들에게서 열렬한 지지를 받았다. 특히 백인들의 회유에 넘어가 고향

눈물을 흘리고 있는 '눈물의 길'

땅을 미 정부에 헐값에 넘겨준 뉴에코타 조약Treaty of New Echota에 서명한 몇몇 순수혈통의 체로키 지도자들과 명확히 대비됐다. 그는 마치 모세와 같은 지도자다. 고난 속에서 분열되기 시작한 부족을 흩어지지 않게 하나로 묶고 유배지에서 '체로키국의 황금기'를 이끌다 1866년 세상을 떠났다.

공간적으로 눈물의 길은 탈레쿠아에서 끝나지만 시간적으로, 역사적으로 눈물의 길은 아직 끝나지 않았다. 강제몰수와 추방, 대량학살에도 불구하고 거친 평원에서 나라를 건설하는 저력을 보여준 체로키인들은 이곳에서도 점점 늘어나는 백인들에게 포위되고 있다. 체로키인들은 개인적으로 땅을 소유하지 않았다. 그들에게 땅을 개인적으로 소유한다는 개념은 낯설었다. 땅은 공동체가 관리했다. 그러나 미국정부는 체로키인들에게 땅을 개인적으로 할당하라고 요구했다. 그래야 땅을 사고팔 수 있기 때문이다.

1880년대 헨리 도즈Henry Dawes 상원의원이 체로키의 땅을 조사하러 왔다. 체로키국에는 빈민이 없었고 모든 사람들이 자기 집에서 거주하고 있으며 부족은 단 한푼의 빚도 없었다. 하지만 그는 이기심을 장려하지 않는 부족의 씨스템이 잘못됐다고 설파했다. 이기심이야말로 발전의 동력이며 문명의 기초라고 말했다. 그리고 워싱턴으로 돌아가 1887년에 땅의 개인적 할당을 의무화하는 법을 만들었다.

우리는 평소 어처구니없는 일을 당할 때 '그런 법이 어딨어'라는 표현을 자주 쓰는데 마치 그런 질문에 대비라도 하듯 미국은 어떤 일이라도 법을 만들어서 한다. 1898년에는 커티스법Curtis Act을 만들어서 부족의 땅 소유를 아예 금지해버렸다. 그리고 1908년 오클라호마가 46번째 주가 되면서 인디언 영토는 소멸돼버렸고 체로키국도 사실상 와

해됐다.

　그후 체로키인들은 눈물의 길보다 더 험한 길을 걸어왔다. 기댈 언덕이 없어졌고 1930년대 대공황이 닥쳤을 때는 살길을 찾아 각자 눈물의 길을 떠났다. 체로키의 언어인 세쿠오야는 더이상 쓰는 사람이 없어 소멸될 위기에 처했다.

　"법이 있었지만 우리에게 해로운 법뿐이었고 우리는 미국의 법정신에서는 보이지 않은 투명인간이었다."

　데보라의 말이 계속된다.

　"하지만 우리는 그들과 공존할 수밖에 없다는 것을 안다. 피할 수 없는 우리의 운명이다. 그래도 우리는 그들이 우리에게 한 짓을 잊지 않는다."

　체로키인들은 포기하지 않았다. 미 정부의 '관료적 제국주의'에 맞서 체로키국을 인정받기 위한 끊임없는 투쟁 끝에 1969년 리처드 닉슨 대통령이 체로키인들이 다시 지도자들을 선출할 수 있는 권리를 인정하는 법에 서명함으로써 재건의 발판을 닦았다. 그때 체로키국의 공무원은 불과 3명, 예산은 1만달러. 오늘날 공무원은 4천명, 예산은 2억7천만달러로 늘어났다.

아름다운 국정연설

　체로키국은 사실 특이한 나라다. 국토도 없이 마치 망명정부처럼 정부청사만 있다. 그래도 국민은 있다. 세금도 걷는다. 체로키인들은 이중국적자다. 주정부에는 세금을 안 내지만 연방정부에는 세금을 내고 체로키국에도 세금을 낸다. 하지만 체로키국의 주요 재원은 연방정부의 보조금과 카지노 운영 수익이다.

눈물을 흘리고 있는 '눈물의 길'

체로키국의 수반은 여전히 최고추장으로 불린다. 채드윅 콘터쎌 스미스Chadwick Corntassel Smith다. 케빈 코스트너Kevin Costner 주연의 영화「늑대와 춤을」Dances With Wolves을 보면 인디언들에게는 '주먹쥐고 일어서' '늑대와 춤을' '발로 차는 새' '머릿속의 바람' 같은 이름이 많은데, 스미스 추장의 경우 콘터쎌이 그렇다. 옥수수수염이라는 뜻이다. 옥수수수염은 법학박사 학위가 있는 인디언법 전문가다.

체로키국의 최고수반 채드윅 콘터쎌 스미스 추장

체로키국도 나라인 만큼 1년에 한번씩 최고추장의 국정연설이 있다. 2004년에는 9월 3일이었다. 옥수수수염은 이 연설에서 체로키국의 목표는 100년 전으로 돌아가는 것이라고 선언했다. 눈물의 길이 100년 전으로 돌아가야 끝난다는 것은 보통 어려운 일이 아닐 것 같다. 시간을 거꾸로 걷는다고 상상해보라.

"지금부터 100년 뒤 우리가 100년 전의 상태로 돌아가 있다면 우리가 나라를 성공적으로 재건했다는 뜻이 될 것이다."

그가 말하는 100년 전이란 오클라호마주가 생기기 전의 체로키국. 문자해독률이 90%에 이르고, 넘치지 않지만 부족할 것도 없었던 공동체생활을 누리던 그 상태다. 그는 그 상태를 '삶의 질' 개념으로 설명했다.

"삶의 질이란 둑방에서 낚시하는 겁니다. 호화보트를 타고 알래스카로 원정낚시 가는 게 아닙니다. 삶의 질이란 우리의 아들딸과 손자들이 조그만 공을 갖고 마당에서 노는 것을 지켜보는 겁니다. 메이저리그 야구경기를 구단주 특석에서 보는 게 아닙니다."

이렇게 시작한 삶의 질에 대한 연설은 "우리가 지구상에 있는 순간들을 사랑하고 즐기며 다른 사람들과 함께 나누는 것이 삶의 질입니다. 불평하고 남을 탓하는 불안정한 함정에 빠지는 게 아닙니다" 같은 생활철학으로 이어졌다.

마지막은 "삶의 질은 존재하는 것이며 행하는 것이지, 소유하는 게 아닙니다"로 끝났다. 그것을 이루기 위한 방법으로 그는 언어와 일, 그리고 공동체를 중심단어로 던졌다. 언어를 잃으면 문화를 잃는 것이다. 눈물의 길도 원래 체로키 말로는 'Nunna dual Tsuny'다. 그들이 눈물을 흘린 길이라는 뜻이다. 눈물의 길과는 느낌이 많이 다르다. 짧게 해야 하기 때문에 줄여서 'The Trail of Tears'라고 했겠지만, 체로키 말에서는 아직도 피눈물이 나는 것 같은 동태적인 느낌이 살아있는 반면, 영어로 표현된 눈물의 길에는 왠지 눈물이 메마른 것 같은 느낌이 든다. 데보라도 "영어로 옮기면서 의미를 상실한 듯한 느낌"이라고 동의했다. 체로키도 영어식 표현이고, 원래는 타스라게$^{Tas-La-Ge}$로 마을이라는 뜻이다.

옥수수수염은 언어를 통해 풍요로운 문화와 역사를 간직하고 일을 통해 자급자족하며 공동체를 통해 함께 나누는 삶을 기약하자면서 연설을 마쳤다. 세계 어느 나라의 국가수반에게서도 듣기 어려운 내용의 연설이다. 이 연설은 '당신의 초라한 종'$^{Your humble servant}$이라고 자신을 낮추는 말로 끝난다. '그러면 그렇지, 인디언들의 나라는 정말 다

눈물을 흘리고 있는 '눈물의 길'

른 나라와 다르구나' 하는 것을 비로소 느꼈다.

그러나 아메리카인디언들의 눈에는 여전히 눈물이 마를 사이가 없다. 많은 인디언들이 사회부적응자로, 알코올중독자로, 정부의 구호 대상으로 현대를 살아간다. 더구나 미국에서는 인디언들의 국가적 실체를 인정하지 않으려는 흐름이 엄연히 살아 있다.

2004년 오클라호마주를 대표하는 연방 상원의원에 출마한 공화당의 톰 코번^{Tom Coburn} 하원의원은 "미 연방정부가 인디언국가들과 맺은 조약은 원시적이고 웃기는 합의"라고 독설을 퍼부었다. 인디언의 정부를 인정할 수 없다는 뜻이다. 그의 말은 '독립국 안에서는 독립국이 있을 수 없다'는 미국내 오래된 반인디언 전통을 대변하는 것이다. 그런 말을 하고도 그는 당선됐다.

'눈물의 길'이 현재 진행형인 '눈물을 흘리고 있는 길'로 바뀌어야 하는 이유가 여기에 있다. '눈물의 길'은 미국의 가슴에 깊이 팬 흉터가 아니라 아직도 피가 흐르는, 아물지 않은 상처다.

15

캘리포니아 테메큘라

'쇠락'한 아메리칸드림, '급증'한 인생역전의 꿈

California Temecula.. 캘 리 포 니 아 테 메 큘 라

더이상 참을 수 없다. 나흘을 견딘 것만으로도 대견하다. 조금 망가진들 지금까지 버틴 게 어딘가. 내려가자.

카지노 리조트호텔에서 나흘 동안 갇혀 있다보면 아무리 도인이라도 마음이 흔들릴 것이다. 하물며 '정상적'으로 사행심리가 있는 사람이 어떻게 슬롯머신을 돌 보듯 할 수 있단 말인가. 매끼 식사하러 내려갈 때마다 사람들이 우글우글 모여서 요란법석을 떨고 있는데 더이상 모른 체하는 것은 '정상인'의 도리가 아니다.

5층에 있는 방에서 나와 엘리베이터를 타고 1층으로 내려가는 동안 '어쩌면 지금이 적기일지도 모르지' 하는 얄팍한 생각까지 든다. 월요일 새벽 4시다. 출근을 생각하면 도박장에 남아 있을 수 없는 시각이다. 그 시간까지 손님들은 대부분 돈을 털리고 갔을 테고 한껏 배불러 여유가 생긴 기계가 조금은 관대해져서 돈을 풀 시각이 아닐까.

캘리포니아주 테메큘라에 있는 페칭가^{Pechanga} 카지노 리조트. 큰 도시인 로스앤젤레스와 쌘디에이고의 중간에 위치해, 양쪽에서 손님들을 끌어들여서 라스베이거스 못지않게 떼돈을 버는 카지노로 알려져 있다. 카지노는 1층에 있고 2층부터는 호텔이다. 나는 테메큘라에 볼일이 있어 갔다가 이 호텔에 숙박하도록 지정해주는 바람에 일이 끝날 때까지 팔자에 없는 카지노에 머무르는 중이었다. 한국에서는 카지노가 잠입취재의 대상이지만 여기서는 그냥 가면 된다. 그래도 카지노 하면 외국인이나 최상류층의 오락이라고 생각해서 그런지 넘어서는 안되는 선을 넘는 듯한 느낌을 가지고 카지노에 입장했다.

아시아계가 대접받는 사회

예상은 빗나갔다. 건물 밖에서는 동이 터올 그 시각에 여전히 사람들로 북적대고 있다. 노란 불빛 아래서 밤을 꼬박 샌 듯 눈빛이 초췌하고 얼굴은 기름기로 번들거린다. 질 수밖에 없는 운명을 알면서도 끝까지 최선을 다하는 '진검 승부사'의 면모 같기도 하다. 하지만 최후는 그렇게 장렬하지 않고 고단한 현실로 복귀하는 것일 뿐일 텐데.

대형홀 하나가 축구장만하다. 친근한 얼굴들이 많다. 아시아인이 점령한 미국사회가 있다고 하면 그곳은 카지노다. 캘리포니아의 주도인 쌔크라멘토^{Sacramento}에서 나오는 신문 『쌔크라멘토 비』^{Sacramento Bee}에 따르면, 아시아인의 비율이 9%인 쌔크라멘토에서 일대 도박장의 손님을 보면 테이블게임 손님 60~70%, 슬롯머신 손님 20~25%가 아시아계 미국인이다. 최근 미국에서 인기있는 TV프로그램인 '월드포커 투어씨리즈'를 보면 결승 테이블에 진출한 사람들 중에는 꼭 아시아인이 끼여 있다. 한국사람도 안 빠진다. 그리고 여성 결승 테이블에

'쇠락'한 아메리칸드림, '급증'한 인생역전의 꿈

서는 아시아여성들끼리 맞붙은 경우도 봤다. 그래도 같은 아시아인으로서 자랑스럽다는 느낌은 안 든다.

라스베이거스에 있는 팜스^{Palms} 카지노에 가면 4층이 없고, 객실 번호 40번대는 결번이라고 한다. 4자를 재수없는 숫자로 여기는 중국인들에 대한 배려라고 한다. 어릴 때 들은 중국인들의 도박벽에 대한 얘기가 떠올랐다. 자장면집 주인과 종업원이 마작으로 붙어서 종업원이 이기는 바람에 종업원이 주인이 되고 주인이 빗자루를 쓸게 됐다는.

페칭가 카지노 역시 언뜻 봐도 절반 이상이 아시아인이다. 특히 이 새벽까지도 절대 다수를 점하면서 은근과 끈기를 발휘하고 있다. 이 사람이 한국사람인지 중국사람인지 헷갈린다. '중국사람인가보다' 하는데 "패가 안 좋다. 죽어" 그런 '무지막지한' 한국말이 들려온다. 이 카지노의 내부사정을 아는 한 인사에 따르면 페칭가 고객 중 4분의 1

카지노 내부는 촬영이 금지되어 있다. 키투와 카지노에서 몰래 찍다보니 초점이 흔들렸다. 인생역전의 허황된 꿈을 상징하는 듯해서 실었다.

이 한국계라고 한다. 그것은 전날 이 호텔에 있는 동양음식점 '블레이징 누들'Blazing Noodles(직역하면 '불타는 국수')에서 '고맙게도' 비빔밥을 먹을 수 있었던 것과 무관하지 않은 일이다. 일요일까지 한국음식 특선주간이었다. 불고기, 찌개에다 심지어 회덮밥까지 선보였다. 서양음식에 지친 혀에 군침이 돌았다. 하지만 비빔밥을 시켰는데 고추장 대신 초고추장이 나왔다. 한국인 종업원도 꽤 있던데 왜 이런 '반칙'을 방관하고 있는지 화가 났다.

페칭가 카지노에는 슬롯머신이 2천대나 있고 포커나 블랙잭, 바카라 등을 할 수 있는 테이블이 125대, 거기에 별도의 지하 포커룸이 있다. 주말에는 그 넓은 주차장에 차를 댈 데가 없어서 차들이 먼저 돈을 잃고 나온 사람들 뒤를 따라다닌다. 그 사람들이 차를 빼면 잽싸게 그 자리에 집어넣는다. 주말에는 슬롯머신이나 테이블 역시 줄을 서서 자리가 나기를 기다려야 할 정도니까 인파가 최소한 5천명은 된다. 월요일 새벽인 이 시간에도 눈대중으로 1천명 가량이 남아 있다.

좋은 슬롯머신을 고르는 것은 불가능한 일이다. 2천대의 슬롯머신이 하나의 컴퓨터에 의해 통제되고 있기 때문에 특별히 좋은 기계란 없다. 그래도 사람들은 고른다. 나는 입구를 마주보고 앉았다. 그런 속설이 과연 있는지 모르지만 고스톱을 칠 때는 항상 벽을 등지고 있어야 한다는 말이 생각났기 때문이다.

20달러 지폐를 집어넣었다. 한번에 걸 수 있는 돈을 하한선인 25센트로 정하니까 25센트가 1점으로 표시된다. 20달러니까 점수가 80점이 나온다. 버튼을 눌렀다. 기계가 알아서 회전하다 멈췄다. 사실 뭐가 좋은 건지 모르는 까막눈이다. 한번에 1점씩 까먹고 뭔가 걸리면 점수가 올라간다. 현금을 넣었는데 따는 돈을 점수로 환산하니까 돈

놀이하고 있다는 실감이 안 온다. 따거나 남은 돈은 숫자로 표시돼 전표로 찾는다. 그 전표를 환전소에 가서 돈으로 바꿔야 하는 수고를 해야 하니까 돈을 걸기는 쉽게, 돈을 찾기는 불편하게 만든 구조다.

▌황금알을 낳는 슬롯머신

▌사실 도박 말고 달리 할 만한 게 없었다. 호텔은 바위산 밑에 있다. 캘리포니아라고 하지만 바다에서 32킬로미터나 떨어진 내륙이고 척박한 땅이다. 먼지가 풀풀 나는 들판에 산토끼만 무척 많다. 더워서 조깅하기도 어렵다. 차도 없었다. 호텔 안에서 할 수 있는 소일거리란 일 또는 도박뿐이었다.

물론 그동안 일만 한 것은 아니다. 틈틈이 식후 소화시킨다는 명목으로 도박장 안을 산보하면서 곁눈질을 했다. 슬롯머신은 사람으로 치면 참 겸손한 친구다. 돈을 잃었는데도 경광등을 울리거나 요란한 음악을 틀어 주위 사람들의 시선을 끌어준다. 반면 돈을 따면 겸손하게 조용히 집어삼킨다. 미국 카지노들은 수입의 65%를 이 단순한 슬롯머신에서 챙긴다. 그래서 슬롯머신을 몇대 놓느냐가 수입의 관건이다. 2004년 6월 21일 캘리포니아주에서 '터미네이터' 아놀드 슈워제네거Arnold Schwarzenegger 주지사와 아메리카인디언 5개 부족들이 합의한 협상안을 보고는 그 규모에 눈이 휘둥그레졌다.

『뉴욕타임스』 6월 22일자에 따르면, 인디언부족들은 현행 2천대로 제한돼 있는 슬롯머신을 원하는 만큼 설치하는 조건으로 10억달러(1조2천억원)어치의 주정부 채권을 인수하기로 했다. 거기에다 2천대를 초과해서 설치되는 슬롯머신의 경우 한대당 매년 1만2천달러, 그리고 슬롯머신 연간순익의 10%를 주정부에 내기로 했다. 이 합의안에 따라 주정부는 매년 1억5천만달러를 받을 수 있다는 계산이 나왔다고 하니까 슬롯머신이 황금알을 낳는 거위가 아니고서는 불가능한 일이다. 더구나 캘리포니아주에는 미션인디언의 팔라족Pala Band of Mission Indian과 유나이티드어번 인디언커뮤니티United Auburn Indian Community 등 이번에 합의한 5개 부족 외에 45개 부족이 카지노를 운영하고 있으니까, 이 부족들과도 비슷한 합의를 이끌어내면 천문학적인 세수를 올릴 수 있다.

그 세금을 내려면 슬롯머신은 그냥 돈 먹는 기계여야 할 것 같은데 어쩐 일인지 내 앞에 있는 기계에서는 계속 경광등이 울렸다. 주위에 있는 사람들이 쳐다본다. 20달러가 200달러가 됐다. 점수로는 800점. 'Cash Out' 버튼을 누르니 200달러 전표가 나온다. 번 돈보다 딴 돈이 두배만큼 달콤하다는 말이 실감이 난다. 붕 뜨는 기분이다. 1시간 만에 열배를 벌었으니 인디언부족에게는 미안하지만 손을 털고 올라가서 잠을 청해야 할 시간이다. 하지만 내가 그렇게 단호히 방으로 올라갈 수 있다면 미국의 모든 카지노는 문을 닫아야 할 것이다.

사실 하고 싶은 게 있었다. 스리카드 포커Three Card Poker였다. 그건 테이블에서 한다. 슬롯머신과 테이블은 바로 붙어 있지만 둘 사이에는 넘을 수 없는 신분의 벽이 있어 보였다. 아니, 지능의 벽이라고 해야겠다. 슬롯머신이 기계가 알아서 하는 도박이라면 테이블게임은 뭔가 머리를 굴려야 하는 도박이다. 이제 나는 그 벽을 넘어 진정한 도박인이 되려고 한다. 그동안 눈여겨본 바에 따르면 스리카드 포커는 3장의 카드로 하는데 3장의 숫자가 같으면 몇십배를 준다. 하지만 그런 경우는 거의 없고 보통은 에이스나 킹처럼 숫자가 높은 카드가 한장이라도 들어오면 이긴다. 게임의 룰은 쉽지만 걸 수 있는 돈의 하한선이 5달러로 높다. 그리고 한판에 두번 이상 베팅해야 하기 때문에 금방금

방 돈이 나간다. 더구나 보통 10달러를 걸어서 딜러보다 패가 좋으면 5달러를 받는데 지면 10달러를 다 뺏기는 방식도 요상하다.

그런 불공평을 상쇄하기 위해 손님들에게 특별한 패, 예컨대 같은 숫자 3장(트리플)이라든지 같은 무늬 3장(플러시), 또는 같은 숫자 2장(페어)이 들어오면 몇 곱절 보상을 해주지만 그런 패들이 들어올 확률은 적다. 많은 보상에 낮은 확률이 뒤따르는 것은 당연한 얘기 같지만 카지노는 그것을 수학적으로 계산해서 적은 보상에 높은 확률로 자신이 이득을 보도록 해놓는다.

네명이 앉아 있는 테이블에 비집고 들어갔다. 아시아인은 나까지 3명이고 서양인은 2명이다. 여기 오는 서양인들은 행색이 그다지 화려해 보이지 않는다. 거기에 딜러도 아시아계 남자여서 마음이 푸근하다. 영어는 별로 쓸 필요가 없다. 딜러는 나에게 자꾸 한 손으로만 카드를 보라고 주의를 준다. 도박장에서는 속임수를 막기 위해 두 손을 다 쓰는 것은 금지돼 있다고 한다.

처음으로 만져보는 칩은 입에 넣고 깨물고 싶을 만큼 아름다웠다. 단단하면서도 부드러운 느낌이랄까. 플라스틱인데 표면의 색깔과 무늬가 매끈하게 처리돼 있다. 화폐로 써도 될 만큼 정교하지만 단위가 커서 동전처럼 쓰다간 가산탕진하기 알맞다. 특히 도박할 때는 그렇다. 25달러짜리 칩을 동전처럼 쓰다가 거덜이 났다. 30분 만에 180달러가 나갔다. 이럴 수가.

그래도 본전은 남았다. 쫀쫀하지만 20달러를 '꼬불쳐' 놓았다. 새벽 5시 반, '잘 놀았다' 하면서 진짜 손을 털고 올라갈 시간이다. 근데 발길은 다시 슬롯머신으로 간다. 20달러로 다시 200달러를 만들어 테이블로 복귀하려는, 꿈도 야무진 생각이다. 이번에는 배포가 커져서 걸 수 있는 돈의 하한선을 50센트로 정했다. 버튼을 눌렀다.

카지노의 폭증

원래 캘리포니아주에는 카지노가 없어서 도박을 하려면 모하비사막을 넘어서 네바다주의 라스베이거스로 가야 했으니 세상이 얼마나 편해진 건지 모르겠다. 캘리포니아주뿐만이 아니다. 1976년 뉴저지주가 애틀랜틱씨티Atlantic City에 도박장을 낼 때까지 미국 전역에 카지노라고는 1931년에 생긴 라스베이거스밖에 없었다. 도박은 이 나라를 세운 청교도의 윤리에 어긋난다. 카지노는 오직 미국내 오지인 라스베이거스까지 시간과 돈을 들여 갈 수 있는 사람들만의 오락이었으니 여기서도 상류층의 전유물이었다.

카지노가 폭증하게 된 것은 그리 오래 전 일이 아니다. 1988년 미 의회에서 '인디언 도박허용법'Indian Gaming Regulatory Act을 제정, 아메리카

아이오와주 35번 고속도로 주변에 있는 레이크싸이드 카지노 전경

'쇠락'한 아메리칸드림, '급증'한 인생역전의 꿈

인디언들이 보호구역에 도박장을 개설할 수 있도록 합법화한 것이 계기였다. 도박장 개설은 미국에 땅을 빼앗기고 알코올중독과 범죄, 가난에 찌든 삶을 살고 있는 인디언들에 대한 일종의 시혜였다. 인디언 부족들은 도박장에서 번 돈으로 병원과 학교를 짓고 도로를 닦았다. 일부는 여기서 나온 수입으로 공장을 지어서 경제적으로 자립한 사례도 있다.

20년도 안돼 220개 부족이 28개 주에서 377개의 카지노를 운영하게 됐다. 지금도 우후죽순 전국 각지에서 생겨나고 있다. 캘리포니아주에서만 조만간 카지노의 수가 100개가 될 것으로 전망하고 있다. 전국인디언도박협회National Indian Gaming Association는 2003년만 해도 도박으로만 157억달러의 수입을 올렸다고 말했다. 일부 인디언부족의 뒤에는 라스베이거스의 보이드Boyd 가문 같은 도박재벌들이 있다. 이들은 인디언부족들을 앞세워서 도박이 금지된 지역을 뚫고 들어간다. 가난한 주들도 세수를 늘리기 위해 앞다퉈 카지노 설립을 허가했다.

카지노와 로또는 아메리칸드림이 갈수록 희미해지는 미국에서 가장 급성장하는 산업이다. 둘을 합쳐서 최소한 매출규모가 600억달러가 넘는 것으로 추산되고 있다. 600억달러면 웬만한 국가의 국민총생산보다 많은 액수인 동시에 미국인들이 영화와 음반, 스포츠 관람에 소비한 돈을 다 합친 것보다도 많은 액수라고 한다.

그런데 이는 자못 파국으로 치닫는 성장이다. 카지노 설립허가를 서두르고 있는 미 동부의 메릴랜드주와 펜실베니아주의 경우를 예로 들어보자. 두 주의 정부가 서두르는 것은 주민들이 인근 델라웨어나 웨스트버지니아, 뉴저지주에 있는 카지노로 넘어가서 돈을 쓰고 오기 때문이다. 자기 주에서 돈을 쓰게 하겠다는 것이다. 메릴랜드의 경우 슬롯머신 1만5천대를 허가해주는 대신 연간 9억달러씩, 펜실베니아는 3만6천대를 허가해주고 10억달러의 세수를 거둘 것으로 기대하고 있다. 이 돈을 공립학교 지원 같은 고상한 용도로 쓰겠다고 약속했다. 매릴랜드와 펜실베니아는 붙어 있기 때문에 다른 쪽에 카지노가 생기면 타격이 훨씬 커서 서로 먼저 카지노를 설치하려고 경쟁하고 있다. 그런데 주의회에서 반대하고 있어서 주지사들의 애간장이 타고 있다.

카지노의 폐해, 아메리칸드림의 퇴조

문제는 카지노가 생기면 일자리가 늘어나고 세수가 확대되는 이점만 있는 게 아니라는 것이다. 도덕적 타락뿐만 아니라 도박중독과 범죄, 그리고 경제적으로 파산하는 사람들이 급증한다는 것. 이들을 치료하고 지원하기 위한 예산이 카지노 세수를 상회한다는 조사결과도 있다.

그럼에도 불구하고 주정부들이 밀어붙이는 것은 어차피 인근 주에서 성업하는 카지노들이 자기 주민들을 데려간다면 카지노영업에 따른 이득은 인근 주에 다 빼앗기고 카지노중독에 따른 피해는 고스란히 자기가 떠안아야 하기 때문이다. 자기 주에 카지노를 만드는 게 그나마 손해를 줄이는 길이라는 논리다. 이것이 앞에서 언급한 합성의 오류로 빠지는 길이다. 콘써트에 가서 자기만 잘 보려고 일어서면 다른 사람도 다 일어나서 모두 볼 수 없게 된다는 그 현상 말이다.

더 큰 문제는 누가 도박을 하느냐는 점이다. 미국 어딜 가도 고속도로에서 카지노 입간판들을 쉽게 볼 수 있다. 대충 계산해서 차로 두세 시간 가는 거리 안에 카지노들이 분포해 있다. 월마트에 가듯 누구나

체로키국의 수도 탈레쿠아에 있는 키투와 카지노의 전경. 함바식당 같은 분위기다.

언제나 어디서든 카지노에 갈 수 있는 세상이 됐다. 그런 곳에 가난한 이들이 간다. 인생 역전을 꿈꾸는 이들이 가서 일부는 파멸의 지름길로 빠진다.

앞장에서 소개한 체로키국의 수도 탈레쿠아에는 키투와Keetoowah라는 카지노가 있는데, 돈을 따가는 게 미안한 생각이 들 만큼 초라하다. 정식 건물도 아니고 공사판의 '함바'식당 같은 간이건물 안에 슬롯머신만 400대가 빽빽이 들어차 있다.

자주 인용되는 미시시피주립대학 스테니스 행정연구소The John G. Stennis Institute of Government의 1996년 연구결과에 따르면, 수입을 감안할 때 가난한 사람들이 수입보다 더 높은 비율의 돈을 도박에 소비할 뿐 아니라 절대적으로도 더 많이 쓴다. 카지노에 출입하는 사람들을 상대로 한 이 조사에서 가구수입이 연간 1만달러가 안되는 사람들은 연간수입의 10.3%(약 1천달러)를 도박에 쓰는 반면 가구수입이 2만에서 3만달러인 사람들은 수입의 3.3%인 990달러, 그리고 5만달러가 넘는 사람들은 겨우 1.3%(650달러)를 쓰는 것으로 나타났다.

미 의회가 설치한 전국도박영향조사위원회National Gambling Impact Study Commission에 따르면 복권의 경우도 1만달러 미만의 소득 집단이 다른 어떤 집단보다 더 많이 사는 것으로 나타났다. 카지노 설립허가나 복권 발행허가의 명분은 세수를 확대해 못사는 사람들을 위해 쓰겠다는 건데 그 세금이 결국 못사는 사람들의 주머니에서 나오니, 주머닛돈이 쌈짓돈인 격이다. 거기다 도박의 경우 정신적 상처와 가정파탄의 비극이 뒤따른다.

이 위원회에 따르면 카지노가 급속히 팽창한 1990년대 10년 동안 도박에 중독된 환자들의 수가 50%나 늘어났다. 이 환자들이 자살을 기도하거나 이혼하거나 강도 등 범죄를 저지르는 비율은 도박하지 않는 사람의 서너배에 달한다. 이들을 치유하거나 처벌하는 데 지출되는 사회적 비용은 연구자에 따라 작게는 연간 14,006달러, 많게는 22,077달러로 잡고 있다고 '도박합법화 반대 전국연합'National Coalition Against Legalized Gambling은 밝히고 있다.

왜 한방에 인생을 역전시키려고 하는지 이해가 안되는 것도 아니다. 다른 방법으로는 인생을 역전시키기가 갈수록 어렵기 때문이다. 정직하게 땀흘려서 남부럽지 않게 사는 게 미국에서조차 점점 힘들어진다. 그것을 아메리칸드림의 퇴조라고 부른다. 그러나 카지노에서 한방에 인생을 역전시키는 것은 더욱 힘들다.

내가 그걸 체감하는 중이다. 50센트로 베팅하니까 금방 숫자가 줄어든다. '아니, 기계를 바꾼 게 실수일까.' 거짓말처럼 10분도 안돼 한 번도 변변한 게 걸리지 않고 0점이 됐다. 미련이 남아서 주머니에 남은 25센트 동전들을 털어넣고 버튼을 눌렀지만 변심한 애인처럼 한번도 눈길을 안 주고 다 먹어버렸다.

극도의 자제력을 발휘해 연간 1억8천만달러의 순익을 올리는 페칭가 카지노에 고작 20여달러를 보태주는 것으로 선방하고 방으로 올라갔다. 하지만 그게 끝이 아니었다. 잠은 오지 않고 카드 숫자와 무늬가 눈에 어른거린다. 애초에 200달러를 땄을 때 일어섰더라면 남은 며칠 동안 '불타는 국수'집에서 포식할 수 있었을 텐데……

바로 다음날 호텔에 갇혀 있는 게 심심하지 않느냐며 한국인 친지 두명이 찾아왔다. 우리는 저녁을 먹고 자연스럽게 카지노로 내려갔다. 이들은 처음부터 100달러를 칩으로 바꿨다. 나도 따라했다. 이번에는 어깨 너머로 봐온 블랙잭을 해보기로 했다. 블랙잭은 누가 더 21점이나 21점에 가까운 숫자의 조합을 만드는지로 승부를 정하는 게임이다. 말이 필요없다. 손바닥으로 테이블 바닥을 두번 두드렸더니 카드를 한장 더 준다. 카드를 더 받을 필요가 없으면 손바닥을 옆으로 짧게 한번 지르면 된다. 손짓만으로도 도박할 수준이 됐으니 대견하기 이를 데 없다.

한데 패가 안 좋다. 나뿐만 아니다. 모두 다 안타까워했다. 딜러에게 패가 너무 잘 들어갔다. 돈을 딴다고 해서 자기 돈이 되는 게 아니니 아시아계 여성인 딜러도 팁을 못 받아서 울상이다. 우리는 말할 것도 없다. 한두번도 아니고 딜러가 연속 네 판을 21점 또는 20점을 기록해 돈을 쓸어갔다.

▌페칭가부족의 내분
그렇게 쓸어간 돈으로 페칭가부족은 잘산다. 마치 펑펑 나오는 석유로 시민권이 있는 국민에게 현금을 나눠주는 쿠웨이트처럼 페칭가 부족에 속하는 1460명의 인디언들은 한 가구당 연간 12만달러(1억4 천만원 상당)에 가까운 보조금을 받는다고 한다. 하지만 항상 그렇듯 돈이 행복으로 직결되는 것은 아니다. 페칭가부족은 최근 130명의 부족민 자격을 박탈했다. 한 마을에 살던 사람들을 어느날 갑자기 투표해서 마을에서 쫓아내기로 한 것이다. 이유는 이들의 조상이 페칭가의 순수혈통이 아니라는 것.

2000년 인구쎈써스에서 410만명이 인디언 또는 다른 인종과 피가 섞인 인디언이라고 답했다. 이중 순수 인디언이라고 답한 사람은 250만명밖에 안된다. 보통은 타인종의 피가 섞여 있어도 본인이 인디언이라고 자처하면 그만이다. 그러나 페칭가부족처럼 카지노로 떼돈을 벌게 된 몇몇 부족의 경우에는 얘기가 다르다. 부족민 자격을 얻으면 평생이 보장된다. 신문『크리스천 싸이언스 모니터』^{Christian Science Monitor}에 따르면 페칭가부족의 경우 카지노가 설립되기 전에는 연간 10명이었던 부족민 자격 신청자가 최근에는 450명으로 급증했다. 아버지가 거액의 유산을 남기자 그 아버지의 숨겨놓은 자식이라며 사람들이 찾아오는 것과 같다. 페칭가는 등록위원회를 구성해 면밀히 조사했는데, 조사범위를 기존 부족민까지 확대하면서 분규가 벌어졌다.

존 고메스^{John Gomes}는 페칭가의 추장이던 파블로 애피시^{Pablo Apish}의 손녀딸 매뉴엘라 미란다^{Manuela Miranda}의 후손이다. 그리고 1995년에 카지노가 생기기 전부터 25년간 페칭가에서 살아왔는데 추방명령을 받은 130명에 끼었다. 위원회는 고메스의 조상인 미란다가 페칭가부족의 피를 절반만 갖고 있고 또 페칭가와 인연을 끊었기 때문에 고메스의 부족민 자격을 인정할 수 없다고 했다. 이 위원회의 몇몇 위원들은

'쇠락'한 아메리칸드림, '급증'한 인생역전의 꿈

과거에 고메스와 가족처럼, 형제처럼 지내던 사람들이다.

고메스처럼 미란다의 후손이어서 자격을 박탈당한 부족민들이 캘리포니아 주법원에 소송을 걸면서 인디언부족 내부의 일이 바깥으로 알려졌다. 부족 최고기관인 부족위원회의 청문회가 열렸다. 청문회를 지켜본 이 지역의 신문 『프레스 엔터프라이즈』Press Enterprise의 팀 오릴리Tim O'leary 기자는 "더이상 한 부족으로 돌아가기는 어려운, 차가운 분위기였다"라고 전했다.

초보자들이 가장 쉽게 배울 수 있는 테이블게임이라던 블랙잭은 슬롯머신보다 더했다. 어처구니가 없다. 변변한 반등도 없이 100달러가 나갔다. 열받아서 지갑 안에 있던 몇십달러까지 탈탈 털어서 막판 뒤집기를 시도했지만 무위였다. 함께 게임을 한 친지들도 모두 털렸다.

그렇게 뜻하지 않은 일주일간의 카지노 숙박을 마치고 나왔을 때 현금이라고는 주머니 속에 있는 동전 몇푼뿐이었다. 마음도 허황해서 힘없이 주차장으로 걸어가는데 사방에서 공사가 벌어지고 있다. 페칭가부족은 23층짜리 카지노와 호텔 그리고 골프장을 건설하는 중이다. 공사비가 수천억원이 든다고 하는데 은행과 투자금융회사들이 너도나도 돈을 대겠다고 달려들었다고 한다.

그들이 그 많은 원금을 회수하려면 얼마나 많은 꿈들이 허공에 흩어져야 하는 것일까. 카지노가 과연 세수와 고용창출의 지속가능한 산업이 될 수 있을까. 무엇보다 남의 삶을 날려버리면서 버는 돈으로 행복을 얼마나 살 수 있을까.

16

리오그란데

사선을 넘어서 미국으로, 미국으로

Rio Grande.. 리오그란데를 따라

리오그란데는 큰 강이라는 뜻이다. 미국 지도에서 이 강을 보면 콜로라도주에 있는 쌘후안^{San Juan}산맥에서 발원해 남쪽으로 줄곧 내려오다 텍사스주 엘파쏘^{El Paso}에 이르러서 깜박이도 안 켜고 좌회전하듯 갑자기 동쪽으로 진로를 바꾼다. 그런 뒤 멕시코 만에 골인할 때까지 동으로 흐른다.

지리학에서는 그런 리오그란데를 하천쟁탈^{stream capture}의 대표적 사례로 본다고 한다. 하천끼리 싸워서 이긴 하천이 진 하천을 먹어버려 하천의 유로가 바뀌는 현상이다. 그걸 '하천 도둑질'이라고도 하는데 1백만년 전에 일어난 일이라고 하니까 공소시효가 끝난 일이다. 미국과 멕시코의 국경은 모두 3000여킬로미터다. 이중 1930킬로미터, 그러니까 총 길이의 3분의 2는 리오그란데를 국경으로 하고 있다. 1848년 끝난 미국과 멕시코의 전쟁 이후 그렇게 됐다. 이 전쟁에서 진 멕시코는 캘리포니아·네바다·애리조나·뉴멕시코·텍사스 주를 미국에 빼앗겼다. 리오그란데는 멕시코에게는 한맺힌 38선 같은 것이다.

지금도 그렇다. 리오그란데는 사선死線이다. 매년 최소한 300명 이상이 새 삶을 찾아 멕시코 쪽에서 미국으로 넘어오다 목숨을 잃는다. 월경자들은 캘리포니아주의 쌘디에이고 같은 대도시는 검문이 심하기 때문에 주로 애리조나주의 쏘노라Sonora사막이나 리오그란데를 건넌다. 그러다 섭씨 40도가 넘는 사막에서 물이 부족해 고열의 태양에 그야말로 타 죽거나 강에 빠져 죽는다. 때로는 화물차 짐칸에 화물로 위장해 들어오다 짐짝 안에서 질식해 죽는 경우도 있고 사막에 난 길을 질주하는 차량에 치여 숨지기도 한다. 그중에서 익사 사망사고가 22%로 가장 높으니 리오그란데가 가장 원망스럽다. 얼마나 깊고 넓기에 그렇게 많은 사람들의 목숨을 앗아가는지 눈으로 확인해보자.

▌이글패스에서 만난 한국인

역사의 역설인데, 19세기에는 오히려 미국 쪽에서 리오그란데를 건너갔다. 흑인노예들 얘기다. 백인 목장과 농장주인들을 피해 자유와 새 삶을 찾아 리오그란데를 건너 멕시코로 달아났다. 지금 가고 있는 텍사스주 이글패스Eagle Pass는 이 흑인노예를 되잡아오고 흑인노예의 탈출을 감시하던 던컨요새Fort Duncan 때문에 형성된 도시다. 과거에는 값싼 노동력의 유출을 막기 위해 총구가 안으로 향해 있었다고 하면 지금은 불법이민을 막기 위해 바깥으로 향하고 있는 차이가 있다.

이글패스는 텍사스주의 아름다운 도시 쎈안토니오에서 남서쪽으로 3시간쯤 끝없이 펼쳐진 관목의 평원을 뚫고 가면 나오는 국경도시다. 인구 2만2천명 안팎의 소도시인데 인구의 94.9%가 히스패닉이라고

이글패스에서 멕시코로 가는 관문

하니, 걸어서 10분 거리에 있는 멕시코 쪽의 국경도시 뻬에드라스 네그라스^{Piedras Negras}에 사는 사람들과 인구구성면에서는 큰 차이가 없다.

뻬에드라스 네그라스의 인구가 이글패스의 11배쯤 되는 25만명이어서, 사실 미국에 있는 이글패스의 경기는 뻬에드라스 네그라스에 의존하는 셈이다. 하지만 삶의 질에는 엄청난 격차가 있다. 그 차이가 사람들이 죽음을 무릅쓰고 강을 건너오는 이유다. 미국에서는 시간당 최저임금이 5달러15센트지만 이 강을 건너가면 적지 않은 노동자들이 하루에 평균 5달러를 번다.

19세기 첫 열차강도의 피해자 중에 중국인들이 있는 것을 보고 중국인이 많다고 썼지만 한국인도 뒤지지 않는 것 같다. 이렇게 외진 국경도시에도 한국인이 산다. 박만수씨(64세). 현지에서는 '지미 박'으로 불리는 그는 국경 코앞에서 큰 잡화점을 경영한다. 손님은 주로 멕시코인들이다. 멕시코인들은 국경에서 40킬로미터 이내까지는 미국 출입이 가능한 비자를 받아 국경을 넘나들면서 박씨 상점 같은 곳에서 물건을 사간다. 태권도 8단인 박씨는 1974년 한국을 떠나 독일 아헨 ^Aachen이라는 곳에서 태권도를 가르치다 미국으로 와 로스앤젤레스를 거쳐 이곳에 정착했다. 나는 한국을 떠난 지 1년여밖에 안됐는데도 그렇게 가고 싶은데 그는 30년 동안 한번도 한국땅을 밟아본 적이 없다고 한다.

박씨는 "멕시코 쪽에서 강을 건너오는 사람을 심심찮게 볼 수 있다"라면서 "비 오는 날에는 감지기가 잘 작동하지 않는다는 말이 있기 때문인지 더 많이 건너온다"라고 말했다. 그는 "시체가 강에 떠내려가는 것도 종종 목격했다"라면서 "그렇게 목숨을 걸고 넘어온 사람들이 처음에는 음지에서 빡빡 기면서 생활하다 한 밑천 잡아서 지금은 이글패스의 상권을 장악하고 있다"라고 말했다. 이들을 부르는 말이 따로 있다. 스페인어로 모하도^mojado. 영어로 말하면 'wetback', 등이 젖은 사람들이라는 뜻이다. 리오그란데를 헤엄쳐 건너온 사람들이라는 것.

박씨는 월경자들 중에도 계급이 있어서 "물에 안 젖고 고무보트를 타고 안내받아 오는 사람들, 물에는 젖지만 깊게 빠지지는 않는 길로 안내받아 오는 사람들, 돈이 없어 안내를 받지 못해 깊은 물로 오다

이글패스에서 큰 잡화점을 경영하는 박만수씨

사선을 넘어서 미국으로, 미국으로

빠져 죽기도 하는 사람들 등 세 부류가 있다"라고 말했다.

박씨 상점에서 걸어서 5분 거리인 국경 관문에 도착해 리오그란데를 보니까 빠져 죽을 만큼 물이 깊지는 않아 보인다. 리오그란데는 수량보다 사용량이 많아서 갈수록 말라붙고 있다. 한강 정도의 수량을 기대했는데 그렇지 않았다. 관문을 보니 미국 쪽으로 오는 차량은 줄을 잇고 있는 반면 멕시코 쪽으로 가는 차는 별로 없고 걸어가는 멕시코인들만 많다. 관문 옆으로는 높이 3미터 가량의 철조망이 쳐져 있고 건물들 때문에 시야가 가려서 강이 잘 보이지 않는다.

강을 제대로 한번 보고 싶었다. 지도를 보니까 277번 도로에 이어 90번 도로를 타고 가면 바싹 강에 붙어 갈 수 있을 것 같았다. 뭐, 꼭 한강 둔치에 난 올림픽도로처럼 강 옆을 따라갈 수 있을 거라고 생각한 건 아니지만 도로를 따라가는 길에 강을 전혀 구경할 수 없어서 실망스러웠다.

리오그란데를 따라 달리는 길

지도는 현실을 추상화한 것이어서 실제 가보면 지도에 없는 도로들이 많이 나타나는데 이곳은 아니었다. 지도에 빨간줄이 하나 그어져 있으면 그게 도로의 전부다. 국경을 따라 대여섯시간을 달려도 동서로는 90번 도로 딱 하나밖에 없다. 이 도로 옆에는 철로가 달리는데 기차가 다니는 것은 보지 못했다. 철도역 중심으로 발달한 마을들도 쇠락해서 하나둘 사라지고 있는 것을 눈으로 확인할 수 있었다. 그 중간중간 관목의 숲속에 국경경비대원의 4륜구동 순찰차들이 숨어 있다.

▌로이 빈 판사의 순정

랭트리Langtry라는 마을에 들렀다. 철도역 때문에 생겨난 이 마을도 거의 소멸 직전이다. 가가호호 다 폐가가 됐는데 한 군데 방문안내센터만 새 건물이다. 여기서 로이 빈Roy Bean 판사라는 흥미로운 인물을 알게 됐다. 서부에서 가장 개성있는 판사였다고 한다. 19세기말, 텍사스주의 중간쯤을 가로지르는 리오그란데의 지류 페코스Pecos강 서쪽에서 그 자신이 법으로 통했던 인물이다. 파격적인 판결로 유명한 이 판사는 배심원들에게 술 한잔씩 돌리는 것으로 죗값을 치르게 하기도 했다. 그렇다고 그의 말에 권위가 없는 것도 아니었다. 마을에서 떠나라는 그의 추방판결은 거의 사형선고와도 같은 무게로 받아들여졌다. 원래부터 법을 알던 사람은 아니고 술집 주인이었는데 워낙 당시에 이 일대의 치안이 문란한데다(그 자신도 전과자라는 설이 유력하다) 부근에 경찰이 없어서 텍사스주 군대인 텍사스 레인저스Texas Rangers의 지지를 받아 어느날 판사가 됐다.

이 판사는 영국의 여배우 릴리 랭트리Lillie Langtry를 사모했다. 그래서 그의 가게도 그녀의 별명 '저지 릴리'Jersey Lily를 따서 간판을 달았는데 실수로 'The Jersey Lilly'라고 'l' 하나를 더 붙였다. 그는 법정 겸 시청, 그리고 자신의 집이었던 곳을 오페라하우스라고 명명하면서 언젠

로이 빈 판사와 영국의 여배우 릴리 랭트리

가 그녀가 이곳에 와서 공연할 날을 꿈꿨다. 그의 바람이 얼마나 실없는 몽상이었는지는 랭트리라는 마을에 와보면 안다. 주변에 아무것도 없는 사막 한가운데, 외진 강변에 있는 국경마을이다. 이렇게 황량한 마을도 별로 없을 것이다. 이런 마을에 영국의 잘나가는 여배우가 찾아와주길 바랐다는 그의 정신 상태를 의심하지 않을 수 없다.

어쨌든 이에 굴하지 않고 그는 수도 없이 많은 팬레터를 보냈다. 그런데 세상일은 정말 모른다. 어느날 이 여배우는 판사가 자신의 이름을 따서 마을 이름(랭트리)을 지었다는 편지를 읽고 마음이 움직였다. 1904년 드디어 그녀가 마을을 방문했다. 하지만 감격의 눈물을 흘려야 할 로이 빈 판사는 이미 몇달 전에 세상을 뜬 뒤였다. 이루지 못한 아름다운 순애보라고 해야 할지, 한 중년남성의 징글맞은 주책이라고 해야 할지……

지금까지 쓴 건 모두 텍사스주 교통부가 만든 안내 팸플릿에 나온 얘기다. 이 팸플릿의 압권은 마을 이름 랭트리가 사실은 여배우 랭트리가 아니라 공사판의 십장이었던 사람의 이름을 딴 것이었다는 대목이다. 하지만 그 사실을 여배우에게 말해준 사람은 아무도 없었다고 한다.

랭트리에 있는 한 폐가. 세월의 무게에 눌려 폭삭 내려앉는 중이다.

어쨌든 지도에는 강 바로 옆에 있는 마을로 표시돼 있어서 들렀는데 강은 무성한 수풀에 가려 보이지 않는다. 리오그란데는 불법 월경자들처럼 숨어서 흐른다. 독수리만 국경을 자유롭게 넘어 바위언덕을 넘어간다.

빅벤드에서 마주친 리오그란데

강을 좀더 가까이에서 보기 위해 8시간 동안 1천킬로미터를 쉼없이 달린 끝에 빅벤드Big Bend 국립공원까지 갔다. 국립공원인데도 한산하다. 숨은 명승지로 소개되는 곳이다. 너무 멀기 때문이다. 이곳에 오려면 오직 이곳만을 노리고 와야 한다. 가장 가까운 도시가 최소한 자동차로 십수시간씩 떨어져 있다. 그래도 와보면 후회는 하지 않을 곳이다. 사막 한가운데 설악산만큼 아름다운 산들이 솟아 있다. 그래서 사막을 바다, 이 산들을 섬으로 비유하곤 한다. 사막에 둘러싸인 산 섬.mountain islands

사선을 넘어서 미국으로, 미국으로

봉우리들 안에 치코스^{Chicos}라는 이름의 오붓한 분지가 있다. 분지의 높이만 1646미터나 되기 때문에 바로 밑 열사의 바다와는 달리 여름인데도 공기가 서늘하고 파삭파삭했다. 그래서 주위의 온갖 동물들이 이곳으로 모여든다. 여기에 캠핑장이 있고 휴양시설이 있다. 늦어서 이곳에서 일박을 하고 다음날 드디어 강을 찾아나섰다. 싼타엘레나 Santa Elena라는 곳에서 강을 목격했다. 여기에도 캠핑장이 있는데 전날 밤 세찬 비가 내려 캠핑장은 폐쇄됐다. 불어난 물은 황토빛이다. 이래서 물에 빠져 죽겠구나 싶을 만큼 폭이 넓으면서도 빠르다. 여기에도 래프팅을 하는 사람들이 있는데 기기묘묘한 계곡, 아니 국경을 따라 내려오는 기분이 스릴 만점이라고 한다. 하지만 고무보트도 없이 이 강을 건너야 하는 사람들에게는 죽음의 난코스다. 더구나 강 너머 멕시코 쪽에도 빅벤드 국립공원만큼 아득하게 높은 산덩어리가 솟아 있

빅벤드 국립공원에서 본 멕시코 쪽의 전경

다. 그렇게 험한 산과 강을 건너서 온다면 그 용기와 의지만으로도 미국 영주권을 획득할 자격이 있지 않을까.

월경에 뒤따르는 근본적인 위험은 가져갈 수 있는 물은 적은데 걸어야 할 거리는 길다는 것이다. 월경자들은 국경을 넘어서도 최소한 2,3일 동안 80킬로미터의 사막을 걸어야 도로를 만날 수 있다. 사막에서 그만큼 걸으려면 8킬로미터마다 보통 2갤런(7.7리터)의 물을 마셔줘야 하는데 이들이 들고 오는 물 전체 양이 그 정도라고 한다. 그러니 비극이 예정된 월경이라고 할 수밖에 없다.

그래도 1년에 수십만명이 월경한다. 그중에서 국경경비대에 체포되는 사람의 수가 2003년 10월 1일부터 2004년 3월말까지 6개월 동안 66만390명이나 됐다. 미국정부는 이들을 국경에서 풀어주면 다시 월경을 시도하기 때문에 2004년부터는 제도를 바꿔 항공기에 태워서 멕

빅벤드에서 드디어 만난 리오그란데

사선을 넘어서 미국으로, 미국으로

시코 내륙 깊숙이 떨어뜨려놓고 온다고 한다. 안 붙잡히고 미국 잠입에 성공한 사람의 수를 정확히 집계하기는 어렵다. 미 이민연구소 Center for Immigration Studies는 멕시코 국경 월경자를 포함, 전체적으로 미국 내 불법이민자가 매년 50만명씩 증가하는 것으로 분석하고 있다.

엄격해진 단속의 허와 실

불법 월경을 단속하기 위한 미국정부의 의지는 9·11 사건 이후 계속 강해지고 있다. 2004년 6월에는 무인정찰기 편대와 블랙호크 헬리콥터 편대가 투입됐다. 이 정찰기가 월경자들을 적발하면 즉각 기동체포조가 출동한다. 추격을 피하려는 월경자들과 한바탕 경주가 벌어지는데 9월 15일에는 불법 월경자로 보이는 여섯명을 태운 1990년형 닛산 맥시마 승용차가 애리조나주 벤슨Benson이라는 곳에서 새벽 5시 국경경비대의 추격을 피해 시속 160킬로미터로 달리다 12미터 계곡 아래로 떨어져 네명이 즉사하는 일이 일어났다. 이날 애리조나주의 쏘노이타Sonoita라는 곳에서도 국경경비대의 추격을 받던 픽업트럭이 과속으로 달리다 전복되는 바람에 네명이 숨졌다.

그래도 국경을 넘는다. 미국은 강력한 자석과 같다. 멕시코 쪽 국경을 넘는 사람들은 비단 멕시코인만이 아니다. 멀리 온두라스·과떼말라·에꽈도르 등지에서도 북상한다. 몇천킬로미터를 걷는 대장정이다. 그렇게까지 걸어서 오는 것은 아직도 그들에게 미국은 기회의 땅이기 때문이다. 마치 강물이 높은 곳에서 낮은 곳으로 흐르듯 미국으로 흘러들어온다

이렇게 되자 미국 내에서는 이민자들의 유입을 '보이지 않는 침략' invisible invasion으로 규탄하는 목소리가 결집되고 있다. 멕시코가 1848년

미국과의 전쟁에서 빼앗겼던 캘리포니아와 텍사스 등, 미국에서 인구가 가장 많은 두개 주에서 히스패닉 인구가 30%를 넘어서 백인인구를 추격하고 있다. 2050년이면 미국 전체인구 중에서 백인의 인구가 과반수 아래(46%)로 떨어질 것이라고 인구통계국은 전망하고 있다. 히스패닉 인구가 급증하기 때문이다. 이들은 전쟁으로 빼앗긴 영토를 인해전술로 되찾는 중이다. 『뉴욕타임스』 2004년 6월 13일자에 따르면 미 조국안보국Department of Homeland Security의 한 고위인사는 국경경비대의 월경 단속을 "기본적으로 파리채를 휘두르는 것 같다"고 비유하면서 "우리는 (불법 월경자들의) 수에 압도되고 있다"라고 말했다.

한 사회가 유지되려면 계층 상승해버린 빈자리를 누군가 메워야 한다. 많은 미국인들이 과거에 아메리칸드림을 이룬 성취의 그늘에는 끊임없이 밖에서 충원되던 이민자들이 있었다. 이들이 일정기간 미국사회에서 궂은일을 도맡아 하다가 계급의 계단을 밟아 올라가면 뒤에 온 이민자들이 맨 밑바닥 계단을 채우는 구조였다. 그래서 『국경의 게임: 미국-멕시코 국경의 통제』Border Games: Policing the U.S.-Mexico Divide라는 책의 저자 피터 안드레아스Peter Andreas는 "미국의 국경 통제는 가장 성공적으로 실패한 정책"이라고 평가했다. 겉으로는 강력히 단속하는 것처럼 보이면서 사실은 밀입국을 방치하는 정책이었다는 뜻이다. 흑인노예의 경우 일부러 아프리카까지 가서 붙잡아왔지만 이민자들은 제 발로 걸어 들어오니 오히려 더 경제적이다.

미 국경경비대가 불과 60명의 인원으로 창설된 것도 비교적 늦은 1924년이었다. 『리오그란데의 변경』Frontier on the Rio Grande이라는 책을 쓴 존 하우스Jonn W. House에 따르면 50년이 지난 1974년에도 경비대원은 1350명밖에 안됐다. 한국의 휴전선 248킬로미터를 수십만명이 지켜

국경경비대 이글패스 지부의 전경

도 간첩들이 오고 가는데 하물며 3000킬로미터를 두개 대대가 지킨다고 생각해보라.

미국의 비자제도도 불법이민을 부추기는 측면이 있다. 그중 하나가 매년 5만명을 추첨해서 영주권을 나눠주는 비자복권제도^{visa lottery}다. 정식 명칭은 '다양성을 추구하기 위한 비자복권제도.'^{diversity visa lottery} 특정국가의 이민자들이 집중되는 것을 막기 위해 이민자를 적게 보내는 국가의 국민들을 상대로 추첨을 실시해 영주권을 나눠준다. 한국은 이민을 많이 보내는 국가여서 이 제도에서 제외돼 있다.

미국내 이미 체류중인 불법이민자들도 추첨에 응모할 수 있기 때문에 한 10년 정도 불법 신분으로 버티면서 꾸준히 부인과 남편이 동시에 응모하다보면 한번은 걸릴 수 있다. 그러면 영주권을 얻게 된다. 추첨으로 신분이 엇갈리는 것도 기묘하지만 정문에서는 죽음의 추격을 하면서 뒷문에서는 불법이민을 합법이민으로 바꿔주는 것도 괴이하다.

최근 10년간 미국 내에서 이민자에 대한 사회적 반감이 증폭됐다. 그 이유는 미국 노동계층의 계층상승이 어려워진 데 있다. 미국기업들이 대거 공장을 해외로 이전하면서 고용환경이 악화됐다. 일자리가 줄어든데다 남은 일자리의 반은 단순기술 또는 단순영업의 저임금 직종들이다. 미국노동자들은 이 일자리를 두고 불법이민자들과 경쟁해야 하는 처지가 됐다. 미 경제주간지 『비즈니스위크』는 2004년 5월 31일자 커버스토리에서 "주로 멕시코에서 온 이민자들이 홍수를 이뤄 단순기술직 미국노동자들을 적게 받고 오래 일하는 노동경쟁 속으로 몰아넣고 있다"라고 보도했다.

이민에 대한 반대여론을 조성하는 데 앞장서고 있는 미국 이민개혁연맹Federation for American Immigration Reform은 미 중산층의 감소와 소득격차의 원인을 이민자들에게 돌리고 있다. 1990년 미국 전체가구의 34%를 차지했던 중산층이 2000년 인구쎈써스에서 30%로 줄어든 것으로 나타났다. 이민개혁연맹은 쎈써스 결과에서 이민자 비율에 따른 주별 중산층의 비율을 조사해 이민자 비율이 높은 주일수록 중산층의 비율이 낮은 것으로 나타났다고 발표했다. 연맹은 그래서 이민자들은 미국 노동계층뿐만 아니라 미국 민주주의의 건실한 기초였던 중산층의 격감에도 영향을 미치고 있다고 주장했다.

부가 상류층에 집중되는 현상을 분배구조의 말단에 있는 이민자들의 책임으로 돌리는, 본말이 전도된 논리다. 1990년대 사회복지제도의 '개혁'과 같은 논리적 오류다. 사회복지의 수혜자들이 일은 안하고 국가예산만 타먹기 때문에 중산층과 노동계층이 살기 어렵다는 주장이 공화당을 중심으로 제기돼 전국에 확산됐다. 그러자 빌 클린턴 민주당 대통령도 사회복지의 수혜기간을 제한하고 일정기간이 지나면 그 혜택을 박탈하는 법안에 서명하는 바람에 이 법이 많은 부작용을 양산하며 지금도 시행중이다. 못사는 사람들과 좀 덜 못사는 사람들끼리 싸우고 미워하게 만드는 식이다. 승자가 독식하는 미국사회의 분배구조는 자유기업정신으로 성역화한 뒤 남은 몫을 갖고 패자들끼리 다투게 하는 구조다.

█ 텍사스 사막에서 떠오른 자유의 여신상

█ 빅벤드에서 리오그란데를 보고 나와 신나게 385번 도로를 달리다 국경경비대의 검문에 걸렸다. 시카고에 있는 한국총영사관에 여권 재발급을 신청한 상태여서 여권을 소지하지 못한 게 죄였다. 다른 신분증을 내밀었지만 통하지 않는다. 국경경비대원의 고압적인 태도에서 반 이민정서를 읽을 수 있다. 그는 "여권을 소지하지 않은 것만으로도 당장 구속할 수 있다"라고 으름장을 놓으면서 차를 길 옆에 대라고 명령했다.

그러고는 운전면허증을 가지고 사무실로 들어가 좀처럼 돌아오지 않는다. 국경에서 40킬로미터 안에 있는 지역에서는 국경경비대원들이 아무런 혐의가 없는 사람도 수색할 수 있는 법이 있다고 한다. 좋다. 하지만 그 수색이 왜 나 같은 유색인종에게만 집중되는지. 40분이 돼도 안 오는 경비대원을 기다리는 동안 빅벤드를 즐기고 돌아가는 백인들은 가볍게 손을 흔들고 웃으면서 그냥 검문소를 지나쳐간다.

기다리는 동안 무슨 상관이 있는지

자유의 여신상

모르겠는데 뉴욕에 갔을 때 봤던 자유의 여신상이 떠올랐다. 동상 밑 기반에는 다음과 같은 구절들로 끝나는 미국 시인 에마 래저러스^{Emma} ^{Lazarus}의 시가 동판에 새겨져 있다.

고단하고 가난한 이들이여, 내게 오라.
자유롭게 숨쉬기를 갈망하며 한데 모인 군중들,
오갈 데 없이 항구에 가득 찬 가엾은 이들.
이들, 집 잃고 사나운 비바람에 시달린 이들이여, 내게 오라.
내가 황금빛 문 옆에서 전등을 비춰주리라.

Give me your tired, your poor,
Your huddled masses yearning to breathe free,
The wretched refuse of your teeming shore,
Send these, the homeless, tempest-tossed, to me:
I lift my lamp beside the golden door.

자유의 여신상은 이민자들이 대서양을 건너 미국에 도착할 때 가장 먼저 눈에 띄는 상징물이다. 여기에 이민자들을 따뜻하게 품에 껴안아주는 시가 붙어 있는 걸 보고 이민자들이 세운 나라답다고 느꼈다. 하지만 자유의 여신은 동쪽(유럽)을 바라보고 있다. 남쪽(히스패닉)과 서쪽(아시아)에서 오는 이민자들은 쳐다보지 않는다.

또다른 해석 하나. 이 동판이 박물관으로 쓰이고 있는 자유의 여신상 기반에 붙어 있지, 여신상 자체에 붙어 있는 것은 아니라는 것이다. 그러니까 이 시의 내용에 대해 자유의 여신, 또는 미국이 책임져야 할 이유가 없다는 주장이다. 자유의 여신상에서 수만리 떨어진 이 광막한 텍사스의 사막에서 생각해보니 이제는 그 동판을 떼는 게 나을 것 같다.

17

아이오와 애데어

스마일리가 대신하는 미국인의 고달픈 웃음

Iowa Adair.. 아 이 오 와   애 데 어

How are you?	어떠세요?
Fine. Thanks. And you?	예, 잘 지냅니다. 물어봐주셔서 감사합니다.
	당신은 어떠세요?
Fine.	예, 저도 잘 지냅니다.
Good.	좋네요.

웬만큼 친하지 않으면 미국에서 인사법은 이 네번의 수작이 부드럽게 이어져야 한다. "안녕하세요" "예, 안녕하십니까" 하는 두세마디 인사법으로 통하는 나라에서 온 사람들로서는 성가신 일이다. 어차피 아는 체하는 것일 뿐인데 되도록 짧게 하는 게 좋으련만. 하지만 관심을 갖고 물어보는데 중동무이할 수는 없다.

그런데 미국인들은 "Fine" 하지 않을 때에도 "Fine" 이외의 답은 기대하지 않는다. "Fine. Thanks"라고 말하지 않았는데도 으레 그렇게 들은 것으로 간주하고 "Good"이라고 말해버리는 사람도 있다. 무시하거나 무관심해서라기보다는 풍차가 돌아가듯 그렇게 말이 습관적으로 이어지는 것이다. 거기다 대고 "사실은 어제 잠을 잘 못 잤어" 같은 말을 길게 뽑을 틈이 없다. 변형은 있다. "How are you?" 대신에 "What's up?"을 쓰기도 하고 "Fine" 대신 "I am OK" "I am good" "Doing well" "Not bad" 등도 쓴다. 이런 인사말들에는 한결같은 공통점이 있다. 모두 상대방의 마음이 불편하지 않도록 긍정적으로 답한다는 것이다.

▌미국인의 자동화된 인사법

그런데 이 인사법이 겉으로만 친절하고 속으로는 무관심한 미국인의 특성이라고 말하는 사람들도 제법 있다. 타이인으로 미국에서 오래 거주한 포래니 나타데차-스폰쎌Poranee Natadecha-Sponsel 하와이대학 교수는 『외국문화로서 미국』AMERICA as a Foreign Culture 이라는 책에 실린 에쎄이에서 "미국인의 인사법은 패스트푸드 같은 것"이라며 "인간적 향기가 없는 자동화된 행동에 불과하다"라고 말했다. 그는 "병원에 가서도 의사나 간호사가 'How are you?'라고 물어올 때 곤혹스러웠다"라고 말했다. "Fine. Thanks"라고 말하면 그럼 병원에 왜 왔느냐고 할 것 같고, 그렇다고 만나자마자 길게 사연을 늘어놓자니 들을 준비가 안되 있는 것 같다는 것. 정답은 그래도 일단은 "Fine. Thanks"라고 해야 한다는 것이다. 어쨌든 인사법은 인사법이니까 네번의 수작을 끝내놓은 뒤 본론에 들어가야 한다는 것. 즉 이런 상황이 전개된다.

스마일리가 대신하는 미국인의 고달픈 웃음

의사: 어때?

환자: 좋아. 너는?

의사: 나도 좋아.

환자: 좋군.

의사: 근데 뭘 도와줄까?

환자: 응, 머리가 어지러워. 꼭 죽을 거 같아.

의사: ('그런데 왜 처음에 좋다고 그랬어?'가 아니고) 그래, 어디 한번 보자.

그렇다고 나타데차-스폰쎌 교수가 미국인이 야박한 사람들이라고 얘기하고 있는 것은 아니다. 사생활에 대해 말하지 않고 알려고도 하지 않는 미국인들의 독립적이고 개인주의적인 기질에서 이 인사법이 생겼다고 그는 믿는다. 내 생각으로는, 미국의 인사법은 좋은 일만 생기길 바라는 기원에서 시작됐을지 모르지만 지금은 좋은 일이 없어도 항상 좋은 일만 있는 것처럼 받아들여야 하고 처신해야 하는 문화적 강박과 같은 것이다.

미국인들은 인사하면서 꼭 웃는다. 이 웃음도 미국의 인사법과 마찬가지로 기계화된 행동으로 변해간다. 프랑스의 철학자 장 보드리야르Jean Baudriliard는 1988년에 미국을 여행하고 쓴 『아메리카』America라는 책에서 미국의 웃음을 이렇게 묘사했다.

그들은 당신을 향해 웃는다. 예의에서도 아니고, 매혹시키기 위해서도 아니다. 이 웃음은 오직 웃어야 할 필요를 나타낼 뿐이다. 그것은 체셔 고양이Cheshire Cat의 능글맞은 웃음과 같다. 그 웃음은 모든 감정이 사라진 뒤에도 얼굴에 계속 남아 있다.

체셔 고양이는 루이스 캐롤^{Lewis Carrol}의 『이상한 나라의 앨리스』에 나오는 고양이의 이름이고 체셔치즈의 포장지에도 등장한다. 정말 능글맞게 웃는다.

▌웃음이 아니라 비명?

이 포스트모더니즘의 대가는 웃어야 할 필요에 대해서는 설명을 생략했는데, 감히 내가 짐작해보건대 대충 이런 것 같다. 어두운 밤길을 걸을 때 가장 무서운 것은 귀신도 아니고 사람이라는 말이 있다. 마찬가지로 무법지대 서부의 황야에서 가장 무서운 존재는 사람이다. 이미 치명적인 무기인 총은 지천으로 널려 있지, 누구든 언제 어디서든 한방에 갈 수 있고 보낼 수 있지. 그러니 항상 '난 당신을 쏠 의사가 없습니다. 당신도 쏘지 마세요' 라는 신호를 보낼 필요가 있다. 그걸 길게 말할 수 없으니까 웃기부터 해야 한다. 보드리야르도 명확하지는 않지만 비슷한 얘기를 한다.

인간적 온기에 의해 촉발된 턱의 친근한 수축은 영원한 통신의 웃음이다. 아기는 그 웃음을 통해서 다른 사람들의 존재를 의식하게 되거나 그들의 존재를 받아들이지 못해 절망적으로 몸부림친다. 그것은 세계에 혼자 있는 사람이 유아기의 억압된 감정을 해방시키는 비명과 같은 것이다.

이걸 내 방식에 갖다 붙이면 미국인의 웃음은 웃는 게 아니라 날 쏘

스마일리가 대신하는 미국인의 고달픈 웃음

지 말라는 비명이다. 비명은 상대방이 듣기 싫어해서 더 총을 쏠 수 있으니까 친근하게 턱을 수축시킨다.

보드리야르는 "(미국인들의) 웃는 눈에는 우리의 뒤를 무섭게 밟고 있는 냉혹한 야수가 숨어 있다"라고까지 혹평했다. 보드리야르의 책에 대해서 미국의 권위있는 도서 전문지인 『라이브러리저널』^{Library Journal}이 "말만 번지르르하고 진부한 분석이다. 값도 터무니없이 비싸니까 사지 말 것을 권한다"라는 서평을 게재한 것도 무리가 아니다. 반면 프랑스에서는 "미국에서 지금까지 나온 책들 중에서 가장 놀랄 만큼 통찰력 있는 책"이라는 찬사를 받았다. 그러나 어떤 필요에서 웃든지간에 안 웃는 것보다는 훨씬 낫다. 그렇게 잘 웃기 때문에 미국인들이 처음 만날 때는 개방적이고 친근한 국민인 것은 부인하기 어렵다.

미국인의 웃음은 항상 어제보다는 오늘, 오늘보다는 내일이 더 좋았던 지난 역사의 유적이기도 하다. 영국의 식민지에서 세계 최강의 국가로 성장하는 과정에서 많은 미국인들이 아메리칸드림을 성취했다. 삶의 질은 끊임없이 향상됐다. 비명의 웃음이 아니라 절로 나오는 웃음이었을 법하다. 그러나 지금까지 이 책에서 소개했다시피 많은 사람들에게 아메리칸드림은 이제 실현 가능성이 희박한 백일몽이 되고 있다. 삶은 더욱 고단하다. 어떤 사람에게는 여전히 절로 나오는 웃음인 반면 어떤 사람에게는 그래도 웃어야 하는 웃음으로 바뀌고 있다.

▌스마일리 물탱크의 등장

아이오와의 주도인 디모인에서 80번 고속도로를 타고 서쪽으로 60킬로미터를 가면 도로변에 있는 큰 물탱크가 웃는 얼굴로 맞이한다.

은유적 표현이 아니다. 정말로 큰 물탱크가 비가 오나 눈이 오나 웃고 있다. 애데어의 인구 863명에게 식수를 공급하는 이 물탱크에는 노란색 바탕에 귀밑까지 찢어진 웃음을 짓고 있는 스마일리smiley의 얼굴이 그려져 있다. 뿐만 아니다. 창고에도, 수리점에도, 마을 입구에도 스마일리가 그려져 있다. 집집마다 스마일리 물탱크 저금통을 갖고 있다. 13장에서 이동하는 열차가 최초로 털린 현장으로 소개할 때 다른 볼일로 이 마을에 들렀다고 쓴 적이 있는데, 다른 볼일이란 바로 이 스마일리 물탱크를 보러 온 것이었다.

한국으로 치면 예전 마을 어귀에 있던 천하대장군, 지하여장군 장승 같은 것이다. 하지만 애데어의 스마일리 물탱크는 한국의 장승보다 수십배는 더 높고 크다. 이 작은 마을의 크기에 비해 비대칭적으로 큰 물탱크 위에서 보면 마을 어디라도 안 보이는 데가 없다고 한다. 그래서 마을을 지켜준다고 하기보다는 마치 곳곳을 엿보는 듯한 느낌

마치 외계인 ET가 마을을 훔쳐보는 것처럼 애데어시를 내려다보고 있는 스마일리 물탱크

스마일리가 대신하는 미국인의 고달픈 웃음

이다. 밤에는 비행기가 충돌하지 않도록 전등도 켜놓는다.

스마일리는 1979년 마을에 오거나 마을을 지나치는 사람들을 친근하게 맞이하자는 당시의 시장 프레드 머데스^{Fred Merthes}의 제안에 따라 마을 어디를 가든 가장 눈에 띄는 높은 탑인 물탱크에 그려졌다. 이 마을의 유일한 신문 『애데어뉴스』의 발행인 윌리엄 리터 3세의 말이다. 그는 할아버지 때부터 대대로 이 신문을 경영하고 있다. 리터 3세의 아버지 리터 2세가 아들 밑에서 편집국장을 하고 있고 부인이 영업을 맡고 있다. 기사는 모두 다 같이 쓴다. 1300부를 발행하는데 멀리 벨기에까지 배달된다고 한다. 그와의 짧은 인터뷰 한 토막.

"스마일리를 그린 뒤 무슨 변화가 있었는가?"

"글쎄. 잘 모르겠는데 그뒤로 우리는 웃어야 했다."(리터 3세는 이 말을 하고 웃었는데 표정에 거의 변화가 없다.)

웃으면 복이 온다는 속담이 통한 탓인지 애데어는 아이오와주 농촌에서 인구가 거의 줄지 않고 경제가 안정돼 있는, 복받은 소도시에 속한다. 다른 곳에서는 농사 수지가 안 맞아 농민들이 떠났다.

"우리는 80번 고속도로와 철로 변에 있어서 공장을 유치할 수 있었기 때문이다."

리터 3세에 따르면 인구 863명인 이 마을에 모두 785개의 일자리가 있다고 한다. 대표적인 공장은 섀퍼씨스템^{Schafer Systems}으로, 복권발매기를 제조하는데 100명을 고용하고 있다(여기서 우리는 미국에서 사행산업이 번창하고 있는 것을 다시 한번 확인할 수 있다). 애그리 드레인^{Agri Drain Corp}이라는 배수관 제조회사에도 58명이 고용돼 있다.

리터 3세는 작별인사를 하고 돌아가는 내 등 뒤로 "계속 웃어라"^{Keep smiling}라고 농담을 던졌다. 얼굴은 안 봤지만 분명 그의 얼굴 근육

복받은 소도시에 속하지만 그래도 한산한 애데어의 중심가

은 많이 수축하지 않았을 것이다.

　그는 자신의 마을이 물탱크에 스마일리를 처음으로 그린 마을로 생각하고 있었고 나도 그런 줄 알고 거길 갔는데 사실은 아니었다. 뒤에 문헌 등을 조사해본 결과 일리노이주에 있는 캘루멧씨티Calumet City가 처음이었다. 1972년 12월 여덟살 소녀 킴 포네로Kim Fornero가 시장 로버트 스테패니액Robert C. Stefaniak과 시의회에 편지를 보냈다. 자기 집에서 보이는 물탱크에 스마일리가 있으면 귀여울 것 같다는 깜찍한 편지였다. 시의회가 열려 아이의 제안을 가결시켰고 1973년 7월 물탱크의 동쪽과 서쪽 면에 각각 스마일리를 그려넣었다. 애데어보다 6년 전에 한 일이다. 물탱크 한곳에만 있는 스마일리가 너무 외로워 보였는지, 캘루멧씨티는 나중에 다른 물탱크에도 스마일리를 그려넣어 스마일리 부부Mr. & Mrs. Smiley 물탱크를 탄생시켰다. 그뒤 소도시에서 물탱크에 스마일리를 그리는 게 한동안 유행이었다고 한다.

스마일리의 기원
물론 캘루멧씨티에서 처음으로 스마일리를 만든 것도 아니다. 스마

스마일리가 대신하는 미국인의 고달픈 웃음

일리 탄생의 배경은 좀더 자본주의적이다. 1962년 매싸추쎄츠주에 있는 스테이트뮤추얼라이프The State Mutual Life(지금은 올메리카Allmerica) 보험회사가 오하이오주에 있는 개런티뮤추얼Guarantee Mutual이라는 회사를 인수했다. 두 회사는 하나가 됐지만 직원들은 쉽게 하나가 되지 못했다. 서로 보고도 웃지 않고 소 닭 보듯 했다. 회사 간부는 직원들을 융화시키기 위해 '우정 캠페인'을 시작하면서 그 캠페인에 쓸 웃는 이미지를 당시 광고대행사를 운영하던 하비 볼Harvey Ball에게 주문했다. 볼은 불과 10분 만에 웃는 얼굴을 그려서 '스마일리'라고 명명한 뒤 회사에 넘겨줬다. 회사는 그것을 배지로 만들어 돌렸다. 처음에 돌린 100개에 대한 반응이 좋자 1만개를 새로 제작했다. 그리고 생각이 달라졌다. 용도가 바뀌었다. 사내 융화가 아니라 고객 마케팅에 활용했다. 회사는 직원들에게 양복 옷깃에 스마일리 배지를 달고 다니면서 전화를 받을 때나 고객을 만나 상담할 때 항상 웃도록 했다.

스마일리는 곧 미국 전역으로 퍼져나갔다. 하지만 돈을 번 사람은 원작자 하비 볼이 아니라 머레이Murray와 버나드 스페인Bernard Spain 형제였다. 그들은 배지와 커피잔, 티셔츠, 범퍼 스티커 등에 스마일리를 인쇄해서 팔았다. 1972년까지 5천만개의 배지가 팔려나갔다. 스테이트뮤추얼라이프로부터 불과 45달러밖에 받지 못한 볼이 나중에 특허를 출원하려고 했을 때는 이미 신청기한이 지나버렸다.

볼이 2001년 4월 숨을 거뒀을 때 『로스앤젤레스타임스』가 쓴 부음 기사에 따르면, 여론조사에서 1970년대를 대표하는 상징으로 디스코나 어린이교육용 드라마인 '쎄써미 스트리트',Sesame Street 미 건국 2백주년 기념 등을 제치고 스마일리가 뽑혔다. 미 체신청은 1999년 스마일리 기념우표를 발행하기도 했다. 1970년대가 지나고 스마일리 유행

애데어에서는 돼지저금통만큼 많이 보급된
스마일리 저금통

은 쇠퇴했다. 애데어는 예외였지만 농촌의 소도시들도 쇠락했다. 하지만 마을에서 가장 높은 상징물인 물탱크만은 한동안 웃고 있었다. 마치 현실과 점점 부조화를 이루는 미국적 웃음을 상징하는 듯했다. 어떤 일이 있어도 낙관적이어야 하고 웃음을 잃지 말아야 한다는 게 미국적 가치관이다. 그러나 때로 이러한 가치관은 악화되고 있는 현실을 '웃으면서' 받아들이도록 만드는 역기능을 한다. 아픈데도 웃으라고 강요하는 것 같다.

1990년대 중반 마이크로소프트의 소프트웨어 밥Bob의 이미지로 잠시 쓰이던 스마일리는 2000년대에 화려하게 부활했다. 월마트 쇼핑백이나 직원들의 유니폼에 쓰이기 시작한 것. 월마트가 워낙 대대적으로 스마일리를 활용하는 바람에 이것을 월마트의 상표로 착각하는 사람도 있다. 사족이지만, 월마트에서 가슴에 스마일리를 달고도 웃지 않는 직원들을 보면 '내가 안 웃더라도 이걸 보고 웃은 것으로 간주하라'는 신호를 보내는 것 같다. 그럴 때마다 나도 같은 배지를 사서 같은 방식으로 웃어줘야 하나 하는 생각을 떨치기 어렵다. 마치 형사 배지처럼 스마일리 배지를 내밀어 웃음을 교환해야 하는 세상은 더 살

스마일리가 대신하는 미국인의 고달픈 웃음

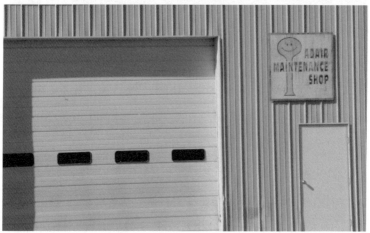

간이창고(위)에도, 정비공장(아래)에도 붙어 있는 스마일리

벌할 것 같으니 내가 참자. 스마일리는 인터넷에서 쓰는 이모티콘의
첫번째 이미지로도 부활해서 그야말로 온-오프라인을 가리지 않고
온 세상에 충만한 상징적 웃음이 됐다. 하지만 그만큼 사회가 웃음이
넘치는 세상이 됐는지는 모를 일이다.

　하비 볼은 돈은 못 벌었지만 웃음을 전도하는 데 일생을 바쳤다. 말년에 월드 스마일 코퍼레이션^{World Smile Corportation}이라는 법인을 세우고 '세계 웃음의 날'도 제정해 전파했다. 10월 첫째 금요일인 이 날은 하루 종일 (실없이) 웃어야 한다. 하지만 날을 잡아서 웃어야 하는 세상이라면 굳이 웃음의 날을 만들 필요가 있는 세상일까 싶다. 그런 저항감 때문인지 세계 웃음의 날은 그다지 많이 전파된 것 같지 않다.

█ 나오는 웃음과 만들어야 하는 웃음

웃음이 나오는 것과 웃어야 하는 것에는 결정적인 차이가 있다. 스마일리가 잘 팔린 것은 미국인들의 낙천적인 세계관과 조화를 이루었기 때문이었겠지만 어쨌든 그 기원은 웃게 하려는 것이었다. 웃을 수 없는데 웃어야 하는 것처럼 고역은 없다. 훈련된 웃음은 얼굴 주위 근육들의 이완과 수축에 불과한 것이다. 박제된 웃음이다. 소비자를 상대하는 월마트 같은 소매유통업체 직원들은 고객써비스라는 이름으로 계속 웃어야 한다. 웃는 게 노동의 중요한 부분이다.

그러면 웃음이 왜곡된다. 즐거움과 신뢰의 표현이 아니라 그뒤에 무슨 뜻이 숨어 있는지 알아내야 하는 암호가 된다. 서로 웃고도 충분한 통신이 이뤄지지 못한다면 그것은 웃음이 아니라 난해한 신호의 교환이다.

미국에서는 다음과 같은 스마일리도 출현했는데 내가 보기엔 마치 웃음이 웃음으로 여겨지지 않는 현실을 조롱하는 듯했다. 2002년 5월 위스콘신대학에서 미술을 전공하던 루크 헬더^{Luke Helder}라는 이름의 학생이 미국 중서부 전역에 걸쳐 대형 스마일리를 그리려고 했다. 규모만 큰 게 아니었다. 처음에 16개의 폭탄(맞다, 정말 폭탄이다)으로 원을 그렸고 그 원 안에서 네브래스카주에 폭탄 한개, 일리노이주와 아이오와주의 경계선에 또 한개를 설치했다. 두 눈이 완성된 것이다. 그리고 텍사스주와 콜로라도주에 폭탄 두개를 설치하는 과정에서 체포됐다. 입을 그리다 붙잡힌 것이다.

그는 폭탄들을 우편함에 놓아두었는데 몇개는 폭발해 우체국 직원 네명과 주민 두명이 다쳤다. 2004년 4월 그는 재판받을 정신적 능력이 없다는 판결을 받았다. 그때 법정에 들어서는 그는 부모를 향해 계속 웃음을 지어 보였다고 한다. 생각만 해도 소름이 돋는 웃음이다.

웃음이 터져나와 주체할 수 없었던 세상은 아니라도 기분 좋게 껄껄껄 하하하 웃는 웃음들을 보고 싶다. 잘 웃는 미국에서도 그런 웃음은 점점 사라지고 스마일리가 대신 웃는 세상이 되고 있다. 소리도 나지 않고 어떤 감정도 담기지 않은 그런 웃음들이 퍼져나간다. ^_^ ^_^ ^_^ 하고.

18

워싱턴DC

돈 주고 유권자를 살 수 있는 나라

Washington DC.. 워 싱 턴 D C

조지 부시 미국대통령이 이라크에, 아프가니스탄에 민주주의를 수출하고 있는 것처럼 말하지만, 미국이 언제 다른 나라의 민주주의에 그렇게 관심이 많았는지는 고사하고 미국 자신이 과연 민주주의국가인지 의문이 생길 때가 있다. 정치분석 소식지인 『쿡 정치보고서』^{The} Cook Political Report에 따르면 2002년까지 최근 10번의 선거에서 현역 하원의원의 재선율은 95%였다. 이 정도면 낙선하는 사람이 이상한 사람이다. 한번 당선된 사람은 출마만 했다 하면 또 당선된다. 마치 무슨 전체주의국가의 선거를 보는 것 같다. 한번 훌륭한 사람들을 뽑아놓았으니 바꿔야 할 필요가 없어서 재선율이 높은지도 모른다. 상당수 선거구에서 현역의원들이 무투표 당선된다. 선거구에 따라 그 좋다는 의원직에 도전하는 사람이 한명도 없다는 뜻이다.

그렇다면 해도 그만, 안해도 그만일 것 같은데 선거가 너무 자주 있

다. 미국 하원의원들은 선거에서 이기자마자 다음 선거를 준비한다. 2
년마다 쉴새없이 선거가 실시되기 때문이다. 그래서 현역의원들의 선
수를 보면 보통 10선, 20선 그렇다. 통계도 읽기 나름인데, 현역의원
이 재직중 사고나 병으로 숨질 확률이 선거에서 질 확률보다 4배나 높
다고 한다. 맘먹고 건강에만 신경쓰면 평생 할 수 있는 철밥통이라는
얘기다.

이때 생각나는 사람이 스트롬 서몬드^{Strom Thurmond}다. 1954년부터
2002년말까지 반세기 가까운 세월 동안 상원의원으로 지내다 은퇴를
선언하고 2003년 1월 의원직에서 물러난 지 6개월 뒤에 세상을 떠났
다. 향년 100세. 내 영어 실력이 짧은 탓인지, 말년에 그가 의정 단상
에서 더듬거리며 하는 말이 중계될 때 거의 알아듣지 못했다.

미국 의원들 중 절반 가까운 의원들이 1백만달러 이상의 자산을 보
유하고 있다. 짐 하이타워^{Jim Hightower}의 책 『높은 곳에 있는 도둑들』
^{Thieves in High Places}에 따르면, 미국 전체인구 중에서 백만장자의 비율이
0.7%라고 하니까 이들이 얼마나 선택된 사람들 중에서 나왔는지 알
수 있다. 직업도 변호사, 기업인, 정치인 그렇다.

이들은 관대하다. 미국의 비정파적 시민단체인 '퍼블릭 인터레스트
그룹'^{Public Interest Group}에 따르면 선거에서 가장 돈을 많이 쓴 후보들의
94%가 당선된다. 현역 하원의원의 경우 무려 7대 1의 비율로 경쟁자
들에 비해 돈을 많이 쓴다. '떼놓은 당상'이라는 말이 이런 데 쓰이는
것이다. 2002년 상원의원의 경우 평균 500만달러(60억원 상당)를 쓰
고 당선됐다. 하원의원은 96만6천달러(12억원 상당).

유권자로서는 결과가 뻔한데 투표할 맛이 날 리가 없다. 미국 중간
선거(미국대통령 4년 임기의 절반이 되는 해에 실시되는 선거다. 연

돈 주고 유권자를 살 수 있는 나라

남쪽에서 촬영한
미국 국회의사당
전경

방 하원의원 전원과 상원의원 3분의 1, 임기가 만료된 일부 주지사와
주의회 의원이 주대상이다)의 경우 투표율이 30%대다. '민주주의와
선거지원을 위한 국제기구'International Institute of Democracy and Electoral Assistance
라는 국제연구소에 따르면 2000년 대통령선거의 투표율도 과반에 미
달하는 49.3%에 불과했다.

투표율이 민주주의의 절대적 척도는 아니겠지만 시민들의 정치적
참여를, 그래서 선출된 공직자들의 대표성을 가늠할 수 있는 척도는
될 수 있다. 선거의 종류에 따라 다소 차이가 있지만 민주주의가 발달
한 유럽연합 회원국의 평균 투표율은 83%이다. 영국이 낮은 편이어서
75.2%이고 스페인이 중간 정도인 85.6% 그리고 이탈리아가 가장 높
은 89.6%다. 미국인들의 선거 참여도가 얼마나 낮은지 알 수 있다. 그
러니 복음주의 교파 같은 특정한 종파가 집단적으로 많이 참여하면
선거결과에 심대한 영향을 미칠 수 있는 것이다. 더군다나 미국에서
선거일은 공휴일도 아니다. 그래서 후보들만 흥청망청 돈을 쓴다. 그
돈이 다 어디서 나오는가.

자본의 자유로운 전지구적 이동을 미국식 세계화라고 한다면 그 이동을 체제화하는 것이 미국의 정치다. 자본은 정치인들에게 정치자금을 공급함으로써 그 체제를 작동하고 공고히한다. 양자의 관계를 살펴보기 위해 정치의 수도 워싱턴으로 간다.

워싱턴 상전벽해

불과 4년 만에 왔는데 워싱턴은 놀랄 만큼 바뀌어 있었다. 뉴욕에 비해 한가롭고 안정된 도시라는 과거의 이미지는 사라지고 뉴욕을 뒤따라가려는 것처럼 차들은 붐비고 사방에서 신축공사가 벌어지고 있다. 앞에서 워싱턴 일대 한인인구가 10만에서 20만으로 두배 가까이 늘어났다고 했는데 한인만 늘어난 게 아니다. 이 일대 전체인구가 폭발한 것 같다. 과거 20분 걸리던 출근길이 40분, 1시간이 걸린다. 끊임없는 부동산 개발붐으로 인근 버지니아주 쪽으로는 셰넌도어Shenandoah 국립공원이 있는 블루리지Blue Ridge산맥의 턱밑까지 택지가 뻗어가고 있다. 집을 산 사람들끼리 집값이 50%가 올랐다느니, 두배가 올랐다느니 흐뭇한 대화가 오고간다.

저소득 미국인들의 공동체운동 조직인 에이콘ACORN, The Association of Community Organizations for Reform Now의 워싱턴지부는 워싱턴의 대표적인 빈민지역인 싸우스이스트에 있다. 워싱턴은 의사당을 중심으로 네 구역으로 나눠지는데 조지타운대학이 있는 노스웨스트와 노스이스트 일부에만 상류 또는 중류층이 거주하고, 싸우스이스트와 싸우스웨스트에는 빈민 또는 흑인이 밀집 거주하고 있다. 이곳에서 태어난 흑인들은 열명 중 일곱명이 평생 한번은 감옥에 다녀온다.

그런데 캐피털싸우스 지하철역에서 내려 에이콘이 있는 8번가까지

돈 주고 유권자를 살 수 있는 나라

걸어가는 동안 내 눈을 의심하지 않을 수 없었다.

"몇년 사이 급격하게 바뀌었다. 사무실이 있는 동네는 우리 회원들의 마을이었는데 지금은 중산층 거주지역이 돼버렸다."

에이콘 워싱턴지부의 총괄간사인 스티브 둘리Steve Dooly의 말이다.

저소득 미국인들의 공동체운동 조직인 에이콘의 워싱턴지부 총괄간사 스티브 둘리

회원들이라고 하면 서민 또는 빈민을 뜻한다.

"그럼 회원들은 다 어디로 갔는가."

"집값이 올라 집이 있는 사람들은 오른 재산세를, 세입자들은 오른 임대료를, 그밖에 다른 물가도 감당할 수 없어 여기를 등졌다. 대부분 메릴랜드주의 프린스조지 카운티Prince George county로 갔다."

전형적인 밀어내기push-out와 귀족화gentrification 현상이 일어난 것이다. 뉴욕의 맨해튼과 캘리포니아주 씰리콘밸리에서도 일어난 현상이다. 과거 도심공동화의 정반대현상이다. 돈과 권력의 중심인 도심에서 교외로 탈출했던 상류층이 다시 도심으로 되돌아오고 있다.

'생각해보니 도심에 살면 교통체증도 걱정할 필요가 없고 문화적 혜택도 쉽게 향유할 수 있다. 공원도 있어서 그렇게 공기가 나쁘지 않다. 그런데 주거와 교육 환경이 안 좋다. 이걸 어떻게 하지?'

간단한 방법은 빈민들이 더이상 살 수 없는 곳으로 만드는 것. 그것은 집값을 올리는 것이다. 교육은 공립학교 대신 사립학교에 보내면 된다. 그렇게 해서 집값이 한국의 강남은 저리 가라 할 만큼 천정부지로 뛰었다. 맨해튼의 경우 쎈트럴파크의 한 귀퉁이만 볼 수 있어도 방 3칸짜리 아파트가 100억원대까지 치고 올라갔다. 지금은 경기가 안 좋아서 하락세라고 하지만 그렇게 해서 맨해튼은 중산층도 밀어내버렸다. 씰리콘밸리에서는 교사를 구하기가 어려운 실정이라고 한다. 교사 월급으로 씰리콘밸리에 살 수 있는 사람이 없기 때문이다. 모여 살던 흑인들이나 빈민들은 사방으로 흩어져버려서 더이상 눈에 보이지 않는다. 그래서 빈민 문제는 사회적 의제에서 장롱 밑으로 들어갔다.

에이콘은 바로 이렇게 보이지 않는 빈민 문제를 빈민의 단결된 힘으로 해결하려는 단체다. 1970년 웨이드 래스케^{Wade Rathke}가 아칸쏘주 리틀록^{Little Rock}에서 시작해 지금은 전국 70개 도시에 12만명의 회원을 두고 있다. 회원들은 한달에 10달러를 내야 하니까 빈민으로서는 적지 않은 부담이다. 하지만 재정의 75%까지 회비로 버틴다고 하니까 비교적 독립적인 재정기반을 갖춘 편이다. 에이콘이 하는 일은 구체적이다. 전기요금과 집세 인상을 감시하고 학교에 화장지가 떨어지지 않도록 챙긴다. 그리고 공격적인 전술을 구사하는 것으로 알려져 있다. 버스에 회원들을 가득 태우고 갑자기 들이닥쳐 점거하거나 농성을 벌이곤 한다. 하지만 농성으로 부동산 값의 폭등을 막을 수는 없었다. "지금은 도시를 재개발할 경우 일정한 비율만큼 빈민에게 주거공간을 배정토록 하는 법안이 통과되도록 주력하고 있다." 둘리는 그것을 '의무할당제도'^{Inclusive Zoning}라는 개념으로 설명했는데, 한국 주택공사 같은 곳에서 재개발할 때 장애인이나 저소득층에게 일정한 비율만

돈 주고 유권자를 살 수 있는 나라

미주리주 컬럼비아에 있는 GRO 사무실에서 투표등록운동 현황표에 표시를 하고 있는 시민운동가 매리 허스먼

큼 배정하는 것과 비슷한 논리라고 느꼈다.

"우리의 힘은 사람 수에서 나온다"

2004년 에이콘의 목표는 좀더 큰 데 있다. 2000년 선거에서 투표하지 않았던 사람들 중에서 120만명을 투표자로 등록시키는 것.

"엄청난 권력 집중에 맞서기 위해서는 조직밖에 없다. 그들의 힘이 돈에서 나온다면 우리의 힘은 사람 수에서 나온다. 현재는 지금까지 보지 못한 규모와 강도로 투표등록운동을 벌이고 있다."

내가 사는 미주리주 컬럼비아에서 빈민을 위한 시민단체인 GRO의 총괄간사로 일하는 매리 허스먼Marry Hussman에게서도 똑같은 얘기를 들었다.

"우리가 할 수 있는 것은 조직화밖에 없고, 그 방법은 투표등록운동이다."

이들 단체는 비정파적 단체로 등록돼 있기 때문에 특정 정당을 지지하는 선거운동은 못하지만 투표등록운동은 할 수 있다. 그래서 많은 시민단체들이 지나가는 사람을 붙잡거나 가가호호 문을 두드리면서 투표에 참여할 것을 설득했다.

그 결과 2004년 대통령선거에서는 투표율이 올라갔다. 하지만 투표를 더 한 것은 거기만이 아니었다. 공화당 쪽에서도 사람을 사서 투표등록운동을 세차게 벌였다. 민주당을 지지하는 쪽은 각개약진식 투표등록운동이라면 공화당은 백악관의 칼 로브Karl Rove 정치고문을 정점으로 한 중앙집권식 투표등록운동이었다. 정확히 목표를 정하고 거기에 집중적으로 인력을 투자하는 방식이었다.

저소득자를 위한 단체들이 투표등록에 주력하는 것은 현행 사회적 제도에서 불이익을 받고 있는 이들이 가장 투표를 안하기 때문이다. 미시간대학 정치연구소Center for Political Studies가 오래 전부터 해오고 있는 전국선거조사National Election Studies, NES에 따르면 소득이 낮을수록 투표를 안한다.

2000년 대선 이후 실시된 전국선거조사

소득	투표를 안했다고 응답한 비율
1~16%	52%
17~33%	31%
34~67%	30%
68~95%	14%
96~100%	12%

소득의 %는 하위 기준.
이 조사는 실제 투표결과와는 다를 수 있음.

돈 주고 유권자를 살 수 있는 나라

앞의 표는 2000년 대통령 선거 후 실시된 설문조사의 결과다. 표에서 보다시피 소득 분포에서 하위 16%에 속하는 사람들의 '투표 안했다'는 응답률이 가장 높고 소득이 높을수록 그 비율이 낮아진다. 투표를 안할수록 그들의 정치적 의사와 권익은 무시된다.

예컨대 1996년 이후 8년 동안 최저임금은 시간당 5달러15센트에 묶여 있는 반면, 상하의원들은 지난 5년간 자신들의 세비를 5천달러씩 네번이나 올렸다. 물가인상률을 적용해서 세비를 조정한 것일 뿐이라고 말하지만 왜 최저임금을 받는 노동자들에게도 인상되는 물가가 고통이 된다고는 생각하지 않는 것일까.

깜박 잊어버린 것은 아니다. 민주당 일각에서 인상안을 제출하지만 공화당이 지배하고 있는 의회가 통과시켜주지 않는다. 그들에게도 논리가 있다. 중도적인 노선을 걷는 『워싱턴포스트』의 사설에까지 확산된 그 논리란 최저임금을 올리면 인건비 부담이 커져서 기업들이 일자리를 줄이고 결국은 노동계층의 구직난으로 연결된다는 것이다. 삐딱하게 말해서, 주는 대로 받고 일해야지 괜히 더 달라고 앙앙대다가는 밥그릇마저 걷어차이는 수가 있다는 엄포다. 마치 노동자들을 생각해주는 것 같지만 사실은 기업의 논리다. 기업에게 가장 돈 벌기 편한 환경을 만들어줘야 노동도 살고 미국도 잘살게 된다는 논리다. '기업하기 좋은 나라, 우리 나라 좋은 나라' 어디서 많이 들어본 슬로건인데 어쨌든 그게 공화당의 논리이고 보수의 논리다.

그게 논리의 대결에 그치지 않고 미국에서는 금권정치로 변질되곤 한다. 왜냐하면 기업은 그 논리를 관철시키기 위해 선거과정을 돈으로 사기 때문이다. 하지만 미국은 다 법대로 한다. 그러니까 법이 문제다.

금권정치의 법적 근거

미국에서 최근 30년간 일어난 변화들 가운데 가장 중요한 사건을 들라고 한다면 과문하지만 나는 서슴지 않고 1976년 '버클리 대 발레오' Buckley vs. Valeo 건에 대한 대법원의 판례를 꼽는다. 미국 속담 중 '돈이 말한다' Money Talks라는 말이 있는데 대법원은 이 '속담'이 합헌이라는 판결을 내렸다.

만약 100원 내는 사람에게 찬성표를 한 표 주고 200원 내는 사람에게는 두 표, 300원 내는 사람에게는 세 표를 준다고 가정해보자. 그걸 민주주의라고 부를 수 있을까. 그렇다는 게 이 대법원의 판례다. 공직 입후보자들의 선거비용 지출을 제한하는 것은 헌법 수정안 제1조 표현의 자유에 위배된다는 내용이다. 미국에서는 텔레비전광고를 통해 선거운동을 많이 하기 때문에 전파를 사는 데 천문학적인 돈이 든다. 그걸 사서 할말을 하겠다는데 그걸 못하게 하면 표현의 자유에 위배된다는 뜻이다.

이 버클리는 뉴욕주의 연방 상원의원이었던 제임스 버클리 James Buckley다. 그는 자신의 반대에도 불구하고 의회가 선거자금 규제법안을 통과시키자 상원사무국에서 묵묵히 일하는 의회직원 프랜씨스 발레오 Francis Valeo에게 '시비를 걸어' 소송을 냈다. (사실은 소송을 내기 위해서는 기술적으로 피고가 있어야 하기 때문에 의회직원의 이름을 소장에 적은 것뿐이다.)

텔레비전광고는 시청자들의 무의식에까지 영향을 미치기 때문에 효과가 크다. 정치광고가 상업광고와 다른 점은 상업광고는 돈을 벌기 위한 것이라면 정치광고는 표를 사기 위한 것이다. 많이 광고할수록 더 많은 표를 살 수 있으니까 300원 내는 사람이 세 표를 가져가는

돈 주고 유권자를 살 수 있는 나라

워싱턴에 있는 미 대법원. '모든 사람에게 똑같은 정의를'이라는 구절이 적혀 있다.

것을 허용하는 것과 다를 바 없다. 그렇게 무제한 정치광고를 허용하는 나라는 세상에 많지 않다.

반면 미 대법원은 유권자들의 기부액은 제한했다. 돈 많은 사람들이 후보자들을 매수하지 못하도록 한 것이다. 지금은 한사람당 기부액의 상한선이 2천달러다. 그런데 1년에 2천달러는 고사하고 200달러라도 정치자금을 기부하는 사람은 미국인구 2억8800만명 중 65만 1739명, 즉 0.2%밖에 안된다. 어차피 상한선이 있든 없든, 기부는 돈 있는 사람들에게나 해당되는 얘기다.

그러나 이것도 당시로서는 혁신적으로 비춰졌다. 왜냐하면 선거자금 규제에 대한 논의를 촉발시킨 공화당의 리처드 닉슨 대통령의 선거캠프는 1972년 선거에서 140명에게 한사람당 5만달러씩 받았다. 어떤 보험회사 간부는 무려 200만달러를 냈다. 왜 이렇게들 내는지에 대해서는 조금 뒤에 설명한다.

당시 선거자금을 규제하는 법안이 없었던 것은 아니지만 이것을 강제하고 집행하는 기관을 두지 않았기 때문에 상상을 초월하는 자금을 모금하고 썼다. 거기에다 워터게이트사건까지 터지니까 미 정치권도 개혁을 하지 않고는 더이상 버틸 수 없었다. 그래서 1976년 선거를 앞두고 의회가 부랴부랴 선거자금 모금과 지출을 규제하는 동시에 이를 집행하고 감시할 연방선거위원회를 설치하는 법안을 통과시켰는데 대법원이 여기에 급제동을 걸었다.

대법원이 모금은 묶고 지출은 풀어놓은 결과, 씀씀이가 헤픈 사람들이 한사람이 아니라 수많은 사람에게 손 벌리고 다녀 천지에 빚을 깔아놓은 형국이 돼버렸다. 닉슨 시절 같으면 딱 몇백명한테만 부탁하면 되는데 지금은 수천, 수만명에게 손을 벌려야 하니까 오히려 더 모금에 매달리게 되고 그럴수록 돈을 낼 수 없는 사람들은 안중에서 사라진다.

부시대통령이 첫 선거인 2000년 당내 경선을 손쉽게 통과한 것은 그가 선거운동도 시작하기 전에 1억달러에 가까운 선거자금을 모금했다는 소식이 전해졌기 때문이다. 텍사스 주지사였던 부시대통령은 아버지 조지 부시 전 대통령의 인맥에다 자신의 것을 더해 초반에 압도적인 자금을 확보함으로써 다른 후보들의 도전의지를 꺾었다.

그때 부시대통령은 파이어니어Pioneer라고 불리던 246명의 자금 모집책에 의존했다.『워싱턴포스트』에 따르면 당선 후 논공행상할 때 이들 중 40%에 해당되는 104명이 정치적 임명직에 자리를 받았다. 파이어니어 중 가장 높은 자리를 받은 사람이 9·11 이후 신설된 조국안보국의 톰 리지Tom Ridge 장관이고 (정경유착으로) 가장 유명해진 사람은 엔론의 케네스 레이 전 회장이다.

대놓고 하는 엽관제
가장 만만하면서도 가장 인기있는 자리는 대사직이다. 모집책 중 23명이 대사로 나갔다. 이걸 한국역사에서는 엽관제라고 가르친다.

돈 주고 유권자를 살 수 있는 나라

닉슨 시절에도 기어코 사람들이 돈을 내려고 했던 것은 바로 정치적 영향력과 자리를 살 수 있었기 때문이다. 다음은 비정파적 시민단체 '책임정치를 위한 연구소'Center for Responsive Politics가 수집한 자료에 따른 사례들이다. 58만달러의 거금을 쾌척한 쇼핑몰 개발업자인 존 프라이스John Price는 미국처럼 쇼핑몰이 많지는 않을 것 같은 인도양의 섬나라 모리셔스의 대사로 나갔다. 14만달러를 낸 켄터키 더비경마장의 회장인 윌리엄 패리시William Farish는 영국대사로 갔다. 돈 액수에 비해서는 큰 나라로 갔는데 아버지 부시 전 대통령과의 인연이 크게 작용했는지 아니면 '1호 개' first dog라고 불리는 밀리Millie를 백악관에 선물한 게 더 크게 먹혔는지는 알 수 없다. 그는 부시 전 대통령의 자금을 관리했다.

러쎌 프리먼Russel Freeman은 단돈 3500달러만 내고 벨리즈대사로 나가서 내막이 궁금했는데 알고 보니 노스다코타주의 모금책이었다. 싸우스캐롤라이나주의 모금책 로버트 로얄Robert Royall은 탄자니아대사로 나갔다.

톰 시퍼Tom Schieffer는 부시대통령이 공동 구단주였던 텍사스 레인저스 프로야구팀의 구단 사장을 지낸 인연으로 2천달러만 내고 오스트레일리아대사로 갔다. 크레이그 스테이플턴Craig Stapleton은 6만1천달러를 냈지만 무엇보다 부시대통령과 친구이고 인척관계라서 체코대사로 나갔다. 정치자금 기부자뿐 아니라 그 배우자인 쑤 코브Sue Cobb는 자메이카대사, 부시대통령의 고문변호사인 로버트 조던Robert Jordan은 사우디아라비아대사, 부동산 개발업자인 조지 아지로스George Argyros는 스페인대사가 됐다.

이러니 2004년 재선운동에 더 많은 모집책이 몰려든 것도 무리가 아니다. 이번에는 파이어니어 위에 레인저^{Ranger}라는 자리를 신설해, 20만달러 이상을 모금하면 레인저 자격을 부여했다. 모두 2000년의 두배인 511명이 모집책으로 임명돼 발벗고 나서니 선거자금이 2004년 8월말까지 3억3834만달러(4천억원 상당)나 걷혔다.

이에 질세라 존 케리^{John Kerry} 민주당 후보도 무려 3억1085만달러나 걷었다. 사상 유례가 없는, 그리고 다 쓰지도 못할 돈이 들어왔다. 천문학적인 선거자금 지출에 대한 반대여론을 의식해, 두 후보는 9월 첫째주부터 시작되는 공식 선거기간에는 연방정부 지원자금만 쓰겠다고 해 각각 또 7천5백만달러를 받았다. 어차피 돈 선거의 폐해는 이미 다 발생한 상태에서 국민의 혈세만 추가로 나가는 셈이었다. 두 후보는 미처 선거에 다 쓰지 못한 돈을 각각 1억달러 이상 현금으로 보유하고 있다. 이렇게 남는 장사가 있을 수 없다.

▌호텔 아메리카

미국에서 가장 오래된 잡지인 『하퍼스』^{Harper's}의 편집장 루이스 래펌^{Lewis Lapham}은 저서 『호텔 아메리카』^{Hotel America}에서 이런 미국을 나라가 아니라 호텔로 비유했다. 호텔에서는 돈을 많이 낼수록 대우가 달라진다. 그리고 국민은 나라의 주인이 아니라 잠시 머물다 가는 투숙객이다. 호텔의 목표는 이윤창출이다. 투숙객의 복지가 아니다. 투숙객은 호텔의 경영에 대해 이래라 저래라 간섭하지 않는다.

나는 이 모든 현상의 근저에는 1976년 대법원의 판결이 있다고 믿는다. 그 무렵 이후 사회가 급격히 보수화한 것도, 기업의 논리가 확산된 것도, 진보와 유사한 개념인 '리버럴'^{liberal}이 부정적인 이미지로 고착된 것도 모두 '돈이 말하기' 때문이다. 보수가 기업과 결합해 확성

돈 주고 유권자를 살 수 있는 나라

기로 자신의 메씨지를 전파하는 동안 진보진영은 두 손을 모아서 입에 대고 소리를 질러야 했으나 들리지 않았다. 그러니 힘을 결집할 수도 없었으며, 선거를 치를 때마다 공화당을 앞세운 기업과 보수세력이 서서히 세를 늘려 60여년 만인 1994년에 뉴트 깅그리치^{Newt Gingrich}가 이끄는 공화당이 드디어 상하 양원을 장악하는 데 성공했다. 지금은 백악관, 상하 양원, 대법원 4대 권력기관이 모두 공화당의 수중에 있다.

그래서 콜라와 햄버거를 마구 팔아 국민의 체형이 집단적으로 왜곡되고, 다국적 대기업이 소농과 가족농을 농토에서 몰아내고, 노조가 무력화되고, 임금이 깎이고, 저임금 시간제 노동자들이 대거 양산되고, 중산층이 줄어들고, 카지노가 늘어나도 정치는 침묵하거나 방조했다. 자본의 논리를 견제할 인간 본위의 논리는 실종됐다.

"그래도 거리로 나가 사람들을 만나고 설득하고 조직하는 수밖에 없다."

'노력해도 세상은 갈수록 불평등해지고 있지 않느냐'는 물음에 에이콘의 둘리는 전혀 머뭇거리지 않고 그렇게 말했다. 둘리는 스스로 도전하고 스스로를 변화시키고 싶어 이 일을 선택했다고 한다. 그동안 사람들과 소통하면서 많은 것을 배웠고 자신이 하는 일이 사회적 정의를 좀더 구체적이고 진정한 의미에서 실현하는 데 기여하고 있다고 믿는단다.

"그렇게 믿고 행동하는 게 세상을 변화시킬 유일한 방법이기 때문이다."

2004년 선거는 둘리 같은 이들의 우직한 신념이 신념에 그치지 않고 얼마나 구체적인 변화를 이끌어낼 수 있는지를 알아볼 수 있는 중요한 지표였다. 하지만 당초에 돈으로 표를 살 수 있는 선거문화와 그것을 뒷받침하고 있는 법적 구조를 개선하기 전에는 큰 변화를 기대하긴 어려웠다. 하지만 그 변화도 역설적으로 말해 선거를 통하지 않고서는 불가능하니 얼마나 갈 길이 먼가. 2004년 선거가 끝나고 진보진영이 집단적 허탈감에 빠진 것은 그런 감정을 공유하고 있기 때문이다.

19

총성 없는 보수의 쿠데타와 장기집권

Washington DC.. 워 싱 턴 D C

편지봉투에 집 주소를 쓸 때 적게 돼 있는 우편번호를 미국에서는 '집코드'zip code라고 부른다. 이 집코드가 10021인 동네에는 18세 이상 성인인구가 9만명 정도 사는데, 이 지역에서 2000년과 2002년 두번의 선거에 2840만달러(336억원 상당)라는 엄청난 자금을 기부했다. 비정파적 시민단체들의 정치자금 추적 웹싸이트인 '컬러오브머니' www.colorofmoney.org가 200달러 이상의 기부만 따져서 집코드별로 정치자금 액수를 산출했을 때 나온 결과다. 10021의 기부액이 집코드 중에서 가장 많았다.

이 번호는 뉴욕 맨해튼의 '어퍼이스트 싸이드'Upper East Side에 속한다. 방 세칸짜리 아파트(한국의 방 세칸 아파트보다 훨씬 크다)가 100억원에 팔린다는 곳이다. 근처 구겐하임 미술관에서 문화생활을 즐기고 블루밍데일과 캘빈클라인, 베르사체에서 쇼핑을 한다.

레드 아메리카

이렇게 정치자금 기부 상위 10위의 우편번호만 훑고 다녀도 레드 아메리카를 쉽게 파악할 수 있다. (블루와 레드는 꼭 민주당과 공화당 우세지역만이 아니라 이 책에서는 세계화의 암과 명 역시 상징한다.) 2위는 역시 맨해튼의 어퍼이스트 싸이드에 있는 10022(1510만달러). 3위는 시카고의 링컨파크Lincoln Park에 있는 60614(1270만달러). 4위는 로스앤젤레스의 웨스트우드Westwood에 있는 90024(1180만달러). 5위는 로스앤젤레스의 쎈추리씨티Century City에 있는 90067(1120만달러). 6위는 씰리콘밸리의 로스앨토스Los Altos에 있는 94022(920만달러). 7위는 다시 맨해튼의 어퍼이스트 싸이드에 있는 10028(878만달러), 8위는 워싱턴DC 노스웨스트에 있는 2007(838만달러). 9위는 플로리다주 팜비치Palm Beach에 있는 33480(836만달러). 마지막으로 10위는 다시 로스앤젤레스의 그 유명한 비버리힐스Beverly Hills에 있는 90210(804만달러).

이 지역들의 특징은 로스앤젤레스에 있는 곳만 빼고 백인의 비율이 80%를 넘는다는 것이다. 팜비치의 경우 95%나 된다. 부유층이라는 것은 말할 것도 없다. 역시 잘사는 사람들이 정치자금도 많이 내고 (복도 많이 받아서) 계속 잘살게 되는가보다.

컬러오브머니가 그린 다음의 자금 지도를 보면 확연히 인종적·지역적 격차가 드러난다. 지도 안에 그려져 있는 사각형 모양의 선은 보통 워싱턴DC라고 할 때 포함하는 워싱턴 메트로폴리탄 지역을 표시하고 있다.

좀더 짙은 색은 흑인 밀집거주지역, 밝은 색은 백인 밀집거주지역을 표시하고 있다. 마치 38선이라도 있는 것처럼 지역에 따른 인종분리가 선명하다. 지도 안의 점들은 거주 인구당 평균 20달러의 정치자

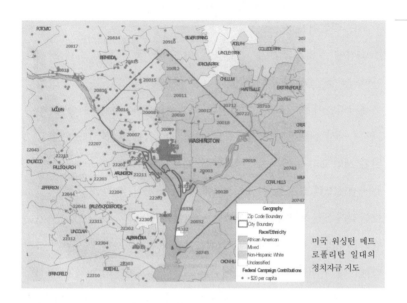

미국 워싱턴 메트로폴리탄 일대의 정치자금 지도

금을 낸 지역을 표시한 것인데 가운데 몰려 있다. 여기가 바로 워싱턴의 노스웨스트에 해당되는 지역이다. 로비스트와 변호사, 그리고 갑부들이 사는 곳이다.

『미국, 자본주의를 넘어서』America beyond Capitalism의 저자 가 알페로비츠Gar Alperovitz에 따르면 미국에서 발행된 모든 주식의 절반을 소득분포 상위 1%의 가구들이 소유하고 있다. 이곳에 사는 이들이 바로 그들이다. 넓게 보면 미 전체 금융자산의 3분의 2를 보유하고 있으며 소득순위 상위 5%에 속하는 가구들이다.

정치자금의 약효가 어떻게 나타나는지 릭 빌키Rick Bielke에게 들어보자. 워싱턴 시내 듀폰써클Dupont Circle에 있는 사무실에서 만난 그는 두 번 선거캠프에서 일한 경험이 있다.

"기부자들이 전화를 걸어오면 급히 기부자 명단과 기부액을 대조해서 그가 얼마 냈는지를 확인한다. 2000달러를 낸 기부자들의 전화는 바로 후보에게 연결된다. 20달러를 낸 사람은 연결되지 않는다. 돈을 낸 적이 없으면 말할 것도 없이 연결되지 않는다."

그렇게 낸 돈들이 실제 입법과정에 어떻게 반영되는지도 그는 절감했다.

"권총 소지의 규제를 추진하는 단체에서 일한 적이 있는데, 분명 여론은 우리 편이고 규제를 지지하는 사람들이 훨씬 더 많았는데도 규제법안은 돈이 많은 전국총기협회[NRA]의 로비에 밀려 의회에서 통과되지 못했다."

그렇게 좌절을 겪고 난 빌키의 선택은 선거공영제를 추진하는 단체였다. 그는 지금 비정파적 시민단체 '퍼블릭캠페인'[Public Campaign]의 공보국장이다.

"돈이 정치를 부패시키는 것을 막기 위해서는 선거과정에서 돈의 영향을 차단하는 수밖에 없다는 결론을 내리고 이 단체에서 일하고 있다."

1997년에 생긴 퍼블릭캠페인은 선거공영제를 마련하고 후보자들이 공적으로 지원되는 선거자금만 쓰도록 유도하는 단체다. 후보자들

퍼블릭캠페인 공보국장 릭 빌키

에게 지원되는 자금은 납세자들이 세금을 낼 때 일정액을 선거공영제에 쓰도록 표시하거나 또는 애리조나주처럼 합법적 로비스트들이 받는 수수료의 일정액을 선거자금으로 내도록 하는 등의 방법으로 조달된다. 후보자들이 일정한 수만큼 지지자를 확보해 선거공영제의 수혜자가 될 자격을 확보하면 자금을 지원하되 다른 돈은 쓰지 못하도록 제한한다.

대법원에서 선거자금의 무제한적 지출을 허용했기 때문에 어디까지나 후보자들의 자발적인 참여에 따라 운영되는 제도다. 미 하원에서는 비슷한 취지의 법안이 현역의원들의 반대에 부딪혀 상정도 안되고 있지만 지역에서는 새로운 변화가 일어나고 있다. 메인·애리조나·버몬트·노스캐롤라이나·뉴멕시코 등 5개 주에서 부분 또는 전면적으로 선거공영제가 도입돼 공자금만 쓴 후보들이 대거 당선되는 돌풍을 불러일으키고 있다.

특히 애리조나주의 경우 2002년 선거에서 민주당의 재닛 나폴리타노Janet Napolitano와 테리 고다드Terry Goddard 후보가 각각 주지사와 주 검찰총장직에 당선됐다. 선거 후 고다드의 말이 인상적이다.

"검찰총장의 직분은 탈세와 부당한 이윤착취 같은 범죄를 다스려야 하는데, 과거에는 감시해야 할 대상에게 선거자금을 구걸해야 했기 때문에 자유로울 수 없었다."

애리조나주의 경우 2002년 선거에서 주 하원의원의 45%, 상원의원의 15%가 공자금으로 당선됐다. 그리고 그 비율은 1996년 미국에서 처음 이 제도를 시행한 메인주의 경우 2002년 선거에서 당선자의 77%까지 올라갔다. 퍼블릭캠페인은 이 제도를 30개 주에서 통과시키려고 한다. 빌키는 "정치가 기부자가 아니라 국민의 이익에 봉사하도록 하기 위해서는 이 제도가 필수적"이라고 믿고 있다.

사실 이게 먼 나라의 일은 아니다. 왜냐하면 미국기업들이 선거과정을 부패시켜서 확보한 특권적인 대우를 세계의 다른 나라, 그리고 한국에서도 요구할 수 있기 때문이다. 그게 '글로벌 스탠더드'라고 주장하면서.

철의 미국노동자

미국적 기준은 그야말로 미국의 특수한 기준이다. 특히 노동에 관한 한 미국은 선진국이 아니다. 국제노동기구^{ILO}가 있지만 협약을 비준 안하면 그만이다. 강제할 길이 없다. 미국은 ILO협약 184개중 고작 14개만 비준했고 그중 ILO가 노동자의 권리에 필수라고 규정한 8개 협약 중 2개만 비준했다.

나는 세월이 갈수록 생산력이 발전해 같은 시간에 더 많은 재화를 생산해내니 노동시간은 줄어들 것이라고 생각했는데 미국에 와서 보고는 깜짝 놀랐다. 노동강도가 이만저만 센 게 아니고 노동시간도 길다. 법적으로는 주당 40시간을 초과하는 노동에 대해서는 통상임금의 1.5배를 주도록 돼 있지만 초과 근로수당 없이 아예 임금도 주지 않고 40시간 이상 부려먹는 경우가 허다하다.

보수주의자들은 20세기초, 그러니까 1900년에 주당 60시간씩 일한 것에 비하면 세상이 많이 진보한 것 아니냐고 말하는데 그건 진짜 통계의 장난이다. 노동시간은 1960년대에 주당 40시간대로 줄었다가 무슨 이유인지 다시 올라가고 있다. 2000년에 주당 40시간 이상 일한 미국노동자는 전체 노동자의 76%다. 1983년에는 73%였으니까 오히려 3%가 더 올라간 것이다. 같은 해에 40시간 이상 일한 독일노동자는

85%로 미국보다 더 비율이 높았는데 2000년에는 43%로 격감했다.

놀려고 일하는 것이다. 일하면서 노동의 즐거움을 느끼고 어쩌고 하는 '설교'를 들을 때가 많은데, 나는 아무리 노동의 신성한 기쁨이 있더라도 노동시간은 절대적으로 짧아야 좋다고 생각한다. 그래야 사람 노릇을 제대로 할 수 있고 세상일에 관심을 가질 수 있다.

미국노동자들은 서유럽의 다른 노동자들에 비하면 '철의 노동자'들이다. 경제협력개발기구^{OECD}의 통계에 따르면 2000년에 미국노동자들은 영국노동자들에 비해 평균 126시간, 놀기 좋아할 것 같은 프랑스 노동자들에 비해서는 평균 334시간, 노동조합이 발달한 독일노동자들에 비해서는 평균 371시간을 더 일했다. 심지어 일벌레로 알려진 일본 노동자들보다 더 일한다. 1년에 1800시간 이상 일한다.

프랑스하고만 비교하면, 둘이 같이 일하다 한 사람은 먼저 퇴근하고 다른 한 사람은 일년 열두달 내내 한시간씩 더 남아서 일하는 것과 같다. 매일 같은 시간을 일한다 치면 한 사람이 1년에 40일 이상 더 휴가를 받는 것과 같은 얘기다. 만약 같은 직장에서 그런 대우를 받으면 40일 이상 더 출근해야 하는 사람이 가만히 있을 리 없다. 사무실 집기를 집어던지고 멱살을 붙잡고 난리가 났을 것이다. 세상에 그런 불공평이 어디 있냐면서(나라면 그렇게 했을 것이라는 뜻이다).

하지만 직장이 다른 정도가 아니라 나라가 다르니 그런 모습이 보일 턱이 없다. 미국의 언론은 그런 차이에 주목하지 않는다. 오히려 미국식이 최고인 줄 아는 사람들이 수두룩하다. 더구나 미국노동자들은 같은 시간에 꾀 안 부리고 더 열심히 일한다. 미국노동자들은 1996년의 경우 1시간에 100개의 재화와 써비스를 만들어냈다고 치면 2003년에는 115.1개를 만들어냈다. 서유럽의 경우 유럽연합 11개 회원국

(15개 회원국 중 오스트리아·그리스·룩셈부르크·포르투갈 제외)은 96년에 100개라고 하면 2003년에는 110.4개를 만들어냈다. 미국의 노동생산성이 그만큼 더 높다는 뜻이다.

고용불안정과 기업들의 특혜

거기에다 실업률도 미국은 6.0%로 프랑스의 9.4%나 독일의 9.3%보다 월등히 낮다. 그런데 그렇게 열심히 일하고 오래 일하고, 더 많은 사람들이 일하는데도 미국노동자들은 점점 더 가난해진다. 그럴수록 더욱 노동자의 권익을 위해 싸우는 노동조합에 대한 필요성이 커져야 할 텐데 노조가입률은 노조 강경탄압을 벌인 레이건행정부 당시의 20%대보다 더 떨어져 12.9%(2003년)에 불과하다. 알페로비츠는 이대로 가다간 2020년에는 민간기업의 노조가입률이 5% 아래로 떨어질 것이라고 전망했다. 그렇게 되면 동료 조합원을 마주치기가 부장님 만나기보다 더 힘든 세상이 온다는 뜻이다.

그리고 내 가슴에 가장 와 닿는 통계는 '2년 이상 대학교육을 받은 오늘날의 미국 젊은이들이 앞으로 은퇴할 때까지 직장을 평균 11번이나 바꿀 것으로 예상된다'는 점이다. 뉴욕대학의 사회학자 리처드 쎄닛^{Richard Sennett}의 분석인데, 종신고용제 또는 평생직장제가 무너진 것은 고사하고 거의 4~5년 단위로 직장을 바꿔야 하는 세상이 된 것이다. 나도 지난해 평생직장으로 알고 다니던 회사를 관두면서 고용불안에 따른 스트레스를 체험했지만 그걸 11번이나 되풀이해야 한다는 건 상상도 할 수 없는 일이다. 『뉴욕타임스』가 2004년 9월 5일자에 보도한 '직장에서 받는 스트레스로 연간 3000억달러의 손실이 발생한다'는 통계가 하나도 과장된 수치로 읽히지 않는다. 그 스트레스 중에

총성 없는 보수의 쿠데타와 장기집권

서 제일 큰 게 고용불안정에 따른 것이다.

해고와 고용이 자유로운 세상은 기업에겐 천국이다. 안 그래도 미국은 기업의 천국이다. 미국에서는 2003년 미국기업들이 내는 법인소득세가 연방정부 세수의 7.4%에 불과했다. 이 비중은 1945년의 35.4%에서 끊임없이 낮아진 것이다. 미국기업의 60% 이상이 1996년부터 2000년까지 각종 면세조항을 이용해 연방정부에 세금을 한푼도 내지 않았다. 혹시 이같은 사실이 한국에 알려질까봐 두렵다.

비정파적 시민단체인 '퍼블릭캠페인'이 만든 포스터. 정치에 대한 기업의 영향을 상징하기 위해 대통령이 의회가 아닌 뉴욕 증권시장에서 국정연설을 하는 장면을 연출했다.

기업이 그만큼 내지 않는 절대액을 누가 더 부담하고 있는지는 자명하다. 월급소득자다. 이윤에 따른 과세의 비중은 줄어들고 월급에 따른 과세 비중은 늘고 있다. 부시행정부가 들어서서 시행하고 있는 대규모 세금감면정책이란 상속세·자본소득세·주식배당이득세의 폐지 또는 대폭 삭감이다. 상속세는 (상속세를 낼 만큼 가진 게 있었으면 좋겠다 싶은) 부자들이 내는 것이다. 자본소득세나 주식배당이득세도 모두 나쁘게 얘기해서 돈놀이해서 번 돈에 대한 과세다.

그들의 논리는 간단하다. 그래야 투자를 하고 그래야 경기가 좋아져서 고용이 촉진된다는 것이다. 하지만 그렇게 취직을 해서 더 오래 더 열심히 일하되 보수는 쥐꼬리만큼 받고 세금은 더 부담해야 한다면 그게 누구를 위한 논리인지, 과연 한 사회를 지탱하는 논리가 될 수 있는지 궁금하다.

더구나 지금은 그들 말마따나 전시다. 엄청난 전쟁비용이 드는 전시에 세금을 깎아주는 의도가 무엇인가. 이미 재정적자는 눈덩이처럼 쌓이고 있는 판국이다. 이라크전쟁은 미국이 개입한 대규모의 전쟁 중 최초로 세금을 올리지 않고 치르는 전쟁이라고 한다. 부시정권의 메씨지는 간단하다. 여러분이 내는 돈으로 전쟁을 치르는 것은 아니니까, 아니 오히려 세금을 깎아줄 테니까 걱정 말라는 것이다. 발생하는 비용은 나라빚으로 남아서 다음세대에 전가하면 된다. 여러 사람들이 이미 지적했겠지만 나는 여기서 미국의 퇴락한 양심을 본다.

2004년 대통령선거 과정에서 텔레비전 토론회가 열렸을 때 가장 맘에 걸린 대목은 다름아닌 징병제에 관한 두 후보의 공약이었다. 이라크전쟁이 장기화되면서 모병제가 아니라 징병제로 전환할지 모른다는 소문이 돌고 있는 데 대해 조지 부시, 존 케리 두 후보는 정색을 하고 자기들이 집권하면 절대 징병제는 없다고 목청을 높였다. 그 뜻은 여러분의 자식들이 전장에 가는 일은 없을 거라는 언명이다. 중산층의 눈에는 보이지 않은 하층과 빈곤층의 자식으로 전쟁을 치르겠다는 의미가 내포돼 있다. 중산층으로서는 세금은 오히려 깎아주지, 자식들을 전장에 보낼 필요도 없으니 이라크전을 반대할 이유가 없다. 부시대통령은 그렇다 치고 민주당의 케리 후보까지 그런 계급이기주의에 편승하는 것을 보고 미국사회 건강성의 수준을 알 수 있었다.

■ 총성 없는 보수의 쿠데타

　미국의 도덕성은 어린이 문제에서도 확인된다. 알록 셔먼[Arloc Sherman]은 『소진되는 미국의 미래』[Wasting America's future]의 저자다. 그는 빈부격차가 미국의 미래에 미치는 영향을 가난한 미국어린이를 통해서 연구했다.

　"어린이의 가난을 얘기하면 배가 불룩 튀어나온 제3세계 어린이들만 연상하는데, 꼭 기아선상에 있는 가난만 어린이 문제는 아니다."

　워싱턴의 '예산과 정책 우선순위에 관한 연구소'[Center on Budget and Policy Priorities]에서 선임연구원으로 재직중인 셔먼은 "세계에서 가장 부강한 나라인 미국에서 18세 이하 어린이 1200만명이 빈곤을 경험하고 있다"라면서 "이는 선진 17개국 중 가장 높은 아동빈곤율"이라고 말했다. 1200만명이라면 미국어린이 여섯명 중 한명 꼴이다.

　어린이의 빈곤문제가 심각한 것은 이것이 단지 당사자의 문제로 끝나는 게 아니라 나중에 사회의 엄청난 부담이 되기 때문이다. 어릴 때 빈곤을 겪은 사람들은 정상적인 교육을 받지 못하기 때문에 경제활동에 참여하지 못하고 사회적 복지에 의존할 가능성이 크다. 균형있는 영양을 섭취하지 못해 병에 걸릴 가능성도 크다. 나아가 사회부적응자가 돼서 범죄를 저지를 가능성도 크다. 셔먼은 1년에 1200만명의 아동들이 빈곤을 겪는 데서 발생하는 추후의 사회적 비용이 무려 1300억달러(156조원)나 든다고 말했다.

　문제가 더 커지기 전에 지금 가난한 어린이들을 보살피는 게 윤리적으로나 한 나라의 거시적인 재화분배에서나 합리적인 해결책이다. 셔먼은 "정치권이 은퇴한 사람들에게 신경쓰듯이 어린이한테도 신경쓴다면 어린이 빈곤문제는 상당부분 해결될 수 있다"라고 말했다. 하지만 노인과는 달리 어린이한테는 투표권이 없다. 가난한 부모는 정치자금으로 낼 돈이 없다. 사회는 마치 그런 문제가 존재하지 않는 것처럼 외면한다. 또는 그런 문제를 못사는 가정 내부의 문제로 치부한다. 사회적 의제에서 탈락시킨다.

셔먼은 "1960년대에만 해도 아동빈곤율을 줄이려고 노력해 절반으로 준 적도 있었다"라고 말했다. 지난 30년간 무슨 일이 일어난 것일까. 그것은 쿠데타였다. 총성 없이 스멀스멀 번지는 쿠데타. 그 쿠데타는 전통적인 사회적 의제에 대한 반기였다. 1960년대 인종차별과 흑인의 민권운동을 보도하던 언론들은 7, 80년대에 들어와 사회적 범죄와 마약의 폐해를 집중조명한다. 공공주택이라고 건설되는 것은 감옥밖에 없다. 쿠데타세력들은 선전선동 장치를 잇따라 설치하면서 사회적 의제를 장악하기 시작했다.

듣지도 보지도 못한 단체들이 싱크탱크^{think tank}라는 이름으로 미 의사당 근처에 하나둘 포진했다. 미 보수혁명의 논리를 제공한 헤리티지연구소^{Heritage Foundation}가 1973년에, 기업자유주의의 케이토연구소^{Cato Institute}가 1977년에, 포춘 500대 기업들의 간부로 구성된 비즈니스 라운드테이블^{Business Roundtable}이 1979년에 각각 설립됐다. 1970년 연구원 10명에 불과했던 미국기업연구소^{American Enterprise Institute}가 1979년에는 연구원 125명에 연간예산 8백만달러의 매머드 연구단체로 성장했다.

이들은 기업자유주의를 기본으로 하면서 작은 정부론, 감세론, 범죄와의 전쟁론을 설파하고 이에 반대하는 사람들을 '리버럴'로 낙인 찍었다. 한때 대부분 스스로 리버럴이라고 생각했던 지식인들은 하나둘 리버럴이라는 수식어를 사양하기 시작했다. 급기야 이제 리버럴은 뭔가 잘난 체하는 위선적 지식인을 가리키는 말로 전락했다. 이번 대통령선거 토론회에서도 부시대통령이 케리 민주당 후보를 두고 "리버럴하다"라고 공격하는 것을 들은 적이 있을 것이다.

그것은 우연이 아니었다. 이들의 배후에는 보수주의적 재단들이 있다. 『호텔 아메리카』의 저자 루이스 래펌이 『하퍼스』 2004년 9월호에 쓴 글에 따르면, 20억달러의 기금을 보유하고 있는 9개 재단들이 헤리티지 같은 연구소는 물론 보수적인 언론매체의 창립, 라디오프로그램과 책들을 지원하면서 응집력과 일관성을 가지고 조직적으로 보수혁명을 후원했다.

남부의 반동

이 쿠데타가 성공한 곳이 바로 미국의 남부다. 전통적인 민주당 텃밭이었던 남부는 30년간 쉬지 않고 보수화했다. 특히 남부에 있는 백인남성들의 민주당 이탈이 미국의 정치지형을 바꿔놓은 최대의 사건이었다. 미국 전국 선거조사에 따르면 1976~78년 선거기간에 백인들의 민주당 지지율은 58%였으나 1992~94년 기간에는 49%로 감소했다. 이중 백인남성의 민주당 지지율은 58%에서 44%로 크게 줄었고 여성은 같은 기간 58%에서 55%로 소폭 감소했다. 북부에 사는 백인은 56%에서 51%로 소폭 감소했으나 남부에 사는 백인은 64%에서 48%로 16% 감소했다. 이는 인구그룹 중 가장 큰 격감률이다. 미 상하양원을 장악한 공화당의 선거혁명은 바로 이같은 변화가 임계점을 통과한 1994년에 일어났다.

남부의 역사적 반동은 크게 보면 19세기말 반동의 재판이다. 특히 1970년대 남부 백인들이 흑인과 여성의 인권신장에 자극받아 역으로 보수의 깃발 아래 들어간 과정이 그렇다. 1865년 남북전쟁에서 이긴 연방정부는 테네씨를 제외한 남부 10개 주를 5개 구역으로 나눠 계엄 통치했다. 이때 흑인들을 대거 기용해 주정부 관리는 물론 주 상·하원 의원으로 임명했다. '일자무식'의 노예들이 하루아침에 완장을 차고 나타나서 군림하니 패배한 남부 백인들의 가슴은 더욱 에이지 않을 수 없었을 것이다. 한국전쟁을 연상케 하는 대목이다. 루이지애나주의 경우 잠시 흑인 주지사까지 탄생했다.

이때 바로 하얀 고깔봉지를 뒤집어쓴 '큐 클럭스 클랜'^{Ku Klux Klan, KKK}

1870년대 미국 미시시피에서 암약하던 KKK 일당의 모습

이 등장한다. 패배한 남부동맹군 출신으로 구성된 KKK는 분노와 원한, 적개심에 사로잡혀 흑인에 대한 무자비한 테러를 벌였다. 무장강도 제씨 제임스는 바로 미 중서부판 KKK 격이다.

그리고 북부의 남부 계엄통치기간인 재건기간^{Reconstruction}이 끝나자 북부의 백인들은 남부를 잊어버렸고, 남부의 백인들은 흑인들을 모조리 공직에서 추방하고 헌법 제15수정안에 보장된 투표권마저 교묘한 방법으로 박탈했다. 그중 하나가 문맹테스트에 합격해야 투표할 자격을 주는 것이었는데 문제가 웬만큼 까다로운 게 아니었다. 미 헌법이나 독립선언문 전체를 암송해보라는 것이었다. 고시공부 하듯 몇년을 준비해야 변호사도 아니고 고작 투표권을 행사할 수 있으니 누가 그렇게 하겠는가. 당연히 투표율이 0%가 돼야 할 텐데 백인들은 투표를 했다. 머리가 좋아서가 아니다. 그들에게는 물어보지 않았기 때문이다.

다른 투표 자격요건으로는 인두세^{Poll taxes}를 내야 하는 건데, 예외조항으로 '할아버지 조항'^{grandfather clause}을 두었다. 그 조항은 전에 인두세를 안 내고 투표한 아버지나 할아버지가 있으면 인두세를 안 내고도 투표할 수 있다는 것. 그전에 투표권이 없어서 투표를 할 수 없었던 흑인만 고스란히 제외하는 조항이다. 세상에 돈 내고 투표할 사람이 얼마나 되겠는가. 그 모든 게 흑인이라는 말 한마디 안 들어간 채 법의 이름으로 이루어졌다.

그런 인종차별과 인종분리가 100년 가까이 가다가 1964년 린든 존슨 민주당 행정부시절 인권법의 통과로 제도적으로는 종말을 고했다. 그러자 남부에 사는 백인들의 다른 반동이 시작됐다. 나는 그것이 바로 1970년대 남부 백인들이 흑인을 비롯한 소수인종과 여성의 인권신장에 적극적이었던 민주당을 버리고 공화당으로 이동하는 현상으로 나타났다고 생각한다.

그 결과는 경제학자 레스터 서로우^{Lester Thurow}가 1996년에 그의 저서 『자본주의의 실패』^{The Failure of Capitalism}에서 기술한 대로다. 그는 "혁명이 일어났거나 또는 군사적으로 패배해서 점령당했거나 하면 모르되 그런 일이 일어나지 않았는데도 미국처럼 지난 20년간 불평등이 심화된 나라는 역사상 없다"라고 말했다. 거기에 한가지 더 인종분리도 고착됐다.

비자발적 박애의 종지부

최근 바버라 에렌라이히가 컬럼비아에 강연하러 와서 잠시 만나 애기를 나눴다. 미국의 대표적인 진보주의자인 에렌라이히는 최근에 낸 저서 『빈곤의 경제』로 빈곤문제에 무관심하던 미국의 양심을 일깨웠다는 평가를 듣고 있다. 50대인 그는 플로리다주의 키웨스트,^{Key West} 메인주의 포틀랜드,^{Portland} 미네쏘타주의 미니애폴리스^{Minneapolis}에서 식당 종업원, 청소용역 직원, 호텔 청소직원, 월마트 직원, 병원 간호보조원으로 잠깐잠깐 일하면서 겪은 노동과 생활의 고충을 책에 담았다.

한국으로 치면 위장취업인데 1980년대 초중반 한국의 대학생들이 노동현장으로 '존재이전'하던 것에 비하면 새발의 피에 해당하는 경험이지만, 미국에서는 무슨 엄청난, 새로운 체험과 발견인 것처럼 놀라고 있다. 그만큼 노동과 빈곤의 문제를 도외시해왔다는 뜻이다.

그는 강연에서 "근로빈곤계층^{working poor}이야말로 우리 사회의 진정한 박애주의자들"이라고 말했다. "우리가 써비스와 재화를 값싸게 소비할 수 있는 것은 바로 그들이 빈곤에서 벗어날 수 없는 값싼 임금을 받기 때문"이라면서 "이제는 그들의 비자발적 박애를 끝장낼 때"라고 말했다. 사람들은 박수를 쳤다.

비자발적 박애를 끝장내는 길은 노동자들에게 안정된 생활을 누릴 수 있는 임금을 주는 것이다. 미국노동자들이 그 임금을 누리지 못한다면 세계 어느 곳에서도 누릴 수 없거나 누리지 못하게 된다. 그게 세계화다. 돈은 빛의 속도로, 물건은 교통수단이 발달하는 대로 그만큼의 속도로 움직이지만, 노동은 국경에 가로막혀 움직일 수 없다. 꼼짝없이 앉아서 날아다니는 자본과 싸워야 하니 노동으로서는 백전백패의 전투다.

자본은 그래서 자신이 기능할 수 있는 최적의 조건을 만들어내고 최대한의 이윤을 뽑아낸 뒤 더 큰 이윤을 찾아 빠져나간다. 미국 동부에서 축적된 자본은 노조의 힘이 약한 남부를 거쳐 노동조건이 더욱 열악해도 괜찮은 멕시코로 갔다가 지금은 중국과 인도의 노동을 찾아가고 있다.

자본의 전지구적 자유이동을 막을 길은 정치밖에 없다. 자본이 정당한 몫을 지불하도록 법으로 제도화해야 하기 때문이다. 그래서 미국의 90여개 크고 작은 도시에서는 생활임금을 노동자들에게 지불할 것을 기업에 요구하는 법안을 통과시켰다. 생활임금이란 비교적 안정된 생활을 누릴 수 있는 액수의 임금을 말한다. 그렇게 시작된 풀뿌리 운동이 언제 미국 전역으로 확산될지 장담하기는 어렵다.

하지만 분명한 것은 미국노동자들의 비자발적 박애를 끝장내는 것이 세계의 노동자들에게는 진정한 박애가 된다는 점이다. 그렇게 역逆의 세계화가 시작되는 것을 보고 싶다.

20

미시간 디트로이트

더 붉어진 아메리카, 그래도 희망은 있다

Michigan Detroit.. 미 시 간 디 트 로 이 트

블루 아메리카를 찾아서 떠난 여행이 결국 더 붉어진 아메리카에 다다르고 있다.

  이 글을 쓰고 있는 2004년 11월 3일 새벽(미국 중부시간) 텔레비전 방송국들은 조지 부시 대통령을 지지한 주가 늘어날 때마다 지도에 해당 주들을 붉게 칠하고 있다. 붉은색이 동부에서 남부, 중서부로 번져갈 때마다 워싱턴 시내 중심 레이건센터에 운집한 공화당 지지자들의 함성이 폭발한다. 같은 시각 안개비가 내리는 보스턴에서는 존 케리 민주당 후보 지지자들이 하나둘 우산을 꺼냈다. 몸도 마음도 차갑게 식어가서 맨몸으로 비를 맞을 열기가 없다. 그리고 썰물이 빠지듯 서서히 인파가 줄어들고 있다. 보스턴 레드삭스가 뉴욕 양키스를 이기는 것보다 더 힘든 일이라는 걸 누구나 느끼는 듯하다. 지도를 보면 레드 아메리카에 밀려나 블루 아메리카가 태평양과 대서양 양쪽으로

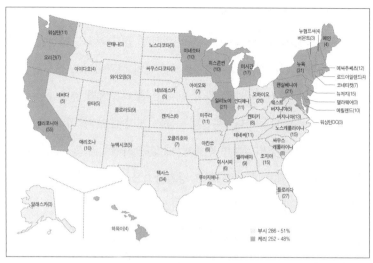

2004년 미 대선 개표결과

빠질 것만 같다.

이제 미국은 완벽히 보수가 장악했다. 하원·상원·대법원·백악관 모든 권력의 중추기관에서부터 주정부·주의회·카운티정부의 말초세포에 이르기까지 공화당의 손에 들어갔다. 총성 없는 보수 쿠데타의 완결판이다. 일시적 반동이 아니라 장기통치에 접어들게 됐다.

그것은 문화혁명이었다. 갤럽이 여론조사를 하면 응답자의 94%가 하나님을 믿는다고 답하는 나라가 미국이다. 그 비율은 꾸준히 증가해오다가 더이상 증가할 수 없는 수준에까지 이르렀다. 주의회의 결의에 따라 교과서에서 진화론과 함께 창조론도 가르치는 주들이 늘어난다. 다른 나라에서는 선거쟁점이 안되는 동성애자들의 결혼과 낙태 허용 문제가 미국에서는 정당에 대한 태도를 좌우하는 큰 기준이 된다. 기독교신자들은 둘 다 반대한다. 동성애자의 인권과 여성의 선택권을 존중해 둘 다 허용할 것을 주장하는 민주당은 기독교신자들에

더 붉어진 아메리카, 그래도 희망은 있다

의해 비도덕적인 정당으로 몰린다.

그래서 미국에서 잘사는 사람을 대변하는 공화당이 도덕적인 측면에서 민주당을 앞서는 현상이 일어난다. 이번 선거에서도 부시진영이 품성의 문제를 선거쟁점으로 몰고 간 것은 도덕성에서 공화당이 우위에 있다고 보기 때문이다. 부시대통령은 케리 후보가 이라크전쟁을 지지했다가 말을 뒤집었다며 신뢰할 수 없는 사람이라고 물고 늘어졌다. 미디어는 그의 말을 보도하고 정치광고는 그것을 증폭시킨다. 사람들은 전쟁의 부도덕성은 잊어버린다.

기독교와 보수의 결합은 태생적이다. 깔뱅주의적 전통이 강한 미국 기독교의 교파 대부분은 재부의 축적을 신의 축복으로 여기는 경향이 있다. 그리고 가난을 개인의 죄악으로 본다. 그러니 빈부격차 같은 사회적 의제에 침묵하고 개인주의적 보수 논리를 합창하게 된다.

이번 선거에서 복음주의 교파는 대대적인 투표등록운동을 벌였다. 부시대통령의 정치고문 칼 로브는 이번 선거에서 민주당 성향의 젊은 대학생들이 투표에 많이 참여했다는 보도에 대해 복음주의 교파의 투표등록운동만 해도 그 표를 상쇄하고도 남는다고 일갈했다. 그래서 진보진영에서는 차제에 헌법을 개정해서라도 이들의 선거권을 빼앗아야 한다는 농담도 나온다. 왜냐하면 이들은 천국의 시민들이니까 지상의 시민권을 주어서는 안된다는 것. 하늘과 땅만큼 나라가 갈라져 있음을 상징하는 농담이다.

그런 점을 이해하더라도 민주당의 패배를 외부적 요인으로만 돌릴 수는 없다. 그들은 처음부터 부시정권이 몰아붙이는 이라크 공격론에 대해 맞서 일어설 용기가 부족했을 뿐 아니라 당의 정체성도 확립하지 못했다. 그동안 '중산층' 씬드롬에 빠져 누구의 이해를 대변해야 하는지 헷갈려했다. 못사는 백인들도 자신의 이해관계보다 종교관에 따라 투표한다. 신심이 깊은 탓도 있겠지만 이들을 흡인할 수 있는 민주당의 노선이나 지도자가 없기 때문이다.

그러나 블루 아메리카는 민주당이 승리하는 아메리카를 뜻하는 것은 아니다. 일하는 사람들이 의식주에 부족함이 없고 의료와 교육의 혜택을 골고루 누릴 수 있는 사회를 뜻한다. 이번 선거로 그 사회의 도래가 더 요원해졌는지 속단하기는 어렵다. 다만 지금은 희망을 찾아나서고 싶다.

디트로이트의 독자 반응

저도 디트로이트 근처에서 한동안 살아본 경력(?)이 있어서 참 반갑네요. 처음 다운타운에 가보면 다들 놀라죠. 아무튼, 현재 상황을 에미넴의 「8마일」이라는 영화에 비유해서 말했으면 더 재미있지 않았을까 합니다. 왜 거기서 도로 이름 붙이는 방식이 특이하잖아요. 또 백인 주거지역의 편의점과, 다운타운 근처의 편의점 방탄유리 시설을 비교해봤으면 그것도 재미있었을 겁니다. 그나저나 잘 사는 사람들은 대부분 디트로이트 북부 한 30분 떨어진 데서 살고 있어서, 과연 흑인들만으로 그 도시가 다시 성장하는 걸까 하는 생각은 좀 드네요. 여하튼 참 가을이 아름답고, 겨울에 지겹도록 눈만 오고, 좋은 친구 많이 만났고, 빈민가 흑인들 중 안전한 사람들 많이 만났고, 그런 기억들이 제겐 남아 있습니다. 한가지 딴지를 걸자면, 제겐(학생은 아니었고 돈벌러 갔었습니다) 미시간은 그전 플린트 편에서 묘사했던 것만큼 그렇게 흉칙하고 살기 힘든 그런 곳은 아니었습니다. 어떻게 보면 조금 삭막했지만, 나름대로는 아름다

더 붉어진 아메리카, 그래도 희망은 있다

운 곳이었습니다.

『오마이뉴스』에 글을 연재할 때 디트로이트 편에 '음'이라는 아이디의 독자가 붙인 의견이다. '옥돌'이라는 아이디의 독자는 이런 글도 적었다.

기자분도 저랑 비슷한 느낌을 느끼셨군요. 저는 작년에 김병현 선수가 나온다기에 디트로이트 시내에 있던 야구장에 갔다가 좀 충격받았죠. 야구장 주변의 모든 건물들이 다 유리창이 깨져 있고 일층은 철조망이 둘러져 있더랬죠. 포커스호프와도 봉사활동을 같이 했던 경험이 있었는데, 자동차 공장에서 해고되고도 미래를 위해 직업훈련을 계속하던, 그 이름도 가물가물한 저랑 동갑인 친구가 기억나는군요. 그런 사람들이 있기에 디트로이트가 부활의 조짐을 보이는 것이라고 생각됩니다. 기자분께선 백인들이 메트로 디트로이트에서 디트로이트 도심의 흑인들이 뭐하나 노려보는 형국이라고 하셨는데, 제 생각에는 오히려 흑인들이 뭐하나에는 아무 관심도 없이 살고 있다는 생각이 드네요. 백인들에게는 지엠 르네쌍스 타워 같은 디트로이트에 떠 있는 섬 같은 건물들만이 디트로이트라고 할 수 있죠. 퇴근하면 자동차라는 배를 타고 디어본과 앤아버 같은 육지로 매일 귀환하는 생활을 하면서……

이 글들은 잠시 스쳐가는 발걸음으로는 포착할 수 없는 디트로이트의 깊은 구석을 드러내고 있다. 그중에서 '음' 독자가 권한 대로 「8마일」이라는 영화를 봤는데 디트로이트를 넘어서는 리얼리티가 이 영화

에미넴이 주연한 영화 「8마일」의 포스터

속에서 구현되고 있다고 느꼈다.

영화 자체는 흑인들의 전유물처럼 여겨지는 랩 장르에서 미국을 대표하는 백인래퍼로 성장한 에미넴^{Eminem}의 얘기라고 한다. 8마일은 흑인이 밀집거주하고 있는 디트로이트 시내와 백인 중산층이 거주하고 있는 교외를 남북으로 가르는 도로의 이름이다. 영화는 8마일의 남쪽, 그러니까 흑인 밀집지역에 사는, 그래서 백인으로 역차별을 받는 에미넴이 랩배틀^{rap battle}에 도전하는 내용이다. 랩배틀이란 관중의 반응으로 승자가 가려지는 토너먼트형식의, 촌스럽게 말해서 노래자랑대회다. 단순한 노래자랑대회는 아닌 게, 사전에 준비된 아무런 가사나 곡 없이 즉석에서 비트에 맞춰 가사를 만들어내 상대방을 공격해야 한다. 그래서 말로 하는 이종격투기와 비슷하다. 호의적 반응을 이끌어내기 위해서는 관중이 공감할 수 있는 현실을 가사에 담아야 한다는 점에서 노래가 아닌 웅변, 또는 엄혹한 현실에 대한 고발로 들린다.

영화의 설정을 보면 엄마, 여동생과 함께 에미넴이 그냥 집도 아니고 이동식 간이주택인 트레일러에, 그것도 주인이 아니라 세입자로 산다든지, 에미넴이 판형공장에서 잔업까지 자청하면서 일하지만 독

더 붉어진 아메리카, 그래도 희망은 있다

립할 수 있는 돈을 만지지 못한다든지, 남편 없는 여성이 이끄는 가정, 그리고 저임금 시간제 노동자의 실상 등이 잘 그려져 있다. 트레일러는 원래 여행용으로 개발됐지만 서민들의 트레일러는 움직이지 않는다.

에미넴은 랩배틀에서 처음엔 흑인관중의 기세에 눌려 입도 뻥긋 못하고 물러나지만 나중에는 흑인들을 차례로 물리치고 결승전에 진출한다. 결승전에서 그는 상대 흑인래퍼가 피부만 검을 뿐이지, 비싼 사립학교 출신이고 랩할 때만 8마일 남쪽으로 내려오는 위선자라고 공격해 관중의 열렬한 호응을 받는다. 인종이 아니라 계급으로 편을 나누는 데 성공한 것.

흑인래퍼는 그의 통렬한 고발에 말문을 열지 못하고 경기를 포기하고 만다. 에미넴은 공장으로 야간잔업을 하러 발길을 돌린다. 랩배틀에서 이겨도 저임금 노동자를 기다리는 현실은 계속될 수밖에 없음을 강력히 시사한다. 이 점에서 굉장한 리얼리티를 획득하고 있는데, 실제의 에미넴은 랩 올림픽에서 2등을 차지했으며 음반계약을 맺고 수백만장의 음반을 팔아서 빈곤에서 탈출한다. 어느 쪽이 더 리얼한 것일까.

디트로이트의 희망지대 '포커스호프'

블루 아메리카의 마지막 편에서 디트로이트를 다시 언급하는 것은 에미넴과는 정반대의 궤적을 보인 또다른 백인의 이야기를 쓰기 위해서다. 에미넴은 성공해서 8마일을 벗어났지만 이 사람은 1967년 7월 23일 '12번가의 폭동'이 일어나 43명이 죽고 1500명이 다치는, 당시로서는 최악의 폭력사태가 빚어졌을 때 8마일을 넘어서 남으로 내려왔다.

그녀의 이름은 엘리노어 조싸이티스. Eleanor Josaitis '옥돌'이라는 독자가 봉사활동을 했다고 하는 '포커스호프' Focus: Hope라는 시민인권단체의 최고경영책임자다. 올해 72세의 할머니다.

포커스호프의 최고경영책임자 엘리노어 조싸이티스

포커스호프는 디트로이트 시내에서 돋아난 싱싱한 육림원 같은 곳이다. 앞에서 소개했다시피 디트로이트는 바그다드를 연상시킬 만큼 아직도 폐가들이 줄을 잇고 있다. 보험금을 타내기 위해 일부러 집을 방화한 경우도 많아서 그냥 폐가가 아니라 속이 검게 탄 흉가들이다. 이 흉가들은 고대유적처럼 보존하려고 내버려둔 게 아니다. 철거할 돈이 없어서 방치돼 있는 것이다. 그러나 디트로이트 시내 북서쪽 오크맨 불러바드Oakman Boulevard 주변은 섬처럼 깨끗이 정돈돼 있고 사람들이 부산히 오간다. 바로 이곳이 포커스호프의 캠퍼스다. 자동차공장의 발상지 하일랜드파크 근처 5만평의 땅에 자리잡은 이 캠퍼스에는 18동의 건물이 있고 500여명의 상근활동가들과 5만1천명의 자원봉사자들이 배고픔과 경제적 불평등, 인종갈등, 교육 불평등 같은 난제들을 풀기 위해 움직이고 있다. 연간 수입이 6천만달러(720억원)를 넘으니 웬만한 대기업 수준이다.

사실 대기업은 대기업이다. 6천만달러 중 절반 이상인 3천4백만달

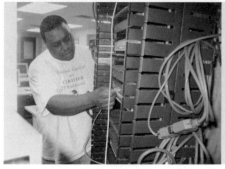

기계기술인훈련쎈터(위)와 정보기
술쎈터(아래)

러를 고급기술쎈터^{Center for Advanced Technologies} 같은 곳에서 정밀기계를
제작·판매해서 벌어들인다. 그들이 운영하는 필수보조식품 배급쎈터
는 임산부와 출산한 지 얼마 안된 산모, 6세 이하의 아동, 노인 등 4만
3천명의 저소득 가구에 매달 우유와 생선통조림, 쌀, 감자 등 필수불
가결한 영양분을 공급한다. 포커스호프는 미 의회를 움직여 농무부로
하여금 전국적인 단위로 자신과 유사한 필수보조식품 무상제공 프로
그램을 만들도록 했고 지금은 32개 주에서 이 프로그램이 시행되고
있다.

기계기술인훈련쎈터^{Machinist Training Institute}는 미시간주에 새로 공급되
는 숙련기술자의 43%를 배출하고 고급기술쎈터에서는 세계적으로 경
쟁력있는 기계엔지니어들을 육성한다. 5개 대학, 6개 기업과 협력체

제를 구축해서, 대학처럼 이곳에서 학사학위도 받을 수 있고 졸업하면 바로 취직도 될 수 있다. 여기서 학사학위를 받아서 취직하면 초봉으로 평균 연간 5만5천달러를 받는다고 포커스호프측은 밝히고 있다.

정보기술쎈터Information Technologies Center는 정보혁명에서 소외된 소수 인종과 여성에게 네트워크 관리와 설치, 써버 관리 등에 관한 정보기술을 가르치는 곳이다. 지금까지 500명이 쎈터를 다녀갔는데 업계에서 2년 정도 경험을 더 쌓고 자격증을 획득하면 연 4만달러에서 6만달러는 벌 수 있다고 한다.

'첫걸음' First Step과 '속성과정' Fast Track Program은 초등학교 졸업 학력의 성인들에게 영어와 수학을 가르쳐 기계기술인훈련쎈터에 입학할 수 있는 실력을 키워주는 프로그램이다. 아동교육기관도 있다. 어린이쎈터Center for Children는 생후 6개월 된 갓난아기부터 6세 이하의 어린이를 보살피고 가르치는 곳이며 12세 어린이까지는 방과후 학습프로그램을 운영한다. 포커스호프에서 일하는 상근직원이나 교육기관에 다니는 학생 모두 자녀를 이 쎈터에 맡길 수 있다.

'공동체 예술프로그램' Community Arts Program은 문화적으로 인종과 계층의 벽을 허물고 통합하기 위한 프로그램이다. 다양한 미술품과 사진 작품들을 전시하며 춤과 음악을 가르친다.

포커스호프에는 매년 5천명의 방문객들이 다녀가는데, 지금까지 다녀간 인사들 중에는 빌 클린턴, 조지 부시 전 대통령과 빌 게이츠 마이크로소프트 회장, 콜린 파월Colin Powell 국무장관 등이 있다. 외국에서 견학 오는 사람들도 잇따라서 방문자의 출신국가 수는 43개국에 이른다.

나도 기업체에서 온 두 사람과 함께 견학 프로그램에 참여해 어린이

더 붉어진 아메리카, 그래도 희망은 있다

쎈터에서부터 고급기술쎈터까지 두루 살펴보았다. 포커스호프가 이대로 뻗어나가다간 이 안에서 유아교육부터 취업에 이르기까지 모든 게 이루어질 날이 올지도 모른다는 느낌이 들 정도로 체계화돼 있었다.

쎈터 시절은 신병훈련소에서 빡빡 기는 것처럼 힘들었지만 정말 가치있는 시간이었다.
　　—커머싸이 레이포드Kumasi Rayford 32세, 31주간 기계기술인훈련쎈터의 교육과정에서 정밀기계와 금속가공기술 이수, 2000년 1월에 졸업. 현재 GM 선임 설계엔지니어.

전통적인 대학에서 배울 수 없는, 집중적인 현장훈련을 받을 수 있었고 최첨단 기술을 배울 수 있어서 후회없이 알찬 시간을 보냈다.
　　—캐롤린 휴즈Carolyn Hughes 48세, 2000년 정보기술쎈터 졸업. 현재 EDS 네트워크구조 담당 애널리스트.

처음에는 누나가 뭐하고 살 거냐고 다그쳐서 누나를 즐겁게 해주기 위해 영어와 수학을 배우는 속성과정에 등록했다. 그러다 프로그램에서 친구들을 만나면서 기계를 만지기 시작해 엔지니어가 됐다.
　　—데니스 웨더스Dennis Weathers 1992년 속성과정, 1994년 기계기술인훈련쎈터, 2001년 고급기술쎈터 졸업. 현재 포드자동차 공정담당 엔지니어.

주부에서 사회운동가로
이 포커스호프를 세운 사람이 윌리엄 커닝햄William Cunningham 신부와 조싸이티스다. 그들은 1967년 12번가의 폭동에 충격을 받아 다시는 폭동이 일어나게 해서는 안되겠다고 결심하고 '포커스 써머 호프'Focus: Summer Hope를 세웠다. 써머(여름)가 이름에 들어간 것은 1967년 폭동이 7월에 일어났기 때문에 이듬해 여름에는 폭동이 일어나지 않도록 기원하고 노력하기 위해서였다. 1968년 여름에도 인종갈등이 폭발할 기운은 여전히 팽배했지만 무사히 지나갔다. 그러자 그들은 써머를 이름에서 제외하고 인종갈등 해소와 빈곤 구제운동으로 조직을 확대한다.

내게는 커닝햄 신부의 감화와 인도를 받아서 운동에 참여한 조싸이티스가 신부보다 더 놀라운 인물로 여겨졌다. 고교시절 치어리더 출신의 평범한 주부, 아이도 다섯이나 낳아서 장사를 하는 남편 도널드 조싸이티스와 디트로이트 교외에서 안정된 삶을 살던 36세의 주부가 어느날 바뀌기 시작했다. 빈곤, 인종편견과 싸우는 전사가 돼서 정신적으로 성장을 거듭하더니 커닝햄 신부가 세상을 떠나자 급기야는 CEO가 되어 그 큰 조직을 이어받았다.

그녀에게 변화의 단초는 1960년대 어느날 한 TV 프로그램이었다.

"뉴렘베르그 재판Nuremberg trials(나찌 전범재판)에 관한 프로그램을 보고 있었는데 갑자기 화면이 바뀌면서 앨라배마주의 쎌마Selma에서 몽고메리Montgomery까지 인종차별에 항의하며 행진하는 흑인들의 모습이 나타났다. 곧 경찰관들이 출동해 전기봉으로 흑인들을 찌르면서 무자비하게 진압하는 장면이 나왔을 때 나는 그저 하염없이 눈물을 흘렸다. 내 나라에서 오늘날 벌어지고 있는 일과 나찌 독일에서 일어난 일에 무슨 차이가 있다는 말인가? 나는 스스로에게 물었다. 내가 만약 독일에 살았다면 어떻게 했을까? 그런 탄압을 못 본 것처럼 무시하고 있을 것인가?"

더 붉어진 아메리카, 그래도 희망은 있다

커닝햄 신부는 그런 그녀를 인도해 흑인인권운동에 눈을 뜨게 했고 두 사람은 1967년 7월 폭동이 지나간 디트로이트 거리를 함께 걸으면서 시민인권단체 창립에 합의한다. '포커스 써머 호프'의 창립 사명은 독특하다.

"모든 인간이 아름답고 존엄하다는 것을 인식하면서 우리는 인종주의와 빈곤, 불의를 넘어서기 위해, 그리고 모든 사람이 자유롭고 조화롭고 신뢰와 애정 속에 살 수 있는 메트로폴리탄 공동체를 건설하기 위해 영리하고도intelligent 실용적인practical 행동을 취할 것을 다짐한다. 검든 희든 노랗든 갈색이든 빨갛든 디트로이트와 그 교외에 사는 모든 사람들은 경제적 지위와 출신국가, 그리고 종교적 신념을 떠나 이 다짐을 함께한다."(1968년 3월 8일)

이 단체의 영리하고도 실용적인 접근법은 영양분이 필요한 사람들에게 가장 필수적인 식량을 배급하고 나아가 그 필수적인 식량과 영양분을 스스로 챙길 수 있도록 중산층으로 올라서는 데 필요한 기술과 지식을 가르치는 데서 잘 드러난다.

그러나 조싸이티스 개인은 안정된 중산층의 기준에서 보면 전혀 영리하거나 실용적이지 않은, 오히려 급진적이고 무모한 결정을 내린다. 교외에 있는 집을 팔고 8마일 남쪽에 있는, 아직도 검게 그을린 셔우드포레스트Sherwood Forest에 있는 집으로 이사한 것. 중산층의 시각에서는 범죄자들이 득실대는 우범지대로 자청해서 들어간 것이다. 그때 가장 어린 아이가 세살이었고 가장 큰 아이가 열한살이었다.

"나는 피부색이 아니라 인간 됨됨이로 평가받는 그런 통합된 환경에서 우리 아이들을 키우고 싶었다. 그리고 내가 그곳에 살지 않으면서도 인종적으로 우리는 하나가 돼야 한다고 설파하고 싶지는 않았다. 내가 할 수 없는 일을 다른 사람한테 요구할 수는 없는 것 아닌가."

영국 언론인 데이비드 코언이 쓴 『적·백·청을 좇아서』에 따르면 그녀의 시집과 친정 식구들의 반응은 격렬했다. 시아버지는 그녀를 더이상 가족으로 치지 않겠다고 선언하면서 가족사진을 집에서 치웠다. 시동생은 그녀에게 자기 가문의 이름을 더럽히니까 조싸이티스를 포기하고 결혼 전 이름으로 돌아갈 것을 요구했다. 심지어 친정어머니까지도 그녀가 손자들의 안전을 해치고 있다며 아이들을 내놓으라는 소송을 제기했다.

이 정도 되면 남편 도널드가 대단한 사람이다. 아무리 부인이 하려고 하는 일의 취지에 동감한다고 해도 본가의 그런 반대에도 불구하고 집까지 옮겨가면서 받쳐주기란 쉽지 않다. 더구나 그는 스스로 "주부는 아이가 다섯살 때까지는 집 안에 있어야 한다고 굳게 믿는 사람"이라고 말한 바 있다. 그래서 그의 선택은 결국 (사랑스럽게) 투덜대면서 따라가는 것이었다.

아이들은 그 시절을 어떻게 기억할까.

"우리는 당시 엄마가 세상을 구하기 위해 이사한다는 건 전혀 몰랐다."

『디트로이트 프리프레스』^{Detroit Free Press} 2004년 5월 2일자에 보도된 46세의 아들 마크 조싸이티스의 회고다. 그는 플로리다주에 있는 신문 『팜비치포스트』^{Palm Beach Post}의 편집부장으로 일하고 있다.

"우리는 그전에 방 세개짜리 집에 살았는데 이사간 집은 방이 다섯개가 돼 널찍하고 좋았다."

아이들은 커닝햄 신부를 '빌 삼촌'이라고 부르면서 따랐다.

포커스호프는 다양하고 광범위하게 영역을 넓히고 있지만 어느것 하나 본래의 영리하고도 실용적인 접근법에서 벗어난 게 없다. 안내를 맡은 포커스호프의 직원 돈 게이트우드Don Gatewood는 이렇게 말했다.

"식량배급과 인종갈등 해소 프로그램을 오랫동안 운영하다가 교육 이외에는 소외된 사람들을 지속적으로 위로 끌어올릴 길이 없다고 믿고 기계기술인훈련쎈터를 1981년에 개소했다. 그런데 아이들을 맡길 데가 없어 이 쎈터에 들어오지 못하는 학생들이 있다는 것을 알게 되어 1987년에 어린이쎈터를 열었다. 훈련쎈터에 들어올 만한 실력이 없어서 못 들어오는 성인들이 많다는 것을 알게 되고는 '첫걸음'과 속성과정을 열었다. 기계기술인교육만으로는 완성된 기술교육을 할 수 없으니까 1993년에 고급기술쎈터를 열었고, 그쯤 되니까 조직이 커져서 다양한 문화를 교환할 수 있는 시기가 무르익었다고 보고 1995년에 공동체 예술프로그램을 시작했다. 기술 중에서 정보기술이 급속히 발전하고 그 분야에 대한 수요가 늘자 1999년에 정보기술쎈터를 세웠다."

그렇게 가지를 쳐나갔기 때문에 포커스호프는 일반기업에 못지않은 효율성과 관련성을 자랑한다. 그 뒤에는 조싸이티스의 엄격하고도 철저한 관리가 있었다. 커닝햄 신부가 포커스호프를 대표해 좋은 일을 많이 해왔다고 하면 그녀는 뒤에서 사람들을 다그치면서 궂은일을 도맡아했다. 으레 봉사단체 같은 곳은 온정적으로 운영하기 때문에 남아도는 인력이 있어도 손을 대지 못하는 경우가 있지만 포커스호프는 그것을 용납하지 않았다. 조싸이티스는 철저히 일을 시키고 엄격

한 직업윤리를 확립했다.

그녀가 얼마나 악역을 맡았던지 초기에 동료가 연 파티에 공동설립
자인 그녀가 초대받지 못할 정도였다. 커닝햄 신부는 한없이 상심해
있는 그녀의 손을 잡고 흔들며 "축하해요. 드디어 당신은 해냈어요"라
고 말했다고 한다. 악역을 충실히 이행했다는 뜻이다.

간암에 걸린 커닝햄 신부는 그녀에게 포커스호프를 맡기고 67세를
일기로 1997년 숨을 거뒀다. 이듬해인 1998년 토네이도가 불어닥쳐
캠퍼스가 사정없이 부서져서 1800만달러의 재산피해가 발생했다. 그
리고 한없이 계속될 것 같았던 호경기가 바닥으로 곤두박질쳐 기부가
격감했다. 가톨릭교회는 커닝햄 신부가 맡아왔던 CEO 자리에서 그녀
를 쫓아내려 했고 남성이사들은 여성 CEO를 못마땅해했다. 거기다
자연재해와 경기불황까지 겹쳤으니 그녀의 지위도 흔들리지 않을 수
없었다. 그러나 그녀는 800명이 넘던 상근직원을 500명으로 줄이는

긴축을 단행하고 무려 1000억원에 가까운 8160만달러의 모금 캠페인을 성공시켜 어느때보다 탄탄한 재정기반을 갖춘, 가장 효율적인 포커스호프를 탄생시켰다. 지금은 커닝햄 신부 못지않은 카리스마를 보여주고 있다.

▌조싸이티스가 웅변하는 가치

그렇게 강인한 의지의 주인공인 조싸이티스도 암 발병만은 피해갈 수 없었다. 2002년 유방암 선고를 받았다. 언제나 어떤 상황에서도 낙관적인 태도를 잃지 않던 그녀도 우울한 기색을 보였다고 한다. 이 해 어머니의 날에 아들 마크는 조싸이티스를 깜짝 놀라게 해주려고 멀고 먼 플로리다에서 가족들을 데리고 디트로이트로 찾아왔다. 다음은 마크의 회고다.

"그날 하필이면 어머니는 카마노스 암쎈터에서 검사를 받고 향후 방사선치료 일정을 짜는 약속이 잡혀 있었다. 아버지와 우리는 환자 대기실로 가서 진찰을 마치고 나오는 엄마를 깜짝 놀라게 해줄 계획을 세웠다. 대기실에서 기다리는데 엄마가 갑자기 뛰쳐나오더니 항상 일을 할 때면 그러시듯 빠른 걸음으로 건물을 빠져나가시는 것이었다. 우리가 의자에서 일어날 사이도 없이 순식간에 일어난 일이었다. 오히려 우리가 당황해서 뒤쫓아가는데 이미 엄마는 건물을 빠져나가 CT촬영하는 곳으로 향했다. 내 딸인 노라가 뛰어가서 겨우 엄마를 붙잡았다. 엄마는 놀라서 믿기지 않는 듯 우리 일행을 쳐다보다가 눈물을 주루룩 흘렸다. 동시에 미소를 지으며 노라와 내 아내 로나, 그리고 나를 껴안았다. 옆에 서 있던 간호사에게 '이 아이들이 플로리다에서 온 내 가족'이라는 말을 되풀이하셨다."

2004년 10월 10일 '걷기로 하나가 되는 세상, 하나가 되는 꿈'을 모토로 디트로이트 도심에서 열린 포커스호프 걷기 대회. 미시간 주지사 제니퍼 그랜홈(가운데)과 조싸이티스(오른쪽)가 나란히 걷고 있다.
ⓒ Focus: Hope

『디트로이트 프리프레스』의 기사에서 이 대목을 읽으면서 눈물겨웠다. 그렇게 투철한 삶을 사는 한 여성이 순간적으로 자식의 사랑에 무너지는 어머니로 돌아가는 모습이 눈에 선하다. 그런 조싸이티스는 암조차 이겨내고 하루에 12시간을 일한다. 새벽 4시 45분이면 일어나 기도를 드리고 나서 하루 일과를 시작한다.

사실 그녀가 그렇게 분투해도 한번 폐허가 된 디트로이트는 예전의 영화를 찾을 길이 보이지 않는다. '흑인 80 대 백인 20'인 디트로이트의 인종비율이 말해주듯 인종갈등은 갈등보다 더 냉정한 인종분리로 고착됐다. 에미넴처럼 한 개인은 화려하게 빠져나갈 가능성이 있지만 그 빈자리를 다른 사람들이 메우는 구조는 여전하다. 사회적 불평등과 왜곡된 분배구조는 정치적으로 해결할 문제다. 어느 한 개인이나 단체가 이룰 수 없는 큰 명제다.

그러나 포커스호프의 창립 사명에 나오는 것처럼 모든 사람의 존엄과 아름다움을 믿지 못한다면, 그런 신념을 공유하지 못한다면 정치적 해결이란 힘의 대결에 불과할 것이다. 그래서 힘과 돈이 아니라 사람에 대한 존중, 부의 기계적 재분배보다는 기회의 재분배, 교육을 통한 자기 존엄의 확인, 그런 가치들이 바탕에 깔려줘야 하는 것이다.

더 붉어진 아메리카, 그래도 희망은 있다

그런 점에서 조싸이티스가 비록 디트로이트를 잿더미에서 일으키지는 못할지라도 좀더 크고 근본적인 가치를 세상에 전파하고 있다고 믿는다. 스스로 그 가치를 믿었기에 평범한 주부에서 성공적인 시민 인권단체의 대표로 성장해 세상을 더욱 따뜻하게 데우고 있다. 나는 그것이 블루 아메리카를 상징하는 가치라고 믿는다.